트랜스내셔널 문학

: 경계의 언어, 언어의 경계

트랜스내셔널 문학

: 경계의 언어, 언어의 경계

초판 1쇄 인쇄 2020년 2월 10일
초판 1쇄 발행 2020년 2월 15일

–

지은이 박선주
펴낸이 이방원
편 집 윤원진 · 김명희 · 안효희 · 정조연 · 정우경 · 송원빈 · 최선희
디자인 양혜진 · 손경화 · 박혜옥 **영 업** 최성수 **마케팅** 이미선

–

펴낸곳 세창출판사
출판신고 1990년 10월 8일 제300-1990-63호
주소 03735 서울시 서대문구 경기대로 88 냉천빌딩 4층
전화 02-723-8660 **팩스** 02-720-4579
이메일 edit@sechangpub.co.kr **홈페이지** http://www.sechangpub.co.kr/

–

ISBN 978-89-8411-871-3 93800

이 도서의 국립중앙도서관 출판시도서목록(CIP)은 서지정보유통지원시스템 홈페이지(http://seoji.nl.go.kr)와 국가자료공동목록시스템(http://www.nl.go.kr/kolisnet)에서 이용하실 수 있습니다.(CIP제어번호: 2020003961)

이 저서는 2016년 정부(교육부)의 재원으로 한국연구재단의 지원을 받아 수행된 연구임(NRF-2016S1A6A4A01019193)

트랜스내셔널 문학

: 경계의 언어, 언어의 경계

— 박선주

세창출판사

머리말

트랜스내셔널이라는 용어가 학계의 어젠다로 등장한 지 벌써 10여 년이 지났다. 국민국가가 본격적으로 문제화되었고 우리 삶과 경험, 상상력 속에 깊이 새겨진 국경과 경계선들이 드러나기 시작했다. 새로운 지평에 대한 환호와 기대감 속에서 민족주의는 낡은 시대의 구닥다리 개념이 된 듯했다.

그러나 과연 그런가? 오늘날 국가 간 반목은 더 강화되고 장벽은 더 높이 세워지며 핵과 미사일은 더 멀리 발사된다. 정치적 국면이 경색되고 군사적 엄포가 오가게 되면 트랜스내셔널은 순식간에 물정 모르는 학자들의 순진한 혹은 위험한 이상주의로 치부되기 마련이다.

트랜스내셔널이 국가 장벽을 넘어선다는 낭만적인 프로젝트라면, 혹은 글로벌 자본의 이동과 통치를 기술하는 작업이라면, 이 용어의 운명은 분명 비관적이다. 화해는 짧고 폭력은 반복되며 교류는 불평등을 가리는 장밋빛 환상이기 때문이다.

이 연구서를 쓰게 된 이유는 바로 이것이다. 트랜스내셔널을 논의하면 할수록 오히려 내셔널리즘이 점점 강화된다는 역설적 현상은, 결국 트랜스내셔널이 내셔널한 근대 체제 속에서 생산·유통·소비되고 있기 때문에 발생한다. 즉 트랜스내셔널은 내셔널의 작동에 기여하는 하위 개념인 것이다. 우리가 내셔널이라는 근대 체제를 조금이나마 비판적으로 사유하기 위해서는 현상으로서의 혹은 당위로서의 트랜스내셔널보다는, 트랜스내셔널과 내셔널이 인식적·언어적 층위에서 함께 구성되는 양상을 좀 더 깊이 들여다볼 필요가 있다.

그런 의미에서 이 책은 트랜스내셔널에 대한 것이라기보다는 내셔널에 관한 것일 수도 있겠다. 이 책이 관심을 촉구하는 바는 이 둘을 아우르는 근대 체제의 언어적이고 인식적인 측면이다. 트랜스내셔널을 내셔널로 끊임없이 포획하고 호명하는 사유구조와 서사 담론 말이다.

"트랜스내셔널이 기존의 국가주의나 민족주의를 대체하는 정치적·역사적·윤리적 지향점을 제시하는가?"라는 질문 앞에서는 물론 무력함을 느낀다. 그러지는 못하기 때문이다. 그러나 정치나 윤리라는 것 자체가 내셔널한 인식과 서사 체제의 산물이라는 점을 말할 수는 있다. 정치적 연대와 적대가 당사자의 실질적인 이해득실보다는 '우리'라는 근대적 범주의 형식논리에 의해 결정된다는 것은 담론화할 수 있다. 인간 혹은 인권이라는 개념의 전 지구적 확장이란 (근대사에서 보편이 유포되는 과정이 언제나 그랬듯) 불평등이라는 구조를 통해야만 함을 이야기할 수도 있다. 대안적인 정치·윤리적 지평을 내세우는 대신, 근대의 정치, 윤리, 역사를 인식적·언어적·담론적 틀로써 다시 사유하고 다시 언어화하는 것이다. 근대적 사유에 대한 사유, 근대 서사에 대한 서사화, 근대 역사에 대한 역사화를 계속 시도하다 보면,

적어도 국경의 장벽, 난민 배격의 구호, 핵과 경제 부흥이라는 채찍과 당근을 — 즉 근대라는 훈육 기제를 훈육이라고 인식하고 발화할 수는 있다. 유순하지만은 않은 어조와 태도로 말이다.

실제로 트랜스내셔널은 언어와 서사, 문학 분야에서는 거의 다루어지지 않았다. 지난 10여 년간 정치학, 역사학, 사회학이 이 용어를 활발히 논의해 온 것과 명백히 비교된다. 언어는 내셔널한 근대 체제 안에 너무도 깊이 내면화되고 도구화되어서, 내셔널이 아닌 다른 방식으로 논의된다는 것을 상상하기도 힘들기 때문이다. 언어의 단일성은 불변의 신화와도 같다. 단일어가 아닌 소통은 불통이고, 단일어로 쓰이지 않은 문학텍스트란 변종이다. 이 책이 트랜스내셔널이란 용어를 언어와 문학의 층위에서 논의하고자 하는 것은, 바로 내셔널한 체제의 언어적 구성에 대해 먼저 문제화를 해야 한다는 절박성 때문이다. 우리의 언어는, 그 안에 전제된 단일성은, 해체되어야 한다.

이 책이 다루는 텍스트들은 일관된 원칙이나 기준에 의해 선택된 것은 아니다. 필자의 영미문학 전공이라는 배경 때문에 서구 텍스트 쪽으로 치우친 경향이 있기는 하다. 여기서 주요하게 다루는 창래 리나 가즈오 이시구로, 테레사 학경 차 등이 흔히 이민 작가로 분류되는 작가이기는 하지만, 이민문학이 트랜스내셔널 문학의 요소라고 생각하지는 않는다. 그들의 텍스트를 논의하게 된 것은 그저 우연이다. 셰익스피어, 플로베르, 마르케스 등도 마찬가지다. 즉, 이 책에서 논의하는 텍스트들은 특정 작가의 특정한 성격을 트랜스내셔널 혹은 내셔널이라고 규정하기 위해 선택되고 인용되는 것은 아니다. 문학, 문학성, 혹은 근대성이라는 것이 구성되는 과정을 설명하기 위한 과정에서 우연히 논의 안으로 들어온 것들이다. 이 텍스트들을 다루면서 막연히 이 책이 문학사에 대한 문학사를 쓰려는 시도일 수는 있겠다고 생각한 것 같기도 하다.

많은 분들이 이 책을 출판하는 데 도움을 주셨다. 무엇보다 한국연구재단의 지원은 집필의 전 과정에서 큰 도움이 되었다. 트랜스내셔널이라는 어젠다에 함께 뛰어들어 고군분투했던 동료 연구자들도 떠오른다. 이 책의 일부는 그들 앞에서 발표하여 귀중한 피드백을 받은 것들이기도 하다.

지난 5년간 인문학 팟캐스트 「살롱 안드로메다」를 함께 진행해 온 성신여대 오경환 교수와 한국외대 이지연 교수께도 깊은 감사를 드린다. 흐릿하고 모호하던 생각들이 두 분으로부터의 끊임없는 지적 자극과 즐거운 대화를 통해 분명해지곤 했다. 이 책을 이끌어 가는 주요한 생각의 흐름은 이들과의 대화에 빚진 바가 크다. 책을 출판하는 데 많은 도움을 주신 세창출판사의 김명희, 윤원진 선생님께도 깊은 감사를 드린다.

학문뿐 아니라 일상에서도 많은 도움을 받았다. 물심양면으로 도와주시고 격려해 주신 소중한 벗들과 관대한 마음으로 돌봐 주신 가족에게 진심으로 감사하다는 말씀을 드리고 싶다.

도와주신 분들만 있는 것이 아니다. 작업을 방해하고 공부에 집중하지 못하게 한 존재들도 있다. 바로 나의 두 꼬마들이다. 이들은 분명 감사를 드릴 대상은 아니지만 묘하게도 글과 문장의 에너지가 되었다. 그들, 민규와 윤성에게 이 책을 바친다.

차례

들어가는 말

트랜스내셔널/문학: 인식론과 방법론

트랜스내셔널/문학은 무엇인가?

선 긋기는 근대의 강박이다. 지난 2세기 동안 근대 문학은 언어와 텍스트에 크고 작은 선들을 끊임없이 그어 왔다. 무엇보다도 '근대 인간'이라는 범주의 경계 안팎으로는 치열한 경합 속에서 수많은 선들이 그어지고 지워지고 다시 그어졌다. 이 선들은 '인간'과 그에 속한 다양한 하위 범주들의 경계선으로 작동하면서 근대적 정체성을 구성해 내었고, 맥락에 따라 배열과 재배열을 거듭하면서 근대의 언어체제로 작동해 왔다. 선들은 분류와 구획 작업을 통해 언어와 텍스트들을 체계적으로 정렬하였고, 문학은 명실상부한 근대 학문으로서 작품, 출판, 비평, 교육, 대학, 정책 등을 포괄하는 언어·서사·담론·지식의 체제로 자리 잡았다. 즉 근대 문학은 언어와 경계선이 결합하여 구성된 산물이고, 근대 문학사는 언어에 경계선들이 그어지고 배치되고 재조정되어 온 일련의 과정인 것이다.

1990년대 후반 이래로 근대적 경계 긋기에 대한 문제제기는 활발하게 이루어져 왔다. 학술 담론의 장에서 경계라는 용어는 빈번하게 등장하여 학문적 어젠다를 구성하곤 했고 국가, 인종, 젠더 등 특정 범주에 행해진 차별과 부당한 처우에 대한 반성적 시선을 이끌어 내기도 했다. 삶의 어느 지점에 어떤 선들이 존재하는지가 꼼꼼하게 점검되었고, 그 선들 간의 위계는 타당한지, 경계선 안에 얼마나 더 많은 언어와 경험과 존재를 포용할 것인지 등에 대한 다각적인 논의들이 제기되기도 했다. 그런데 이런 논의들이 주로 다루었던 문제는 경계선이 제대로 그어져 있는가의 문제였다. '경계선을 긋는다'라는 행위 자체는 문제화되지 않았던 것이다.

경계선과 경계 긋기는 근대적 인식론과 언어, 문학이라는 지식체계와 학제 안에 이미 너무도 자연스럽게 스며들어 내면화되었다. 우리는 실제 삶에서 각종 경계선의 안과 밖, 선과 선 사이에 군림하는 배제와 차별의 동학을 날카롭게 의식함에도 불구하고, 선이라는 것의 존재, 선 긋기의 행위 그 자체를 전면적으로 문제화하지 못한다. 이 지점에서 트랜스내셔널/문학의 의미가 생겨난다. 그것은 근대 문학이라는 언어·서사·지식체제를 보다 근본적인 층위에서 살펴보면서 이 지식을 구성하고 조율하는 경계선에 주목하고 그것의 존재성, 인식론적 의미, 역사적 성격, 정치적 움직임을 분석한다. 이 책의 제목인 '트랜스내셔널/문학'에 비스듬한 선을 넣은 것은, 트랜스내셔널과 문학 사이에는 본질적으로 어긋남이 있다는 의미이기도 하지만 무엇보다도 근대 문학과 언어에 존재하는 '선'을 제대로 보자는 의도도 있다.

이 책의 내용은 문학비평도 아니고 문학사도 아니다. 일반적으로 문학 혹은 문학적 서사라고 분류되는 텍스트들이 논의되고 있기는 하지만, 그 텍스트들의 문학성이나 문학사적 의미를 논하는 것은 이 책의 목적이 아니다. 내셔널과 대비되는 트랜스내셔널한 문학텍스트의 계보를 쓰고자 하는 것도 아니다. 이 책이 대면하고자 하는 것은 언어텍스트들이 문학으로 호명되고 분류되면서 그 범주의 경계선 안에 들어가는 (혹은 들어가길 주저하는) 그 찰나의 순간이다. '문학인 것'의 경계선, 그 경계 긋기의 행위가 가시화되고 의식되는 아주 짧은 순간에 대한 포착 말이다.

이런 순간들에 주목함으로써 트랜스내셔널/문학이 의도하는 바는 무엇보다 근대 문학이라는 지식의 구성, 더 나아가 근대라는 인식론과 언어관이 작동하는 양태에 대한 세심한 관찰과 경계이다. 이런 의미에서 경계라는 단어는 '가르는 선'뿐 아니라 '항상 날카롭게 주시한다'라는 중의적인 의미일 수도 있겠다.

물론 근대 문학에 대해 논의하는 메타적인 작업 역시도 경계 긋기라는 인식적 행위에서 완전히 자유로울 수는 없다. 문학을 말하는 순간 이미 경계선이 그어지기 때문이다. 그럼에도 불구하고 언어, 사유, 기억과 신체 안에 첩첩이 그어진 선들을 존재론적으로 마주하면서 그 선들이 각인해 온 균열, 단절, 고통과 망각 등을 환상 없이 차분히 바라보고 근대, 근대 인간, 근대 언어를 경계로서 재사유하는 것은 분명 이 시점에서 필요한 작업이다. 이를 위해 반드시 탈근대라는 목표를 설정해야 하는 것도 아니다. 근대 지식을 통해 근대 지식을 바라본다는 행위가 함의하는 어쩔 수 없는 모순과 한계가 있겠지만, '내'가, '우리'가, '근대 인간'이 얼마나 철저히 부서지고 쪼개지고 균열된 존재인지, 경계선 긋기라는 근대적 강박이 삶과 경험을 어떤 방식으로 분할하고 구획하는지, 더 나아가 근대 지식과 언어의 실천방식이 지향해야 할 바는 무엇인지 등은 어쨌든 근대 지식과 학문장 안에서 논의되고 분석되어야 하는 문제이기 때문이다.

달리 표현하자면, 트랜스내셔널/문학은 다른 모든 근대 학문과 마찬가지로 근본적으로 거울을 보는 작업일 수밖에 없다. 그러나 거울에 비친 이미지를 보고 자기애를 (혹은 자기혐오를) 느끼며 그 이미지와 즉각적인 동일시를 (혹은 즉각적인 타자화를) 하는 것으로 끝나서는 안 된다. 대신, 거울에 비친 그 이미지가 '나'로 인식되는 과정에 연루된 복잡성, 보다 정확히 말하자면 그 이미지 안팎의 수많은 경계-선들의 복잡한 상호작용과 파장들을 찬찬히 따져 보면서, 나-우리-타자-적 등의 범주 경계가 얼마나 불안정하고 유동적인지를 이해하고자 한다. 궁극적으로는 거울 속의 이미지가 나냐 타자냐 하는 문제보다는, 그 이미지를 구성하는 (혹은 파괴하는) 선들과 선 긋는 행위에 더 집중하고자 한다. 여기서 한 마디를 덧붙이자면 이 책은 선에 주목하지만 선을 뛰어넘거나 극복하거나 초월하고자 하는 야망은 전혀 없다. 월경(越境)은 경계선 내부로 편입되고자 하는 욕망의 다른 이름일 뿐이다.

'트랜스-'의 의미: 경계의 경험

먼저 트랜스내셔널/문학이라는 제목 안에 사용되는 '트랜스-'의 의미를 분명히 밝혀야 할 듯하다. 대부분의 경우 이 접두사는 뭔가를 초월하고 넘어선다는 의미를 갖는다. 이런 이유로 트랜스내셔널이라는 용어는 내셔널, 즉 국민국가를 극복하고 넘어서는 체제를 지칭한다는 인상을 주기 쉽다. 그러면 오늘날의 현실에서 국민국가를 넘어선다는 것이 과연 무엇이냐는 질문이 나오기 마련이고, 많은 경우 이에 대해 '자본'이라는 대답이 자연스럽게 나오기 마련이다. 실제로 자본이야말로 근대 국민국가체제에서 국경을 자유롭게 넘나드는 유일한 존재인 것은 부인할 수 없다. 즉, '트랜스-'라는 접두사에 국경을 뛰어넘고자 하는 욕망을 싣는다면 트랜스내셔널은 신자유주의의 거침없는 글로벌화 그 이상도 그 이하도 아닌 것이 되어 버린다.

이런 의미에서 그간 트랜스내셔널이라는 용어는 자본주의체제의 본격적인 전 지구화를 정당화한다는 혐의를 강하게 받아 왔다. 그러나 트랜스내셔널이 글로벌 자본의 또 다른 이름일 뿐이라는 주장은 다분히 환원적이며, 내셔널은 트랜스내셔널과는 반대로 자본에 대항하고 있다는 생각만큼이나 순진하다. 내셔널이 국민국가라는 정치적 단위만을 지칭하는 것은 아니라는 점, 또 자본이야말로 근대 국민국가와의 결탁을 통해 근대 체제를 유지해 온 핵심적인 기제라는 점을 고려하면 더더욱 그러하다.

이 책에서 사용되는 '트랜스-'의 의미는 '경계선의 경험'이라는 것에 더 가깝다. 인식의 차원에서, 경계선에 대한 우리의 상상은 거의 범주 경계의 내부, 그 안쪽에 머물러 있다. 우리가 범주와의 관계에서 실제 어디에 위치해 있건 상관없이, 우리는 스스로를 내부인으로 인식한다. 우리의 욕망과 관심, 시선은 항상 경계 내부, 범주 안을 향하고 있으며 '나'의 이미지는 항상 경계선의 내부 안에서 상상되고 구성되며 재현된다. 경계선의 외부란 아예 상상할 수도 없다. 경계의 외부란 인식 저 너머에 있는 것이며 암흑, 죽음, 야만 등의 은유적 표현으로만 지칭될 수 있을 뿐이다. 즉 근대 지식을 구성하는 경계선은 근본적으로는 인식적 지평 주위로 둘러쳐진 한계선인 것이다.

그렇다면 경계선을 보고 느끼고 경험한다는 것의 의미는 무엇인가? 이를 설명하기 위해서는 푸코의 '위반(transgression)' 개념이 유용할 듯하다. 푸코는 바타유의 언어를 논의하는 중 그 언어의 특성을 위반이라고 부른다.

푸코에 따르면 근대는 우리의 인식에서 외부라는 것을 삭제했고, 그 결과 남은 것은 내부와 독자성뿐이다.[1] 그런데 유일하게 근대적 삭제에서 제외되었던 영역인 성애(sexuality)로부터 위반이라는 특이한 경험이 형성되었고, 이 경험을 통해서 우리는 (이제는 식별이 불가능해진) 경계-선을 잠깐이나마 볼 수 있다는 것이다. 그에 따르면 위반이란, "경계선을 그 존재의 한계까지 밀어붙이는 것이다. 위반은 경계선으로 하여금 스스로의 소멸을 바라보도록 한다."[2] 즉 위반이란, 존재로 하여금 그 극단까지 가서 자기 존재를 구성하고 존재를 외부로부터 구분해 주는 테두리 선의 생성과 소멸을 느낄 수 있도록 하는 경험이다. 오직 그 경험을 통해서만 인간은 외부, 혹은 존재로부터 배제된 것을 약간이나마 대면할 수 있다는 것이다.

이 개념을 받아들인다면, 경계-선은 범주의 외부에서 찾아야 할 것이 아니다. 트랜스내셔널이 이제까지 금지나 속박의 경계선을 넘어가는 해방적 행위로 낭만화되었다면 이는 경계라는 개념 자체가 철저히 근대 체제 안에서 작동하고 있음을 보여 준다. 그러나 푸코의 제안에서 알 수 있듯 위반의 탈근대적 의미는 근대 인간의 존재 그 자체, 독자적 내면성을 극한으로 밀어붙였을 때에야 (그리고 그 소멸을 바라볼 때에야) 간신히 느낄 수 있는 것이다. 그렇다면 트랜스내셔널의 '트랜스-'가 추구하는 바는 근대 국민국가를 극복하기보다는 그 체제를 극한까지 밀어붙여, 인식적인 차원에서 완성형으로 구현해 보는 것이다. 즉 근대 국민국가의 근대성, 국가성, 인간성, 문학성 등을 말 그대로 최대치까지 추구하여 이들 개념이 갖는 경계와 한계, (불-)가능성을 약간이나마 가시화하자는 것이다.

1 Foucault, *Language, Counter-memory, Practice*, 33.

2 Foucault, *Language, Counter-memory, Practice*, 34.

트랜스내셔널이 경계에 대한 경험이라는 의미는 바로 이것이다. 선은 '나'의 외부에 있는 것이 아니다. 오히려 선은 내 존재성의 한가운데, 그 극한적 발현의 순간에 있다. '내'가 최대치로서의 '내'가 되었을 때, '내'가 경험하는 것은 바로 '나라는 선'이다. 그 순간 나는 온전한 면적을 담보한 실체가 아니라 생겼다 사라지는 선으로서, 범주 경계를 가르는 선-긋기 행위로서, 찰나적으로 존재하는 '나'를 대면하게 되는 것이다.

선은 그 자체로 가르고 자르고 파괴한다. 따라서 '나'는 '나'로서 완성되는 극한의 순간 조각나고 깨지며 파괴된다. '나'를 구성하는 언어 역시 마찬가지다. 근대 인간의 완성됨의 정점에서 언어는 부서지고 소멸한다. 푸코는 이를 위반이라는 경험의 핵심으로 본다. 철학과 사유의 언어는 바로 이 소멸의 현장으로부터 진행된다고 보기 때문이다. 언어는 사라진 '나'를 다시 포착하고자 하지 않으며, '나의 상실'이라는 사건의 극한성을, 그 사건의 경계를 끊임없이 시험한다.[3] 또한 '나'로부터 유리된 언어는 언어 그 자체로 돌아가 그 자신의 경계선, 한계를 탐구하는 데 몰두한다. 이처럼 '나'를 떠나 스스로에게 되돌아간 언어는 푸코에 따르면 일종의 외국어이다. 언어들은 말하는 주체가 사라진 빈 공간에 낯선 외국어로서 다시 돌아와 잠시 머문다. 이 과정은 무한히 반복되며 이를 통해 언어는 결국, 언어로 언어의 한계를 말하는 메타-언어가 된다.

푸코는 철학과 사유의 언어가 이처럼 위반을 통해 경계와 한계를 탐구하는 언어적 경험을 담는다면, 궁극적으로 서구 근대철학의 논리 전개, 즉 모순, 변증법으로 구성된 사유구조 자체가 변화할 가능성이 높다고 본다. 온

3 Foucault, *Language, Counter-memory, Practice*, 43.

전한 자아, 자주적인 주체의 개념에 매달려 총체성을 추구하는 것은 이제 그만두고 메타-언어를 통해 인간과 언어의 경계성 그 자체를 논의해야 한다는 것이다.

트랜스내셔널/문학의 '트랜스-'는 주체가 사라진 텅 빈 공간, 작가가 사라진 자리에 들어앉은 언어의 메타적 성격을 보다 구체적으로 밝히려는 이론적 노력이다. 이 메타-언어에서는 언어와 주체 사이에 자동적으로 전제되곤 하는 필연적이고 생물학적인 결합관계가 성립하지 않는다. 언어의 장소에는 주인이 없다. 언어는 다른 누구도 아닌 언어 스스로에 대해 말하면서 끊임없이 주체의 빈 공간으로 흘러들고 또 빠져나간다. 주체라는 빈 공간에서 언어는 낯선 언어로, 모국어에서 외국어로, 크리올(creole)로, 피진(pidgin)으로 계속 교체되고 이 걷잡을 수 없는 언어의 흐름은 거칠고 빠른 유속을 만들어 우리가 장악할 수도 없고 통제할 수도 없는 그 무엇이 되어버린다. 언어는 말하는 주체의 소유물, 정신적·물적 유산으로 물화되지 않는다. 언어란 유산이고 연대이며 우리 그 자체라는 국가주의적 개념은 해체된다. 특정 언어가 그 문화·나라·인종의 고유한 가치를 담는 유일하고 단일한 언어라는 개념 역시 산산이 조각난다. 이런 의미에서 '트랜스-'는 단일언어라는 개념과 그 위에 세워진 단일어문학이라는 학문체제를 교란한다.

'트랜스-'는 또한 언어로 언어의 한계선을 탐색하는 메타-언어의 성격을 문학연구의 방법론으로서 활용할 방안을 모색한다. 근대 문학의 대표적인 연구방법론은 특정 작가나 작품을 중심으로 자세히 읽기(close reading)를 통해 텍스트의 고유한 의미를 분석하고 추출하는 것이었다. 이러한 연구방법론은 기본적으로 작가라는 개인과 그의 언어 간 불가분의 친연성과 동질성을 전제로 한다. 그러나 푸코가 말한 대로 독자적 개인과 언어 사이의 관계가 그다지 끈끈하지 않다면, 아니 끈끈하지 않은 정도가 아니라 아예 개인이 사라지는 자리에 언어가 들어가 앉아 버린다면, 이러한 방법론은 전혀 유효하지 않다. 게다가 소쉬르적으로 보자면 텍스트의 언어는 아무리 별개로 존재한다 해도 궁극적으로 또 다른 언어에 대한 코멘트일 수밖에 없다. 그 자체로 고유하고 독창적으로 보이는 작품이라 하더라도 그것이 언어로 쓰인 한, 그 텍스트의 언어는 이미 다른 텍스트에 대한 메타언어로 기능하는 것이다. 메타언어들의 궤적을 따라 한 언어에 대한 다른 언어의 코멘트, 그에 대한 또 다른 언어의 코멘트 등이 이어지고 쌓이는 양상을 추적해 가다 보면 텍스트들은 (개별 작가와는 관계없이) 길고 복잡하고 두꺼우며 근거리에서 식별하기에는 희미하지만 멀리서 보면 거대한 연결망을 이루어 낸다.[4] 언어·텍스트는 이 거대하고 느슨한 연결망 속에서 때로는 연결되고 때로는 끊어지면서 마구 흩뿌려져서 연결성과 산재성을 동시에 갖는 네트워크를 구성한다.

언어와 텍스트의 구성과 양태를 이러한 거대하고 느슨한 네트워크로 본다면, 언어가 개인들을 문화, 인종, 국가 등의 단위를 통해 본질적으로 혹은 필연적으로 묶어 준다는 생각은 약화된다. 물론 근대사에서 개인이 언어를 통해 공동체의식을 갖게 되고 그것을 기반으로 조직적인 공동체적 실천들이 가능해진 것은 사실이지만, 이는 언어의 전 역사에서 극히 일부분인 200여 년간의 역사에 불과하며, 이 역시도 특정 시기와 특정 공간에서 우연하게 구성된 잠정적인 조합체일 뿐이다. '트랜스-'는 연구방법론으

4 이러한 문학연구방법론에 대해서는 웨이 치 디목의 '지구적 번역(global translation)' 개념을 참조.

로서 단일하고 동질적이며 생물학적인 언어공동체라는 신화에 문제를 제기하고, 더 나아가 언어로서 공동체를 말한다는 것이 과연 어떤 의미를 갖는가를 논의해 본다.

내셔널과 근대 체제

이제 '내셔널'의 의미를 정리해 보자. 내셔널은 근대 국민국가체제를 구성하는 정치적·지리적·문화적 단위라고 간단히 정의해 버릴 수는 없다. 그보다는 훨씬 큰 것을 의미하는 개념이기 때문이다. 근대 국민국가는 기본적으로 제국주의, 자본주의, 인종주의, 낭만주의, 부르주아적 윤리 등 실로 다양한 기제들과 복잡하게 연동되어 우리의 인식체계에 직접적으로 작동하고 있으며, 이 복합적 구성체로서의 근대 국민국가가 갖는 관계성과 포괄성을 간과해서는 안 된다.[5] 내셔널은 흔히 국경 내부에 갇힌 편협하거나 지엽적인 시야·세계관·삶의 방식 등을 지칭하는 것으로 이해되곤 한다. 그러나 그것은 실상 유연한 방식으로 연동하며 변화하는 근대 체제 그 자체를 말하는 것이며 우리가 근대 세계에서 공간, 시간, 삶을 바라보고 인식하는 방식 전체를 지칭하는 것이기도 하다. 이런 의미에서 내셔널과 글로벌은 대척점에 있는 반대 개념이 아니다. 이들이 특정한 공간을 의미하는 개념만은 아니기 때문이다. 오히려 하나가 다른 하나로 바로 이행하면서 동전의 양면과 같이 근대라는 체제를 안팎으로 함께 구성하는 관계로

5 아이와 옹(Aihwa Ong)이 말하는 '유연한 시민권(the flexible citizenship)' 역시 국민국가체제가 얼마나 유연한 방식으로 움직이고 있는가를 밝혀 준다. Ong, *Flexible Citizenship* 참조.

보는 것이 더 적절하다.

민족문학, 세계문학, 비교문학, 혹은 아시아문학 등의 범주들의 작동 역시 내셔널의 포괄적인 인식망 안에 연동된다. 민족, 아시아, 세계 등의 범주화가 실제로 텍스트나 문학언어에 대해 얼마나 생산적인 분석을 이끌어 내는가 하는 문제와는 별도로, 민족문학과 세계문학이라는 범주는 1970년대 이후 한국문학 비평에서 가장 중요한 개념으로 군림해 왔다. 이는 문학텍스트에게 목표점(세계문학)과 그 목표에 도달하기 위한 방법론(민족문학-비교문학-아시아문학)을 제시하였고, 문학언어에 대한 인식에 특수-보편, 주변-중심, 선진-후진 등 이분법적이고 목적론적인 구도를 새겨 넣었다. 특수가 특수성을 추구하는 이유, 혹은 특수가 특수로서 존재하는 의미는 궁극적으로 보편성을 획득하기 위함이며 이런 의미에서 특수와 보편은 상보적이고 상호 구성적인 관계이다. 이 과정에서 보편이 과연 무엇을 의미하는가에 대한 고민이 없었던 것은 아니지만 대부분의 경우 그것은 인간성, 합리성, 진보성 등 지극히 모호하면서 또한 지극히 자명하기도 한 근대적 가치로 귀결되곤 했다.[6]

이런 의미에서 민족문학, 세계문학, 비교문학, 아시아문학 등은 상황에 따라 다른 이름으로 불릴 뿐 내용상 근대 국민국가체제하의 근대 문학이라고 해도 과언이 아니다. 실제로 세계문학은 세계라는 공간에 근거하고 있기는 하지만 근대 국민국가체제를 받쳐 주는 인식적 기반으로 작동한다는 점에서 그 성격은 본질적으로 내셔널하다. 게다가 세계라는 공간 역시 국민국가와 분리된 개별 공간일 수 없다. 그것은 근본적으로 지리적·개념

6 백낙청 참조.

적 · 인식적 차원에서 국민국가의 공간이다. 괴테의 '세계문학(Weltliteratur)'은 19세기 유럽 내 각국의 국민문학들이 상호 비교와 경쟁 속에서 세력화하던 역사적 맥락에 그 발생의 근거를 두고 있으며, 이는 세계를 선점하고자 하는 국민국가의 제국주의적 욕망을 반영한다. 비서구의 경우 이 욕망은 더욱 첨예하게 발현된다. 문학이라는 학문이 서구로부터 이식되어 지식화 · 제도화되어 온 과정에서 소위 문학성의 정립은 서구 근대라는 가치 그 자체였으며 그런 의미에서 민족문학(국민문학)과 세계문학은 사실상 동일한 것(이어야 하는 것)으로 간주된다. 비교문학 역시 마찬가지이다. 전통적으로 비교문학의 기능과 역할은 민족문학과 세계문학의 상호 구성관계를 밝혀주고 기준으로서의 서구 근대라는 보편의 힘을 강화하면서 민족문학들 간의 위계를 확립하는 것이었다.

20세기 후반 이래로 민족문학 · 세계문학 · 비교문학은 탈식민주의와 포스트모더니즘 등의 거센 물결과 함께 범주의 쇄신이라는 도전에 직면하였다.[7] 따라서 지금 이 시점에서 트랜스내셔널을 민족문학이나 세계문학의 개념에 기대어 논의한다는 것은 이미 철 지난 낡은 논의처럼 들릴 수도 있다. 그러나 보편이라는 가치가 갖는 제국주의적 함의를 걷어 내려는 많은 노력에도 불구하고, 세상을 한눈에 보고자 하는 시선, 수많은 언어텍스트를 하나의 인식틀로 포착하고자 하는 (근대적) 욕구가 사라졌다고 보기는 힘들다. 근대 문학의 내셔널한 통제망은 범주들을 다변화하고 다양화함으로써 오히려 더 포괄적이고 더 광범위하게 뻗어 나간다.

7 1990년대 이후 에밀리 앱터(Emily Apton), 스피박(C. Spivak) 등 비교문학과 세계문학에 대해 도전적인 문제제기는 더욱 빈번해졌으며, 실제로 서구중심주의에 기반한 것이 아니라 순환과 이동, 교류를 기반으로 세계문학을 쇄신해야 한다는 다양한 작업들이 진행되고 있기도 하다. Damrosch, Cooppan 등 참조.

최근 디아스포라의 경험을 담고 있는 문학텍스트들이 이민문학, 이주문학 등의 (새로운) 범주 안에서 활발하게 논의되고 있지만 이를 내셔널의 약화라고 보는 것은 근대 문학의 내셔널한 인식체계를 너무 안이하게 보는 것이다. 한국, 미국, 일본 등 특정 국적을 붙여도 아무런 문제가 되지 않는, 소속 국가가 분명한 텍스트들이 있고 그와는 별개로 이중정체성/이중언어의 경험을 반영하는 텍스트, 혹은 이주의 경험에 기반하여 국가정체성이 뚜렷하지 않은 텍스트들이 있다는 식의 구분은, 그 자체가 내셔널의 분류하고 구획하며 통제하는 시선, 선 긋기의 강박을 그대로 보여 준다. 게다가 이러한 범주화는 많은 경우 기계적이다. 미국 소설의 경우 국민문학과 이민자문학은 그 자체로 동의어이며 이민자소설의 성장서사는 바로 미국의 국가서사이기도 하다. 미국의 경우 이민자소설은 일종의 동화(同化)서사로서 기능하면서 훌륭한 미국 시민이 되는 (혹은 되지 못해 비극적인) 과정을 그려내는 전형적인 국민문학인 것이다. 디아스포라 문학도 늘 국적이 불분명한 것은 아니다. 예를 들어 식민지 조선 시기 만주 등지에서 살았던 사람이 자신의 이주 경험을 담은 텍스트를 남겼다 해도 그것이 독립운동이나 일제에 대한 저항이라는 틀로만 읽힌다면 한국문학 이상의 의미를 갖기 어렵다. 정반대의 경우, 한국 국적을 가지고 대부분의 생애를 한국에서 보낸 작가가 한국어로 쓴 작품에 이민, 이산, 이주의 경험이 없다고 자동적으로 전제하는 것 역시 타당하지 않다.

다시 말해, 내셔널이란 하나의 범주나 단위가 아니다. 그것은 범주를 만드는 행위, 구분하고 분류하고 통제하는 근대 체제에 대한 명칭이다. 앞에서도 언급했듯 근대 국민국가는 제국주의, 자본주의, 낭만주의, 부르주아적 윤리, 문학서사, 가부장적 가족제도, 이성애(heterosexuality), 이성과 과학

등 일일이 다 열거하기도 힘들 만큼 다양한 기제들과 불가분으로 얽혀서 연동된다. 이 복합체의 작동에는 이분법이라는 인식틀이 핵심적인 역할을 한다. 보편-특수, 중심-주변, 제국-식민 등의 이분법들은 범주화, 분류화, 체계화를 가능하게 해 주기 때문이다. 실제 삶에는 어떤 범주에도 속하지 않는 단독성, 특이성, 고유성이 당연히 존재하겠지만, 이분법적 구도는 이 미묘한, 달리 표현할 수 없는 차이들을 편리하게 삭제하고 범주화에 알맞은 그 무엇으로 평평하게 만든다. 즉 아무리 세상에서 단 하나밖에 없는 단독적인 경험이나 시각, 언어, 텍스트라 해도 그것은 일단 특수로 분류된다. 그리고 일단 이 특수라는 범주 안에 들어가면 그것은 보편이라는 체로 걸러져 처분되어 버린다.

이런 이분법 안에서는, 중심도 아니고 주변도 아닌 것들, 혹은 중심이면서 주변인 것들, 제국 안의 식민성, 식민과 제국의 공모, 가해와 피해의 엉킴 등 복잡하게 얽힌 삶의 수많은 양상들이 의미 있게 분석되지 못한다. 설령 된다 하더라도 그 단독성, 모호성, 복잡성은 거의 제거된 채 도식적으로 논의된다. 이런 의미에서 내셔널은 우리가 삶을 인식하는 방식 자체를 단순화하는 근대적 사유체제이기도 하다. 이런 종류의 사유에 갇히면 스스로 복잡성을 경험하고 말하고 생각하면서도 그것을 논의하고 지식화할 방법을 찾을 수 없는 것이다. 심지어는 내셔널에 저항하는 시각조차 탈-민족주의 혹은 포스트-국가주의 등의 이분법적 범주로 분류되고 구획된다. 이런 의미에서 내셔널에는 푸코의 말처럼 외부가 없다. 그저 내부와 독자성, 혹은 독자성이라는 환상만 있을 뿐이다.

17세기 중반 이래 근 3세기 동안 근대 체제는 진화를 거듭하며 권력의 형태와 양상을 바꿔 왔다. 근대 체제의 어떤 측면은 이제 그 한계에 다다른 것처럼 보이기도 한다. 앞에서 살펴보았듯이, 범주는 그 한계에 도달했을 때 경계선의 존재를 어슴푸레하게나마 드러낸다. 최근 근대 체제, 내셔널이 임계치에 도달했음을 암시하는 몇몇 징후들이 나타나고 있다. 우리 현실의 일정 부분들, 심지어 중요한 부분들이 근대라는 인식틀로 잘 설명되지 않는 것에 대한 불만이 가시화되기도 한다. 포스트휴먼, 게임적 리얼리즘, 매체와 기계비평 등의 용어들이 문학 담론에서 주요 논제로 등장하는 것도 이런 이유에서일 것이다. 이런 징후들의 함의를 제대로 포착하고 내셔널이라는 인식과 사유체제를 계속 문제화하는 것이 앞으로의 과제라 할 것이다.

트랜스내셔널/문학의 방법론

그러면 '트랜스-'와 내셔널을 다시 붙여 보자. 트랜스내셔널은 근대 체제를 위반의 시선으로 바라보면서 근대를 범주로서가 아니라 범주 경계로 바라본다. 트랜스내셔널/문학은 근대 체제를 견고하게 지탱하는 근대 언어체제를 선 긋기의 행위로 다시 논의한다. 근대 문학을 구성하는 요소가 단일어, 집단적 서사, 휴머니즘 등이 아니라 날카롭고 희미한 경계선, 선들이 남긴 흔적과 잔여, 선 위에서 들리는 약한 신음소리 등임을 보이고자 하는 것이다.

트랜스내셔널을 근대적 인식론에 대한 문제제기라고 한다면, 트랜스내셔널/문학은 방법론이다. 이 방법론은 근본적으로 복잡한 자기성찰이다. 근대 문학 스스로 경계 긋기에 의해 어긋난 존재이므로, 그 어긋남을 통해 자기 자신의 어긋남을 논의해야 하는 것이다. 푸코의 위반이라는 인식론은 이런 의미에서 중요하다. 근대의 경계를 보기 위해서는 근대 외부의 시선을 확보해야 한다는, 그 경계 밖으로 '탈'해야 한다는 불가능하고도 낭만적인 (그렇기에 다시 근대로 포섭되는) 선언은 유효하지 않다. 근대의 경계는 넘는 것이 아니라 대면하는 것이다.

비교와 위계

방법론으로서의 트랜스내셔널/문학을 논의하기 위해서는 우선 비교문학방법론으로부터 시작해야 한다. 근대 문학은 근본적으로 비교문학이며 본질적으로 비교방법론에 뿌리를 두고 있기 때문이다. 근대 문학은 서구 국민국가라는 공동체의 언어·문화적 정체성과 불가분의 관계 안에서 구성되고 진화하였으며 따라서 문학성은 국가성과 단단히 얽혀 있다.[8] 국가성은 한 국민국가와 다른 국민국가의 끊임없는 비교와 경쟁 속에서 형성되었으며, 특히 비서구 국가들에게는 (서구와의) 비교에 기반한 자기구성이야말로 필연적인 선택일 수밖에 없었다. 이러한 과정 속에서 근대 문학은 당연하게 비교를 내면화하였다.

그런데 비교란 근본적으로 경계선을 그어야만 가능한 행위이므로, 비교를 위해 언어, 국가, 문화, 인종에는 더 분명하고 더 진한 경계선들이 그어졌다.[9] 더욱 문제적인 것은 경계선에 근거한 비교는 항상 위계를 설정하는

8 Anderson 참조.

9 이에 대한 가장 명징한 논의로는 Sakai 참조.

행위였다는 점이다.

많은 연구자가 비교방법론이 갖는 근원적인 한계를 꾸준히 지적해 왔다. 레이 초우, 해리 하루투니언, 사카이 나오키 등의 연구자들은 학문에서의 비교가 대부분의 경우, '서구=보편'이라는 준거 위에서 그 준거의 온전함과 타당함을 승인하고 강화하는 위계적 방식으로 수행되고 있다고 말한다. 비교라는 방법론 자체가 연구 결과를 미리 규정하고 있는 셈이다.

비서구인, 여성, 이주민, 노동자 등의 소위 사회적 타자들은 특수로서 충실히 연구되어 왔지만 이들이 비교라는 방법론으로 다루어질 때면 그들의 위험한 타자성은 경계선 안으로 포섭되어 기존의 준거(서구, 이성애, 국민국가, 자본주의)를 오히려 인준해 주는 수단으로 격하되곤 한다. 텍스트 안에서는 다양한 언어들의 독특한 실천양상이 풍부하게 관찰되고 있지만, (비교)문학 연구 안에서 그것은 문학성 혹은 (서구)문학사라는 근대적 가치에 의해 귀퉁이가 잘린 채 도식적인 형태로 변형되어 분류된다. 비교의 준거로서 서구 국민국가체제가 확보한 보편의 위상은 여전히 공고하며 그 위계적 구조는 지식체계와 담론 안에 비교연구의 형태로 내면화된다. 학문연구의 인식적 전환, 식민주의의 청산, 경계 긋기의 문제화를 위해서는 새로운 비교 패러다임의 구상이 필요하다. 그리고 이는 비교라는 행위 그 자체에 대한 근본적인 성찰로부터 시작되어야 한다.

레이 초우는 다언어를 비교연구의 전제로 하는 기존 비교방법론에 대해 회의적 태도를 취한다. 언어와 언어, 문화와 문화, 텍스트와 텍스트 사이에 실제로 등가·등치관계가 존재하지 않음에도 불구하고 그들 간의 동등하고 중립적인 관계를 전제한다면, 이런 종류의 연구에는 언어들 사이에 명백히 존재하는 문화자본의 불평등한 분배에 대한 비판의식이 없다는 것이다. 초우에 따르면 비교연구란 단언어·다언어 여부에 상관없이 서구적 학문의 보편이라는 준거, 더 나아가 서구 학문 그 자체의 한계를 드러내 주는 간-문화적 역사성을 담보해야 한다.[10] 사카이 나오키, 리디아 류 등의 연구자들은 등가·등치관계로 인해 비교가 가능한 것이 아니라 애초에 비교의 동학 자체가 서구와 비서구 사이에 등가·등치관계를 '발명'해 내었음을 지적하면서 이 동학이야말로 근대의 인식체제를 구성하는 핵심 요소임을 말하고 있다.[11]

즉 비교라는 방법론은 사실상 근대라는 거대한 인식체제를 떠받치는 핵심적 요소로 기능하면서 근대의 짝이라 할 수 있는 식민주의를 학문 영역에서 지속적으로 재생산한다. 비교는 경계 긋기를 통해 이분법적 등치관계들을 끊임없이 생산하고, 경계선의 내부를 균질하게 만들어 그 전체를 하나의 교환 가능한 등가물로서 다시 발명해 낸다.[12] 따라서 방법론으로서의 트랜스내셔널/문학은, 균질하지 않은 것들이 균질한 것으로 변해 온 과정을 들여다보면서 등가와 교환 개념에 기반한 비교란 불가능함을 말하는 데에서 출발한다.

10 Chow, "The Old/New Question of Comparison" 참조.

11 사카이 나오키는 근대 이후 서구와 비서구 사이에 형성된 관계를 '쌍-상형(co-figuration)'이라는 개념으로 설명한다. 근대 일본이라는 정치적·문화적·심리적 정체성은 서구와의 이 쌍-상형 관계 속에서 형성되었다는 것이다. 리디아 류는 서구가 비서구에 번역되는 과정을 통해 비서구에서 서구적 용어에 대한 등가(equivalents) 용어들이 새로이 발명된 예를 들며, 번역을 언어 간 등가·등치관계가 아니라 새로운 언어가 협상되고 창조되는 공간으로, 즉 '신조어적 상상력(neologistic imagination)'으로 재개념화한다. Sakai; Liu(*The Clash of Empires*) 참조.

12 사카이 나오키가 보여 주는 18세기 일본에 존재했던 수많은 언어들이 번역이라는 상황에 맞추어 '일본어'라는 단일언어로 재발명된 과정은 바로 이에 대한 좋은 예이다. Sakai 참조.

남의 나르시시즘

단일언어, 단일문화, 단일국가 등 균질한 내부를 가진 범주라는 것이 애초에 성립 불가능하다면, 다름과 같음을 말하는 방식은 어떠해야 하는가? 범주 간의 등가와 교환, 위계 설정을 포기한다면 교류, 적대, 이동, 전파 등 관계성, 연결성, 이동성은 어떤 방식으로 논의해야 하는가? 경계선으로 구획하고 분류하며 위계화하지 않고 경계선 그 자체를 대면하기 위해서는 어떻게 읽고 논의하며 사유해야 하는가?

트랜스내셔널/문학이 제안하는 방법론은 무엇보다도 근대 학문에 대한 자아성찰적인 시선이다. 그런데 여기서 자아성찰이라는 용어는 반드시 재개념화될 필요가 있다. 근대 문학(론)이야말로 철저히 자아성찰에 관한 것이었기 때문이다. 근대 문학은 자아를 경계선 안에 존재하는 내부라는 실체로 정의하였고, 이 내부라는 이미지와 그에 대한 욕망을 끊임없이 개인에게 투영하였으며, 그러면서 내부의 면적을 지속적으로, 또 글로벌하게 확장해 왔다. 따라서 근대 문학론은 근본적으로 내부로서의 자아에 대한 욕망, 또 그 자아의 무한한 확장이라는 문제에 천착할 수밖에 없었다. 근대 문학은 일종의 거울로, 내부 혹은 내면이라는 (무한히 팽창하는) 이미지를 비추어 주었고 그 동질적이고 커다란 이미지에 대한 매혹은 기묘한 나르시시즘을 재생산하였다. 리디아 류의 표현을 빌리자면, 우리는 이 나르시시즘을 통해 항상 '남의 욕망을 욕망'하게 된 것이다.

트랜스내셔널/문학의 성찰적 시선이란, 자아가 남의 내부, 남의 내면, 남의 욕망으로 확립된 과정과 궤적을 좇는 역사적 시선이다. 즉 여기서의 성찰은 자아의 내부를 (그것이 진짜든 남의 것이든) 향해 있는 것이 아니다. 성찰의 대상은 근대적 자아라고 인식되는 거대한 내부, 혹은 내면이 경계선과 맺고 있는 문제적 관계이다.

약한 이론: 느슨한 네트워크로서의 문학

조르조 아감벤의 '헐벗은 생명(bare life)'이라는 용어는 이 문제적 관계에 주목하는 이론 작업의 대표적 예이다. 아감벤은 인간과 비인간 사이에 그어진 경계선을 보면서 그 선의 내부에 인간으로서의 정치적·물리적 보호를 받을 자격이 굳건히 놓여 있다는 현실을 논의의 수면으로 끌어 올린다. 실제로 인간의 인간-됨이란, (정치윤리적 층위이든 물리적 의미이든) 경계선의 내부가 아니라 바로 그 경계선으로부터 사유해야 한다는 것이다. 다시 말하자면 아감벤은, 인간이라는 것을 자명한 것으로 받아들이고, 그 의미를 인간 범주 내적인 성격이나 특성에서 찾을 것이 아니라 인간이라는 범주 자체를 정의하는 가늘고 여린 선, 또 그 선으로부터 희미하게 사라져 가는 헐벗은 생명의 신음소리에서 발견해야 한다고 말한다. 폭력에 무방비 상태로 아무렇게나 내팽개쳐진 존재, 헐떡이는 숨만 남은 생명체, 인간과 비인간의 범주 경계가 되는 이 애매하고 희미한 선이야말로 인간성(혹은 근대적 자아라는 것)에 대한 사유가 집중되어야 하는 철학적 지점이라는 것이다.

경계선의 불안정하고 희미하며 불현듯 사라져 버리는 움직임을 추적하는 트랜스내셔널/문학의 비교방법론은 리디아 류의 '횡언어적 실천'과 문제의식을 공유한다.[13] 횡언어적 비교연구방법론은 문화, 국가, 지역 등 경계선으로 구분된 범주들의 안팎을 복잡하고 예측할 수 없는 방식으로 가로지르고 관통하면서 이 범주들의 내적 단일성, 동질성, 균질성을 교란하는 언어의 동적·역사적 양상과 예측 불가능한 협상 과정에 주목한다. 웨이 치 디목의 '약한 이론(weak theory)'이라는 개념은 동질화된 내부를 상정하지 않으면서 탈근대적 비교방법론을 논의할 수 있는 유익한 시사점을 던져 준다. 그녀는 문학사, 혹은 문학텍스트들 간의 연관관계를 풀어내는 본인의 글은 이론으로서 인정받을 수 있는 최소한의 수준을 간신히 유지하는, 말하자면 약한 이론이 될 것이라고 선언한다. 약한 이론이란 이론으로서의 정합성과 광범위한 적용범위, 분석적 야심이나 학문적 권위 같은 것을 추구하지 않는다. 인간의 언어적 삶에 존재하는 다양한 현상들과 복잡하고 돌발적인 연관들을 기존 권력체제로 명쾌하게 설명하거나 단순하고 간명하게 일반화하려는 시도를 포기하고, 그 대신 권력과 주변적이고 비스듬한 관계를 맺으면서도 곧 그로부터 이탈해 버리고 자취를 감추어 버리는 가변적, 탈중심적, 다-위치적인 배열들을 다소 헐렁한 방식으로 잡아내고자 하는 것이다.

약한 이론은 문학 담론장을 제멋대로 엉키고 뻗어 있는 실타래의 형태처럼 길게 늘어진 연결망으로 본다. 이 연결망 안의 텍스트들이 맺는 연관관계를 선으로 이어 보면 갑작스레 끊기고 엉뚱한 곳에서 돌출하며 간신히 이어지는 듯하다가 그냥 사라지기도 하는 등 분명한 형체를 잡기 힘들다. 장기적인 안목으로 길게, 또 멀리 보았을 때에야 비로소 흐릿하게 네트워크라고 불릴 만한 모양새가 겨우 나타난다. 이 네트워크는 이어짐이 아

13 리디아 류는 중국을 중심으로 언어와 문화의 번역, 교류, 갈등의 양상을 검토하면서 '횡언어적 실천(translingual practice)' 즉 번역을 정치적 이해와 이데올로기적 갈등으로 점철된 문화적 투쟁과 협상이라는 측면에서 이론화한다.

니라 끊어짐에 의해 불명확하고 흐릿한 연관성을 살포시 드러낼 뿐이며, 연약한 드러냄들 하나하나는 특정 시공간의 움직임과 긴밀히 밀착되어 있다. 그렇기에 개별적인 사례를 통해 계속 맥락화를 해야만 한다. 이러한 작업을 통해서만이 기록되지 않고 포섭되지 않은 해석적 힘들이 비로소 작동하게 된다는 것이 디목의 논지이다.[14]

디목의 약한 이론 선언에서 우리가 주목해야 할 점은, 긴 네트워크라는 개념이 연결망의 강력함이 아니라 그 반대로 약함에 기반한다는 점이다. 관계망에 대한 연구가 대부분 사물·정체성·텍스트들 간의 끈끈한 연관을 강조하는 형태로 이루어진다면, 디목은 이들이 사실 대단히 헐겁게 이어져 있으며 심지어는 군데군데 단절되어 있다고 본다. 이론과 그 대상이 되는 실제 삶·경험 간의 밀착력도 약하다. 이론이 삶을 논리적·총체적으로 설명해 낼 수 있다는 믿음 자체가 강하지 않기 때문이다. 심지어 작가-텍스트 간의 관계마저 희미하고 헐거워져서 언어적 주체 혹은 언어정체성이라는 것이 전면적으로 문제화된다. 문학 담론장을 길고 멀리 조망하면서 언어 간의 연관관계에 대해 정합적인 설명을 시도하지 않고 대신 끊어짐과 비-소통성을 기반으로 하여 가늘고 불분명한 연결들을 세세히 관찰해 나갈 때, 문학연구는 사실상 한 명의 저자, 하나의 작품, 하나의 장르라는 단위로부터 초점을 거두는 방식으로 이루어질 수밖에 없다.

사실 이런 식의 논의는 디목이 처음은 아니며, 이미 신비평부터 텍스트의 자율성을 강조하는 비평 흐름이 존재해 왔다. 롤랑 바르트는 작가의 죽음을 선언했고, 푸코 역시 작가를 하나의 정체성으로 바라보기보다는 기

14 Dimock, "Weak Theory," 732-753.

능이라는 개념으로 제시하였다. 푸코에 따르면 '작가-기능'은 소위 작가라고 지칭되는 합리적·이성적 존재를 구성하기 위한 목적으로부터 파생된 복잡한 과정에 의해 생성된 것이다. 개인으로서의 작가는 물론 현실적인 존재이겠지만 그와 동시에 작가란, 어떤 의미에서는 우리가 텍스트를 다루는 특정 방식에 대한 투사이기도 하다는 것이다. 푸코는 문학연구에서의 작가란 대부분 '통일성의 원칙'으로 작동한다고 본다. 특정 작가의 이름을 달고 있는 여러 개의 텍스트들 안에는 실제로 수많은 모순, 균열, 단절, 차이들이 존재하는데, 작가라는 특정 개인을 이 작품들 안에 존재하는 일관된 원칙으로 전제함으로써 이 모순들의 날카로움을 중립화하고 단순화해 버린다는 것이다.[15] 따라서 푸코는 작가를 개인이 아니라 기능으로 재개념화하고 이를 통해 궁극적으로 언어와 담론의 자기지칭성을 강조한다. 담론이 갖는 표현적 가치나 형식적 변화뿐만 아니라 담론이 담론으로서 존재하는 방식을 역사적으로 분석하고 또한 담론이 (특정 정체성이 아니라) 사회적 관계 위에서 조율되고 발화되는 양상을 드러내기 위해서이다.

디목의 약한 이론은 푸코가 말하는 기능으로서의 작가와 맞닿으며 문학연구에서 비교를 방법론으로서 쇄신할 수 있는 일련의 방향을 제시해 준다. 텍스트, 언어, 혹은 작가 개인에게 문화적·국가적·성적 정체성을 부여하여 이들의 성격을 분명하게 규정하고 분류한 후 이들 간의 관계를 친연이나 적대, 영향이나 모방 등 명확히 인식 가능한(뻔한?) 관계로 묶고 가르는 것의 결과는 이미 설정된 분류표 안의 또 다른 분류일 뿐이다. 이는 끊임없이 서구 국민국가체제의 담론을 반복하여 체제 안에 함몰되게 하며,

15 Foucault, *Language, Counter-memory, Practice*, 113-138.

방법론 자체, 더 나아가 (비교)문학의 역사성을 복잡한 사회적 관계 속에서 메타적으로 바라볼 수 없게 한다.

디목과 푸코는 언어, 텍스트, 담론에 대한 논의에서 정체성의 명징성과 정합적·총체적 이론에 대한 서구적 강박을 해체한다. 왜냐하면 그 강박이야말로 문학을 (비교)문학으로 존재하게 하기 때문이다. 작가의 부재, 연결의 단절, 사라진 조각 등에 대한 지속적인 상상과 사유는 문학을 깔끔한 경계선으로 확연히 구분되는 잘 조직화된 언어구조물이 아니라, 희미하고 불분명하며 중간중간 (소통할 수 없는) 깊은 균열이 새겨진 긴 네트워크로 다시 보게 한다. 그리고 바로 이러한 상상이 반영된 방법론을 통해서 문학 담론장의 파편적이고 흐릿하게 사라져 가는 다름이, 그 연약한 연결망(보편?)이 논의되어야 한다.

디목과 푸코의 주장은 연구의 패러다임뿐 아니라 학문적 태도에 대한 문제제기이기도 하다. 최근 연구에서 권력이 (혹은 작가 등 권력을 부여받은 주체가) 거의 대부분의 현상을 설명해 주는 이론적·방법론적 만병통치약으로 제시되는 경향이 있는 것이 사실이다. 물론 권력은 많은 경우 우리 세계에서 일어나는 일들에 대한 강력한 설명틀로 기능한다. 그러나 때때로 일상적인 언어와 담론, 경험의 장에서 '실제로 권력이 그렇게까지 센가?'라는 의문이 들기도 한다. 모호하고 희미한 파편들, 부재와 상실의 흔적들을 집요하게 추적하고 끊임없이 맥락화하면서 담론을 역사와 사회 속에 위치 짓고자 하는 이들의 시도에는, 다양하고 복잡한 삶을 권력이라는 마법의 단어로 간단히 설명하는 것이 지적으로 안이하고 게으르다는 학문적 비판이 들어 있기도 하다.

켜켜이 쌓인 묘사

인류학자 클리퍼드 기어츠의 연구방법론 역시 우리가 문학방법론을 새로이 구상하는 데 좋은 모델을 제공한다. 기어츠는 그의 기념비적인 저작 『문화의 해석』에서 문화현상이란 일종의 텍스트이고 문화는 수많은 다양한 텍스트들의 집합체이며, 이는 켜켜이 중첩되고 얽힌 형태로 사회의 의미망을 구성한다고 본다. 즉 문화는 그 자체의 기호와 상징들로 이루어진 '상상적 우주'이기 때문에 문화인류학자가 해야 할 가장 중요한 작업은 일반화된 법칙의 발견이 아니라 그 우주가 의미하는 바에 대한 해석이라는 것이다. 문화와 해석에 대한 기어츠의 생각을 가장 명징하게 드러내 주는 것은 '켜켜이 쌓인 묘사'라는 개념이다.[16]

이는 민족지학을 쓰기 위한 방법론으로, 아주 간단한 인류학적 관찰을 필드노트에 옮겨 적는 행위도 이미 그 자체로 해석이라는 자의식하에, 주어진 문화텍스트에 빼곡히 들어차 있는 갖가지 해석과 의미의 층위들을 충실히 기술하고 풀어내는 것이다. 특정 행위나 의식, 행사나 제도 등 문화텍스트 안에는 여러 개의 다양한 의미와 해석들이 겹겹이 쌓여 있으며 이 수많은 의미 층위들은 때로는 비슷하게 어울리고 때로는 모순되고 상충되기도 하면서 마치 지층의 단층처럼 겹쳐져 텍스트의 두터움을 만들어 낸다. 켜켜이 쌓인 묘사는 문화텍스트의 복잡함을 한두 문장의 주제문으로 환원할 수 없음을 의식하면서 바로 그 의미 층위의 두터움을 있는 그대로 드러내고자 한다.

16 'thick description'은 '중층기술', '두터운 기술', '두껍게 기술하기' 등 여러 가지로 번역되고 있으나 이 책에서는 문학연구에 적용하기 쉽도록 '켜켜이 쌓인 묘사'로 번역한다.

켜켜이 쌓인 묘사를 문학연구에 적용한다면, 이는 해석이 해석되고 그 위에 또 해석이 쌓인 것들을 해석하는, 어찌 보면 매우 집단적이고도 지극히 익명적으로 구성되는 사회적 메타-담론의 구성 과정이라 할 수 있다. 그리고 이를 통해 우리는 낯선 이들의 삶에 대한 이해와 앎에 (조금이나마) 도달한다. 기어츠는 이런 주장을 통해 분류와 체계를 특성으로 하는 근대 학문의 유효성을 문제화하고 학문의 과학성이란 무엇인가 하는 문제를 파고든다. 해석이란 '진실 대 허구'라는 이분법을 떠나 세계를 이해하기 위해 필연적으로 수행되는 의미화 작업이며, 이 작업은 우리가 인식하건 인식하지 못하건 어느 언어, 어느 시각, 어느 위치에서건 끊임없이 일어나기 마련이다. 켜켜이 쌓인 묘사는 해석이 갖는 근본적인 가공성을 직시하고 (특정한) 픽션(해석)을 낭만화, 사소화, 혹은 비과학화, 주변화하는 태도를 비판하면서, 픽션들, 해석들, 의미들, 그 행위들이 모여 이루어 내는 '두께'야말로 우리가 세상을 지식화하는 데 가장 유효한 과학성이자 지성이라고 보는 것이다.

주인 없는 언어, 텍스트, 문학

문학연구가 횡언어적 접근, 약한 이론, 작가의 죽음, 켜켜이 쌓인 묘사 등을 방법론으로 채택한다는 것은, 문학이 이제까지의 수행방식을 전면적으로 쇄신한다는 것을 의미한다. 아마도 그 문학연구는 아직 우리가 해보지 못한 언어적 실천의 형태일 것이다. 그것은 더 이상 개별 텍스트·작가·문화·담론들의 일대일 만남이 아니라 해석에 대한 또 다른 해석, 담론에 대한 또 다른 담론이 끊이지 않고 이어지는 긴 네트워크의 모양새가 될 것이다. 의미구조를 충실하게 기술하면서 그 기술로 하여금 연구의 결과를 예측할 수 없는 길로 이끌게 하고, 텍스트 안에 쌓인 의미의 지층들을, 그 복잡성과 단독성을 최대한 풍성하게 드러낸다면, 그리고 그런 켜켜이 쌓인 묘사 위에 또 다른 켜켜이 쌓인 묘사가 축적되고 모여서 더 큰 지층들을 만들어 낸다면, 그것은 멀리서 바라볼 때만 간신히 알아볼 수 있는 어떤 형태를 띨 수도 있다. 그것은 작가 개인의 소유도 아니고 특정 민족의 민족지학도 아니며 권력체제의 담론도 아닌, 순전히 언어의 힘만으로 만들어진 두께로 익명성을 확보한 그 무엇일 것이다. 그때 우리는 비로소 푸코가 말한, 주체가 떠난 자리에 끊임없이 외국어, 크리올, 피진의 언어로 다시 돌아와 담론을 쌓고 그에 대한 담론을 또 쌓고, 무수히 이 과정을 반복하면서 켜켜이 쌓인 층을 구성해 가는 트랜스내셔널/문학을 인지할 수 있을 것이다. 또한 푸코가 던지는 질문들, "담론의 존재방식은 무엇인가?" "이 담론은 어디서 왔고 어떻게 순환되며 누가 통제하는가?" "누가 주체의 기능을 채울 것인가?" 등 담론의 역사성과 사회성을 조망하기 위한 일련의 질문들에 답할 수 있을 것이다.

1장

경계의 탄생, 인간의 등장

…

크리스토퍼 놀란 「다크나이트」, 셰익스피어 『햄릿』

경계선으로서 인간

근대 문학은 한 번도 진지하게 스스로를 향해 '내가 무엇인가'라는 의문을 던져 본 적이 없다. 답은 너무도 자명했기 때문이다. 근대 문학의 핵심 가치는 근본적으로 인간, 인간성, 혹은 인간-됨이었고, 문학의 실천이란 이 가치들을 확인하고 또 긍정하면서 인간이란 범주 경계를 서사적으로 정의·재정의하고 확장하는 작업이었다. 인간, 인간성, 혹은 인간-됨이 과연 무엇인가 하는 질문이 의문문이라기보다는 수사의문문으로 기능하게 된 것과 같은 이유로, 문학 역시 스스로를 문제화하기에는 너무 강한 자기 확신에 차 있었던 것이다.

이제 우리는 인간이라는 정체성에 대해 더 이상 확신을 가질 수 없는 시대를 대면하고 있다. 확신이 흔들린다는 표현은 상당히 약한 것 같기도 하다. 인간이라는 범주는 근대 역사상 그 어느 때보다 거센 도전을 받고 있으며 인간 혹은 인간-됨은 사실상 차별과 배제의 논리로서 각종 근대적 폭력의 주범이었다는 이유로 집중포화를 맞고 있기도 하다. 그 범주의 효용성은 의심스러운 눈길로 폄하될 뿐 아니라 심지어 조롱되기까지 한다. 그렇다면 문학은 인간, 인간성, 인간-됨으로 대변되어 온 가치들을 버려야 하는가? 그런데 문학이 인간에 대해 말하기를 그만둔다면 그것은 문학일까? 문학이라는 이름으로 구성되고 배열되어 왔던 일련의 지식제도는 이제 인간이라는 대단히 편리한 우회로를 거치지 않고 스스로를 재정의해야 하는 매우 난감한 지점에 이르렀다.

이 난감함이 우리로 하여금 굳이 인간을 버려야 하느냐는 반론을 제기하게 한다. 실제로 문학이 인간을 버린다는 것은 말처럼 쉬운 일이 아니다. 심지어는 대단히 무책임하고 위험한 일일 수도 있다. 그것은 '우리'라고 할 수 있는 일련의 공동체의식을 포기한다는 것이고, 정치 그 자체를 포기한다는 의미이기도 하기 때문이다. 서구-부르주아-백인-남성이라는 편협한 의미의 인간만 버리면 되지 굳이 인간이라는 범주 자체를 다 포기해야 하는가 하는 의문이 생길 법도 하다. 인간이라는 범주로 더 많은 다양한 삶의 존재양식들을 끌어안으면 되는 것 아닌가? 인간이라는 용어가 이미 서구-부르주아-백인-남성이라는 제국주의적 나르시시즘에 깊이 침윤된 것이라면, 우리 모두 (정치적으로) 헐벗은 생명임을 혹은 (물적으로) 사이보그임을 천명하고 새롭게, 그리고 더 포괄적으로 정의된 보편 안에 다시 헤쳐 모이는 것으로도 충분하지 않은가?

그러나 그런 포용의 논리는 형식논리에 지나지 않는다. 아무리 범주의 경계선을 조율하고 넓혀도 우리는 근본적으로 어느 지점에선가는 선을 긋고 있으며, 더 근본적으로 '선을 그어야 한다'는 생각 자체는 끝까지 고수하고 있다. 역설적이게도, 광범위하고 포괄적인 범주일수록 그것을 둘러싼 경계선은 가장 엄격하고 강고하다. 범주 경계가 곧 존재 자체에 대한 긍정이 되기 때문이다. 그렇다면 오늘날 전방위적으로 비판받고 있는 휴머니즘이란 이데올로기는, 단순히 낡은 19세기 서구-부르주아-백인-남성이라는 협소한 가치체계로만 볼 것이 아니다. 보편으로서의 인간이 넓고 다양하며 혼종적인 방식으로 다시 상상된다 하더라도 그것의 외연을 감싸는 경계선에 대한 존재론적 집착이 남아 있다면, 그것이야말로 근대, 근대 문학, 근대 개인을 구성해 온 휴머니즘이라는 것의 진짜 정체일지도 모른다. 최근 포스트휴먼에 대한 논의와 상상이, 이 끈질기게 따라붙는 휴머니즘을 어떻게 다루고 있는가도 신중히 고려해야 할 문제이다.

그렇다면 우리는 인간에 대해 논의하는 것을 그만할 것이 아니다. 경계 안에 놓인 인간에 대해 논의하는 것을 그만하면 될 뿐이다. 근대 문학은 인간을 끊임없이 말해 왔지만 늘 그 논의는 경계의 안이냐 밖이냐의 문제였다. 경계는 늘 불안정하게 움직였고 이 움직임에 따라 서구 장원 저택의 귀족, 부르주아 가정, 시민, 유색인종, 여성, 비서구인 등 경계 안으로 입성하는 새롭고 낯설고 이질적인 존재들은 신규 멤버로 한동안 주목받다가 또다시 잊히곤 했다. **이제는 인간을 경계의 '안·밖'이 아니라 경계'에서', 혹은 경계'로서' 논의해야 할 시점이다**. 인간이라는 존재론적 구성은 인식론적이고 실천적인 차원에서 경계 긋기라는 행위 그 자체에 뿌리를 두고 있으며 그런 의미에서 인간은 경계적 구조물이다. 그것은 경계에서 생겨났고 경계에 의해 유지되며 경계로서 존재한다. 그런 의미에서 근대 문학은 태생부터 인간을 핵심 가치로 내걸었음에도 불구하고 실제로는 인간에 대해 한 번도 제대로 논하지 않은 것인지도 모른다.

근대와 경계의 생성: 바보배와 광기

푸코, 아감벤 등 몇몇 포스트구조주의 이론가들은 인간을 경계 그 자체로서 사유하는 데 유용한 논의들을 제공한다. 푸코는 근대 인간이란 15-16세기를 거쳐 진행된 광기로부터의 경계 긋기 위에 구성된 존재임을 말하며, 아감벤은 하이데거의 논의에 기반하여 인간이 말이라는 존재론적 경계선을 구축함으로써 '말하는 존재'로서 성립된 과정을 논의한다. 이들은 인간과 경계가 얼마나 친밀한 개념인지를 주장하며, 인간이라는 정체성을 그 한계까지 밀어붙였을 때 비로소 그가 갖는 경계로서의 의미가 흐릿하게나마 드러난다고 본다. 따라서 경계를 넘어서는 보편 혹은 인간을 상상한다는 것은 실제로 탈근대적 기획이 아니라 지극히 근대적 기획의 일부에 불과하다. 여기에서는 인간이 경계로 존재하고 기능해 온 과정을 논의하고자 하며 인간을 상상하는 행위와 경계선을 긋는 행위가 근대의 역사, 정치, 언어 안에서 불가분으로 얽혀 있음을 말하고자 한다.

먼저 푸코에서 시작해 보자. 푸코는 『광기의 역사』에서 인간이 광기와 변별되는 존재로 재정의되어 온 역사적 과정을 풀어낸다. 그는 인간이라는 경계가 발명되고 구성되어 온 과정은 광기가 어떻게 변별되고 범주화되며 결국 질환으로 명명되어 격리되었는가의 과정과 분리할 수 없음을 보인다. 푸코는 먼저 중세 나병환자들의 격리 수용으로부터 이 근대적 경계 긋기의 기원을 추적한다. 중세에 나병이라는 것은 근본적으로 신이 내린 처벌로 여겨졌기에 나병환자들은 숲이나 도시의 변두리, 사람이 거주할 수 없는 지역 등으로 추방되거나 도시 내부에 이들을 따로 관리하기 위해 마련된 시설 안으로 격리되었다. 그러나 나병이 갖는 의미는 실제로 그렇게 단순하지는 않았다. 이 끔찍한 병은 신의 분노와 처벌을 상징하는 것이었지만 그와 동시에 신의 자애 그리고 무엇보다 기적을 보여 주는 것이기도 하였기 때문이다. 중세 말기 나병은 유럽 전역에서 소멸되기 시작하였고 푸코에 따르면 나병환자들이 차지하던 특수한 물리적, 상징적 공간은 광인-바보들이 채우기 시작했다고 한다. 이제 광기야말로 범주의 경계로 작동하면서 내부에 들어가는 자와 그로부터 추방당하는 자를 구분하는 경계-선으로 가장 강력하고 두드러지게 기능하게 되었다는 것이다.

경계로서의 광인-바보-광기의 이미지를 가장 잘 보여 주는 것으로 푸코는 '바보배(Das Narrenschiff)'를 제시한다. 브란트의 시뿐 아니라 중세 말 회화에서도 그 흔적을 뚜렷이 남기고 있는 바보배는 도시에서 내쫓긴 각종 광인-바보들을 싣고 강을 따라 유럽 전역을 정처 없이 떠다니는 배이다. 바보배는 실제 역사에서 존재했던 광인-바보의 추방의 양상에 대한 사실적인 묘사이기도 하였고 또 비유적 의미에서 이성을 찾아 떠나는 상징적인 순례로 기능하기도 하였다. 푸코는 바보배가 보여 주는 추방의 항해는 강력한 구분(division)인 동시에 절대적인 이동(passage)으로서 중세 말기 광기가 갖기 시작한 경계로서의 의미를 잘 드러내 준다고 말한다. "추방은 곧 감금이었고, [광인이] 갇힌 감옥이 문턱의 경계선 그 자체라면 그는 이동의 장소에 투옥되어 있는 것"이었다.[17] 푸코는 이 이미지야말로 경계로서의 인간이 탄생하는 순간을 가장 잘 포착하고 있으며 그와 동시에 경계가 가질 수밖에 없는 모순들을 생생하게 구현하고 있다고 본다. 15세기 이후 서구가 보여 준 인간에 대한 사유, 상상력, 실천은 바보배의 강렬한 이미지로부터

17 Foucault, *History of Madness*, 11.

자유로웠던 적이 없다는 것이다. 이는 또한 이 무렵 발생한 말과 이미지, 말과 사물 사이에 일어난 근대적 균열과도 깊은 연관을 갖는다.

푸코는 15세기 말경 광기-바보가 두 가지로 분화하는 양상에 주목한다. 우선 광기는 금지된 지식이고 사탄의 지배와 세계의 멸망을 예언하는 묵시록적 계시이며 그 누구도 통제할 수 없는 우주적인 힘이다. 또한 한 세계를 영원히 사그라들게 하는 '밤의 도래(the coming of a night)'이기도 하다. 이 어두움을 바라보고 있으면 "도저히 존재할 수 없는 형상들이 천천히 물러나는 모습을 식별할 수 있다."[18] 이 맹목적이고 잔인하며 비극적이고 동물적인 분노로 가득한 멸망 한가운데는 신도 악마도 없으며 다만 순수한 광기 그 자체만이 존재할 뿐이다. 그런데 또 다른 맥락에서 광기는 인간의 도덕적이고 윤리적인 세계를 위해 변형된 형태로 나타나기도 한다. 이 경우 광기는 인간의 어리석음을 교정하기 위한 반면교사로 기능하면서 철학적·도덕적인 덕목을 위해 기능한다. 에라스무스 등 르네상스 인문주의자들이 취한 것은 이런 종류의 광기인데, 여기서 광기는 주로 욕심, 거짓말, 자린고비, 간음 등 인간의 어리석음으로 재현되며 르네상스 시대를 풍미한 도덕적인 풍자 안에서 흔히 도구적으로 사용된다. 푸코는 르네상스 이후 두 번째 종류의 광기, 즉 인간의 도덕과 이성, 지식의 한 형태로 순화되고 포섭된, 도구화된 광기가 문화와 담론을 주로 지배하였으나 그 안에는 항상 첫 번째 종류의 광기, 즉 무시무시하고 예측할 수 없는 밤, 비극적 에너지로서의 광기가 꿈틀대며 숨어 내재해 왔다고 본다.

16세기 이후 근대 역사 내내 이 두 종류의 광기는 경합해 왔다. 이성의

18 Foucault, *History of Madness*, 41.

도구로서의 광기가 배제와 포용의 논리로서 인간을 경계 안으로 끌어들이고 그 경계선 안에서 논의를 전개하고자 하였다면, 순수한 어두움, 밤으로서의 광기는 인간 그 자체가 감금되었지만 이동하는 경계임을, 바보배의 모순을 체현하는 존재임을 끊임없이 환기시키며 미미하게 그러나 강렬한 흔적과 잔여를 남기고 있다. 그리고 이 광기의 분화와 경합, 모순의 동학은 근대 문학의 면면한 흐름 속에서 뚜렷이 찾아볼 수 있다.

「다크나이트」: 바보배의 슈퍼히어로

크리스토퍼 놀란 감독의 영화 「다크나이트」(2008)는, 근대 문학 전반에 걸쳐 꾸준하게 제기되는 더블, 혹은 도플갱어의 문제, 즉 이성-광기라는 이중성 속의 인간이라는 고전적인 주제를 가장 도발적인 방식으로 다루는 작품이라 할 수 있다. 슈퍼히어로물이라는 장르 자체가 더블의 문제를 가장 즉자적인 방식으로 다루는 장르이긴 하지만, 「다크나이트」는 장르 자체의 가능성을 극한까지 밀어붙이면서 인간이라는 범주 경계로서의 광기가 갖는 의미와 양상을 탐구한다. 이 작품에서 배트맨과 조커의 대결은 단순히 선과 악의 대결 이상의 의미를 지닌다. 하나의 괴물과 또 하나의 괴물, 하나의 가면과 또 하나의 가면, 하나의 광기와 또 하나의 광기는 인간이라는 추상적인 개념을 두고 존재론적 대결을 벌인다. 이는 영화의 가장 상징적이라 할 수 있는 장면 속에 강렬한 이미지로 재현된다. 조커는 빌딩에 거꾸로 매달린 채 배트맨과 마주하여 서로를 뒤집힌 거울로서 바라보면서 "너와 나는 영원히 이렇게 (서로를 죽이지도 못한 채) 마주 볼 운명이야"라고 말한다. 이는 선과 악, 이성과 광기, 수호하고자 하는 의지와 파괴하고자 하는 욕망 등이 대결하고 부딪치며 불가분으로 얽혀 있는 이미지를 통해, 인간이 광기를 통해 스스로의 인간성을 뒤집힌 거울로 바라보고 있음을 나타낸다. 그와 동시에, 얼굴 부위만 겹쳐진 채 위아래로 길고 팽팽하게 당겨진 상태로 서로를 잡고 있는 배트맨-조커는 그 자체로 선을 이루어 화면을 분할하면서, 이렇듯 복잡하게 구성되는 인간-됨이란 결국 가르고 구분하는 경계선임을 드러낸다.

몇몇 비평가들은 「다크나이트」가 인간을 말하는 방식, 특히 조커라는 인물의 재현을 통해 인간에 접근하는 방식이 상당히 니체적임을 지적해 왔다.[19] 실제로 히스 레저의 조커는 광기에 대한 빼어난 재현을 성취하고 있으며, 모든 인간적인 규범과 질서, 윤리와 도덕 밖에 홀로 고고히 서 있는 듯한 조커 캐릭터는 니체가 말한 '위버멘시'와 명백히 오버랩된다.

그러나 「다크나이트」에 나타난 광기-인간이라는 경계적 존재는 푸코적으로 읽었을 때 더 생산적이다. 이 작품은 인간과 광기의 더블관계를 경계라는 관점에서 재사유하기 때문이다. 조커의 얼굴에 —더 정확히는 양 입가에— 어릿광대의 미소 형태로 그어진 흉터선은 분명 그의 트레이드마크라 할 수 있는 가면이지만, 임의로 지울 수 있는 것이 아니라 실제로 그의 신체에 새겨진 선이라는 점에서 또한 진짜(?) 정체성이기도 하다. 조커는 자신이 누구인가를 설명해야 하는 상황에서 언제나 그 흉터가 새겨진 맥락을 이야기하곤 하는데, 그 이야기의 각 버전들은 (조커 그 자신과 마찬가지로) 끔찍하다는 것을 제외하고는 공통점도 없고 전혀 일관되지도 않다. 즉 조

19 Johnson, "It's What You Do that Defines You," 957.

커는 흉터이고 선이며 경계이다. 그는 또한 흉터를 (혹은 경계선을) 긋는 자이기도 하다. 그는 평범한 사람들을 극단적인 상황에 몰아넣고 단 한 번도 생각하지 못했던 선택을 강요하면서 이쪽이냐 저쪽이냐의 경계 위에서 그들의 인간성을 테스트한다. 이런 의미에서 그는 선이라는 1차원에 속하는 인물이며, 더 나아가 시청자로 하여금 어두운 화면 속에 어슴푸레 드러나는 그 희미하고도 그로테스크한 (경계)선들을 통해 인간을 보도록 독려하는 자이다.

「다크나이트」를 푸코적으로 읽어야 하는 보다 중요한 또 하나의 이유가 있다. 「다크나이트」가 제기하는 인간에 대한 재현은 이 영화 고유의 이미지라기보다는 근대라는 역사의 산물이다. 따라서 조커-배트맨의 대결과 그것이 제기하는 경계로서의 인간이라는 문제는, 중세 말 이후 서구에서 생산되어 온 근대 그리고 인간(근대 개인)의 탄생과 진화 과정이라는 더 큰 맥락 속에서 바라볼 때 그 의미가 더 풍부하게 다가온다.

「다크나이트」에서 조커로 상징되는 광기는 푸코가 분류한 두 갈래의 광기 중 전자에 해당하는 것으로 순수한 어두움, 통제할 수 없는 비극적 에너지, 근대 이성 안으로 포섭되지 않는 금지된 지식인 광기(혹은 그 잔여이자 흔적)이다. 조커의 광기는 기원도, 목적도, 결말도 없는 것이며 플롯 안에서 어떤 기능을 하지도 않는다. 조커의 광기(그리고 배트맨의 광기)는 플롯을 뚫고 나가 그 자체로 존재감을 드러내면서 영화 안에서 '밤의 도래'를 구현한다. 게다가 조커는 배트맨에게 던지는 대사에서 흥미롭게도 광기와 나병을 연결시키고 있다.

그들과 같은 편인 척 그렇게 말하지 마. 넌 그들이 아니야. 네가 그렇게 되고 싶어 해도 안 될 걸. 그네들에게 너는 그저 괴물일 뿐이야 … 나 처럼 말이지. 지금은 그들이 너를 필요로 하겠지. 그러나 네가 더 이상 필요하지 않다면 그들은 너를 **나병환자**처럼 버릴 거야. 그들의 도덕이란… 규칙이란… 농담보다 못한 거지. 문제가 생길 낌새만 보이면 바로 포기해 버린다니까. 상황이 허락하는 만큼만 선한 거지. (필자 강조)

앞에서 소개했듯 푸코는 『광기의 역사』에서 중세의 나병환자가 차지했던 자리를 중세 말-근대 초의 바보-광인이 채우기 시작했다고 본다. 조커가 자기 자신과 배트맨의 광기를 나병환자와 연결하는 것은 이들의 괴물성이 중세 말 근대 초라는 시대와의 긴 역사적 연관 속에 놓여 있음을 보여준다. 나병이라는 현상이 신의 처벌인 동시에 신의 기적이듯, 보통의 인간들로부터 소외당하고 배척된 조커-배트맨의 광기는 한편 저주이지만 또 한편 초자연적인, 심지어는 기적적인 그 무엇인 것이다. 그렇기에 우리는 미친 조커의 입에서 거침없이 나오는 인간-됨에 대한 관찰을 ("그들의 도덕이란… 규칙이란… 농담보다 못한 거지. 문제가 생길 낌새만 보이면 바로 포기해 버린다니까. 상황이 허락하는 만큼만 선한 거지.") 우리 자신의 입에서는 결코 나오지 못할 진실로, 어쩌면 광인만이 말할 수 있는 무섭도록 적확한 그 무엇으로 받아들이는 것이다.

『햄릿』: 어릿광대 왕자

「다크나이트」의 진실을 말하는 광인이라는 캐릭터는, 중세로부터 르네상스로 이어지는 시기에 광기-인간이 뒤집힌 채 분리되고 얽혀 있는 모순적인 동학을 통해 근대 인간이라는 범주 경계-선이 구성되어 온 역사적 과정의 흔적을 간직한다. 그런데 인간 경계에 대한 역사적 추적은 거기에서 멈출 수 없다. 아버지의 도시인 고담시를 타락과 부패로부터 지켜 내려는 배트맨의 결연한 모습과 미쳐 날뛰며 혼란을 야기하는 조커 간의 모순으로 가득한 유착관계를 살펴보다 보면, 이 더블형 인간의 원형이 중세 말 근대 초라는 시기, 즉 16-17세기에 뿌리를 두고 있고 그 시기 생산된 텍스트들과도 흥미로운 조응을 이루고 있음을 발견할 수 있다.

16-17세기 서구를 대표하는 작가 윌리엄 셰익스피어의 『햄릿』은 「다크 나이트」와 깊이 조응되고 공명하면서, 조커-배트맨이라는 더블이 구성하는 기묘한 인간, 즉 경계로서의 인간의 원형을 제시한다. 실제로 『햄릿』은 근대 인간 그 자체에 대한 텍스트라고 해도 과언이 아닐 정도로, 근대 인간의 인간성 혹은 근대성을 논하는 데 있어 반드시 거쳐야만 하는 고전 중의 고전으로 군림해 왔다. 16-17세기란 중세에서 근대로의 이행기이며 어떤 의미에서는 근대적인 틀이 아직 제대로 자리 잡기 전인 시기이지만, 흥미롭게도 셰익스피어가 『햄릿』에서 그려 낸 주인공 햄릿 왕자는 근대 인간의 완성형이자 최종본으로 여겨져 왔다. 아버지에 대한 복수 앞에 고뇌하는 젊은 덴마크 왕자 햄릿은 인간의 내면성을 드러내는 최초이자 최고의 캐릭터로 열렬히 환호받았고 이 희곡은 근대의 초입에 쓰였음에도 불구하고 19세기, 20세기, 심지어 21세기의 인간형을 이미 선제적으로 성취한 놀라운 예언적 힘을 가진 작품으로 극찬받았다.

비평가들 역시 햄릿에게서 근대 인간의 정수를 보았다. 콜리지, 헤겔 등 19세기 낭만주의자, 프로이트, 라캉 등 20세기 정신분석학자, 데리다를 비롯한 많은 포스트구조주의자, 페미니스트, 심지어 퀴어 이론가들도 햄릿이야말로 그들이 생각하는 근대적 주체 —내면을 가진 개인으로서의 인간— 를 완벽히 구현하고 있다고 본다. 햄릿은 시대와 환경, 심지어 연극의 플롯으로부터도 자유로운, 그야말로 진정한 의미의 개인이고(콜리지) 절대정신의 완성에 다가가는 주체이며(헤겔), 오이디푸스 콤플렉스가 펼쳐지는 무의식의 현현이기도 하며(프로이트) 보상되지 않는 상실과 애도의 심리이기도 하다(라캉). 그는 또 서구정신 그 자체이며(해럴드 블룸) 근대의 시공간을 어지럽히는 유령으로서 의미를 획득하기도 한다(데리다).

이렇듯 햄릿에게 다양한 형상의 인간이 끊임없이 투사되어 온 것은 햄릿이란 인물의 놀랄 만큼 선진적이고(?) 근대적인 내면성 때문인데, 이 불투명하고 애매모호한 내면성이란 사실상 광기에 다름 아니다. 햄릿은 아버지의 복수를 위해 적절한 시기가 올 때까지 잠시 미친 척하는데 이 꾸며 낸 광기(혹은 진짜 광기?)가 햄릿이라는 캐릭터에 베일을 드리워 그의 행동 속의 동기, 의도, 심경의 변화 등을 모호하게 만든다. 독자는 햄릿이 왜 이런 행동을 하는지 혹은 하지 않는지 의문을 가지게 되고 그 캐릭터의 내면이라는 미스터리를 계속 탐구하게 되는 것이다.

그런데 사실 이런 식의 읽기는 상당히 비역사적인 해석일 수밖에 없다. 근대, 혹은 근대 개인이라는 특정한 틀을 가지고 근대라고 부르기에 부적절한 시간대로 거슬러 올라가, 그 시대의 당대적 맥락을 고려하지 않는 채 후대의 시선을 덧씌우는 것이기 때문이다. 『햄릿』이 미래를 선취했다는 해석 역시 이런 의미에서 문제적이다. 실제로 『햄릿』은 시대를 앞서 나간다거나 선진적이라기보다는 그 당시 관객들에게는 오히려 시대에 뒤떨어진, 즉 아무도 더 이상 관심을 두지 않는 구닥다리 소재를 재활용한 극이었다.[20] 햄릿의 내면-광기 역시 당대 맥락에서 바라볼 필요가 있다.[21] 실제로 이는 오늘날 우리가 이해하는 바대로 불안한 근대적 내면의 징후라기보다는 16-17세기 영국 극장의 관행적인 연극적 장치였다고 보는 것이 적절하다. 그라지아는 당대 극장에서 햄릿이 엄청난 인기를 끌었던 것은, 고뇌에 가득한 내면과 철학적 독백 때문이 아니며 오히려 이 인물이 무대 위에서 보여 준 가짜 광기의 연기가 아주 볼만했고 관객들의 열띤 호응을 받았기 때문이라고 주장한다. 그리고 햄릿의 광기 —말장난, 외설적 농담, 짓궂은 골탕, 엉뚱하지만 의표를 찌르고 재치 있는 말대꾸— 등은 당대 연극에 단단히 뿌리내리고 있던 광대 전통과 긴밀히 맞닿아 있다는 것이다.[22] 즉 햄릿은 왕자이지만 광대이기도 하다. 그는 누구보다 깊은 고뇌에 빠진 왕자였지만 또한 아마도 당대 극장에서 볼 수 있는 가장 재치 있는 광대 중 하나였던 것이다.[23]

르네상스 극장에서 광대는 단순히 극의 재미를 위해 존재하는 양념 이상의 의미를 가진다. 광대는 중세 말 나병환자의 자리를 채우며 새로이 나타

20 Grazia, "*Hamlet* before Its Time" 참조.

21 햄릿이라는 인물이 모호하고 불투명하게 제시되는 것에 대해서는 근대 개인의 독특한 내면성이라는 설명 외에도 보다 역사적이고 합리적인 설명들이 개진되어 왔다. 카를 슈미트는 이 작품이 전체적으로 꿰뚫어 보기 힘들고 불투명한 이유로 왕비 거트루드가 재현되는 방식을 든다. 이 연극은 엘리자베스 여왕 사망 후 제임스 1세의 즉위라는 당대 영국의 정치적 맥락 속에서 보아야 하는데, 당시 제임스 1세의 어머니인 스코틀랜드 여왕 메리 역시 남편 시해라는 사건에 휘말려 있었다는 것이다. 거트루드 입장에서는 햄릿과 힘을 모아 클로디우스를 함께 처단하든지 아니면 클로디우스의 적극적인 공모자로서 행동하든지 이 두 선택밖에 없음에도 불구하고 셰익스피어의 극에서 그 둘 중 그 무엇도 아닌 것으로 처리된다. 이와 같은 거트루드의 재현은 극 전체에 명쾌하지 않은, 뭔가 해결되지 않은 듯한 모호함을 가져다준다는 것이다. 그리고 이는 결과적으로 당대 제임스 1세의 즉위라는 역사적 사건이 연극 예술 안으로 들어가 극 전체를 비틀어 버리는 효과를 낸다고 한다. Schmitt, *Hamlet or Hecuba*, 1장 참조.

22 Grazia, "*Hamlet* before Its Time," 357.

23 Hornback, *The English Clown Tradition*, 11.

난 바보-광인이라는 경계적 범주와 밀접히 연관되어 있기 때문이다. 투리는 브란트의 시 「바보배」에 실려 강을 떠도는 많은 다양한 바보-광인들이 16세기 후반을 거치면서 17세기에 이르러 연극 광대로 수렴되었다고 말한다.[24] 혼백 역시 이 시대에는, 타고난 바보(광인)와 만들어진 바보(어릿광대)가 명확히 구분되지 않았으며 서로가 서로를 대체하곤 했다고 한다.[25] 특히 나병환자-광인으로 이어지는 흐름 속에서 '감히 진실을 말하는 자'라는 광인의 특성은 자연스럽게 튜더 시대 연극무대의 어릿광대로 이어졌고, 왕 옆에서 궁정의 흥을 돋우는 재간꾼이면서 동시에 그 누구도 말하지 못하는 진실을 감히 말하는 연극적 장치가 되었다. 푸코가 보았던 광기의 분화된 흐름 중 특히 두 번째 광기, 이성의 도구이자 도덕체계 속에 순화된 광기는 광대의 얼굴을 하고 무대-궁정-세계라는 장에서 인간의 잘못된 야망, 탐욕, 허위를 적시하고 꾸짖었다.

선에서 면으로의 전환

햄릿이라는 인물 안에는 고귀한 왕자와 미친 어릿광대라는 상반된 두 이미지가 담겨 있다. 바로 이 지점에서 『햄릿』과 「다크나이트」는 공명한다. 고담 수호라는 의무를 스스로 짊어진 (실질적) 왕자로서 결의와 고뇌의 표정을 가면 뒤에 감추고 검은 망토를 휘감은 배트맨과 얼굴에 흰색 분칠을 하고 지울 수 없는 긴 흉터를 붉은 입가에 새긴 채 미친 듯 웃으며 인간을, 그

24 Turi 참조.

25 Hornback, *The English Clown Tradition*, 24-62.

어리석음과 위선을 조롱하는 어릿광대 조커의 이미지는, 햄릿 안에 존재하는 왕자-광대의 이미지와 정확히 겹친다. 이런 의미에서 본다면 17세기의 햄릿은, 21세기 크리스천 베일과 히스 레저가 각각 연기한 두 인물을 한꺼번에 소화하며 1인 2역을 하는 셈이다. 배트맨과 마찬가지로 햄릿은 분명 타락하고 어그러진 세상 —아버지의 유산인 덴마크왕국— 을 바로잡아야만 하는 왕자로서의 운명과 의무를 누구보다 날카롭게 느끼고 있다. 그는 인간이란 신으로부터 고귀한 이성을 부여받은 존재인데, 그것을 사용하지 않는다는 것은 한낱 짐승들처럼 아예 기억 자체를 못하는 것이거나 아니면 신중의 탈을 쓴 비겁함이라면서, 행동하지 못하는 스스로를 자책한다.

> 인간이란 과연 무엇이겠는가,
> 주어진 시간으로부터 거두어들이는 것이
> 그저 자고 먹는 것이라면? 짐승일 뿐, 그 이상이 아니겠지.
> 전과 후를 살피며 우리에게 그토록 커다란 이성을 만들어 주신 그분께서
> 분명 그 능력, 신성과도 같은 고귀한 이성을
> 쓰지 않아 녹슬게 하려고 주신 것은 아니겠지. 자, 그[복수]에 대해
> 너무 꼼꼼히 생각하는 것이 **짐승들의 망각**이건 아니면
> 신중함의 탈을 쓴 비겁함이건—
> 그중 1/4만이 지혜이고 3/4은 피하고 싶은 마음일 텐데— 난 모르겠네,
> 왜 내가 아직 살아서 "이것을 해야 한다"라고 말만 하고 있는지를.
> 내게는 그것을 해야 할 명분도, 의지도, 힘도, 그리고 수단도 있지 않은가. (Shakespeare, *Hamlet*, 4.4.33–46) (필자 번역·강조)

그런데 또 한편 그는 조커처럼 혼돈과 광기의 재현이기도 하다. 왕비 거트루드의 마음을 후벼 파는 잔인한 말을 내뱉고 애인 오필리어에 대해서는 부당하게 여겨질 만큼 차갑고 냉소적이다. 그는 윤리나 도덕, 예법과 도의 등에 전혀 구애되지 않은 채 미치광이 어릿광대로서 불편하고 외설적이며 끔찍한 진실을 거침없이, 그리고 재치 있게 읊조린다. 오필리어의 무덤을 파는 자가 흙더미를 퍼내면서 무덤덤히 노래를 부르는 것을 보고 햄릿은 "이 자는 자기 일에 대해 감정이라고는 없는가? 무덤을 파면서 노래를 부르는구나"라고 한탄하지만, 그 자신 폴로니어스를 살해하고도 일말의 죄의식도 없으며, 어린 시절 친구였던 길데스턴, 로젠크런츠를 죽음의 길로 보낼 때도 조금의 감정의 동요도 보이지 않는다.[26] 심지어 햄릿은 오필리어의 장례식에서 슬퍼하는 레어티스를 보고 화를 내기도 한다. "4만 명의 오빠들의 슬픔을 다 합해도 내 슬픔과 견줄 수 없"으며 본인은 오필리어를 위해 기꺼이 죽을 수도 있으니 오빠 주제에 남들 보란 듯 과장스럽게 슬픔을 연기하는 것쯤은 그만두라는 것이다.[27] 오필리어의 광증과 죽음에 햄릿 자신이 기여한 바를 상기한다면 —오필리어를 잔인하게 냉대했을 뿐 아니라 그녀의 아버지 폴로니어스를 죽이기까지 한 것— 이런 햄릿의 변덕스럽고 일관되지 못한 태도는 청중에게는 매우 혼란스러운 것이다. 본인이 과거에 한 잔인한 행적을 완전히 잊은 듯, 그리고 마치 오필리어에게 세상에서 가장 다감한 연인이었던 듯 행동하는 그의 모습은, 햄릿 자신이 인간의 반대급부로 정의했던 '짐승들의 망각'을 그대로 보여 준다. 푸코는 광기 중 주로 이성의 도구로서 순화된 광기가 어릿광대의 조롱과 비판

26 Shakespeare, *Hamlet*, 5.1.55.

27 Shakespeare, *Hamlet*, 5.1.222-223, 236-251.

에 흡수되었다고 설명하지만, 햄릿이 연기하는 미친 광대의 광기에는 분명 첫 번째 광기 —통제되지 않는 어둠의 도래, 금지된 지식, 영원한 망각, 우주적 비극— 의 흔적과 잔여가 생생히 남아 있다. 햄릿 스스로 인정하듯 "내 안에는 뭔가 위험한 것이 있기에 그대가 지혜롭다면 피해야" 하는 것이다.[28]

「다크나이트」에서는 세기의 배우가 둘이나 필요한 역할이 『햄릿』에서는 한 인물 안에 함께 녹아 구현되는 이유는 무엇일까? 17세기와 21세기 사이에 광기-인간이라는 얽힌 경계선에는 어떤 변화가 일어난 것일까? 21세기 영화에서, 배트맨과 조커는 서로 극한의 혐오감을 느끼면서도 상대를 절대 놓아주지 않는 기묘한 드잡이로 엉켜 있지만 엄연히 배트맨은 배트맨, 조커는 조커라는 별개의 인물이다. 이들은 더블로서 한 동전의 **두 면**이지만 감독은 분명 가면의 형태, 목소리의 톤, 전반적인 색조 등의 명백한 대비를 통해 이들의 분리된 정체성을 지나칠 정도로 강조한다. 그에 반해 17세기 햄릿은 '사랑스러운 왕자'인 동시에 미친 어릿광대이다. 셰익스피어는 아마 그것을 두 캐릭터로 분리해야 할 필요성을 굳이 느끼지 못하는 듯하다.

낭만주의 이후 햄릿은 근대성을 쟁취한 온전히 독자적이고 자기결정권을 지닌 근대 개인으로 읽혔지만, 17세기 셰익스피어에게 햄릿이란 결코 독자적일 수 없는 존재였다고 보는 것이 타당하다. 햄릿 안에 내재한 양면성은, 근대 개인의 불안한 내면이라기보다는 근대 이행기 주권(sovereignty)에 일어나는 복잡한 양상에 대한 극화이다. 햄릿은 왕자로서 르네상스 시대

28 Shakespeare, *Hamlet*, 5.1.229-230.

신체정치(body politics)에서 머리에 해당하는 자이며 국가이성 그 자체이다. 벤야민이 독일 바로크극에 대한 논의에서 말하듯, 이 시대 주권의 붕괴는 극장에서 왕 캐릭터의 분열과 붕괴에 많은 영향을 끼친다. 신체정치는 더 이상 작동하지 않고 왕 캐릭터는 머리로서 제대로 기능하지 못하며 그 결과 폭군 아니면 순교자로 분열한다. 신체-국가는 머리와는 관계없는 힘들에 의해 좌지우지되며 통제되지 않은 힘들이 폭주한다. 바로크 극장은 이런 혼란스러운 세계를 반영하며, 많은 경우 왕 대신 음모가(plotter)가 극의 주인공으로서 이 세계를 통제해 나가는 것도 이런 이유에서이다. 벤야민은 바로크극에서 극의 플롯을 짜고 상황을 주도하는 음모가가 실제로 어릿광대와 매우 가까운 방식으로 작동한다고 본다. 음모가는 궁정-극장에서 주인공 역할을 하지만 그럼에도 불구하고 이 세계에 진정 속하는 인물이 아니므로, 소외감과 어긋남을 느끼고 계속 불편해한다. 이것이 바로크극에 특유한 감상성(melancholy)이 나타나는 원인이라는 것이다.[29]

그렇다면 햄릿은 중세에서 근대로의 이행기라는 혼란스러운 세계에서 일어나는 주권과 정치의 분열을 상징한다. 그는 오필리어의 표현대로 진정한 왕이지만 왕으로 기능할 수 없는 처지이다. 그가 마땅히 차지했어야 하나 끝내 앉지 못해 텅 빈 왕좌에는 광기와 감상성이 대신 들어앉는다. 사랑스러운 왕자는 광대이고, 소위 국가이성이라 해야 할 것은 처연한 광기인 것이다.

근대 개인은, 광기가 들어앉은 이 텅 빈 왕좌에서 탄생한다. 즉 햄릿은 근대 개인의 완성본이라기보다는, 근대 인간의 등장을 위해 적절한 자리

29 Benjamin 참조.

를 마련하는(비워 주는?) 인물이다. 미친 선왕의 왕좌 —인간 혹은 국가이성— 를 두고 경합하는 것이야말로 근대 개인의 운명이기 때문이다.[30] 「다크나이트」에서 배트맨과 조커의 숙명적 대결도 사실상 바로 이 왕좌를 두고 벌이는 한바탕 경합이기도 하다.

『햄릿』이 17세기에 일어난 근대 인간의 등장을 보여 준다면, 「다크나이트」에서 인간을 두고 일어나는 치열한 경합의 성격은 21세기적이다. 배트맨과 조커, 왕과 광대는 더 이상 한 인물 안에 함께 존재할 수 없다. 푸코가 말하듯 17세기 이후 광기는 두 종류로 분화하였고 이 둘의 간격은 점점 넓어지고 멀어져 더 이상 어릿광대의 조롱과 비판 안에서 밤을, 짐승들의 망각을, 세계의 끝을 감지하기 어려워졌다. 「다크나이트」의 감독이 하비 덴트의 입을 통해 계속 강조하듯 그들은 이제 동전의 양'면'이 되었다. 인간과 광기의 관계는 이제 1차원적 선이 아니라 2차원의 면 위에서 사유되는 것이다. 한 면은 그 면 안에서의 온전함-통일성을 갖추어야 하므로 정체성 내부의 동질성이라는 것이 중요한, 핵심적인 요소로 등장한다. 이제 우리는 인간이라는 모순을 한눈에 바로 볼 수가 없다. (이를테면 동전을) 뒤집어 봐야 하는 것이다. 바로 그 이유 때문에 배트맨과 조커의 광기는 병리학적인 것이 된다.

배트맨: 너는 특별 병실에 영원히 갇힐 거야.

조커: 그럼 우리 방을 같이 쓰면 어때. 이 도시 시민들이 미쳐 가는 비율

30 광기가 왕좌에 담기지 않는 경우에 대해서는 오필리어의 운명이 시사적이다. 오필리어는 결국 미친 채 물에 빠져 죽으며 강물에 떠내려가는 그녀의 시체는 바보배의 이미지를 강하게 환기시킨다. 푸코가 말하듯 "서구적 상상력에서 광기와 물의 친연관계는 뿌리 깊이 자리 잡고 있다"(Foucault, *History of Madness*, 11).

을 보면 틀림없이 병실이 모자랄 테니까.

배트맨과 조커는 스스로 미쳤음을 잘 알고 있고 궁극적으로 이 광기로 인해 정신병원에 격리되어 치료와 관리, 감시의 대상이 될 것임을 명확히 인식하고 있다. 실제로 「다크나이트」는 아캄 정신병원에 대한 거의 강박에 가까울 정도의 집착을 보여 준다. 아캄 정신병원은 고담시의 또 다른 버전인 것이다.

물론 조커의 얼굴에 새겨진 그로테스크한 선은 여전히 선으로서의 광기-인간의 동학을 희미하게나마 간직하고 있으며 날카롭게, 그리고 섬광과 같이 짧게 번쩍이며 밤을, 짐승을, 그리고 인간을 밝혀 준다. 그러나 16세기에 강을 따라 흘러가는 바보배가 구현하던 감금과 이동의 동학은 더 이상 찾아볼 수 없다. 21세기의 정신병원에는 감금과 감시, 처벌만이 있을 뿐이다.

2장

근대 소설, 근대 개인, 근대 국가: 나에서 우리로

…

루카치 『소설의 이론』, 메리 셸리 『프랑켄슈타인』

근대 개인의 등장

낭만주의 이후 많은 이들이 『햄릿』에서 진정한 근대 인간의 등장을 보았다고 말하지만, 실제로 그것은 르네상스 시대가 마지막으로 간직하고 있었던 광기-인간이라는 경계선의 존재감 혹은 존재감의 흔적이었다. 『햄릿』은 분명 근대적인 내면의 비틀림, 어긋남을 보여 주는 작품이지만 그것은 햄릿이라는 인물에 기인한다기보다는 작품 자체가 중세에서 근대로의 시대적 이행 안에서 만들어 내는 비틀림이다. 햄릿은 근대 개인 —광인? 경계? 괴물?— 이 되기에는 아직 왕으로서, 당대 신체정치의 머리로서의 상징성이 너무 큰 캐릭터였다. 왕좌에 자리 잡은 어릿광대의 광기는 그 자체로 그로테스크한 성격을 띠는 권력이었으며,[31] 그 권력이 광기를 완전히 배제하고 거대하고 합리적인 국가이성으로 이관되기 이전의 모습, 에

31 이 그로테스크한 권력은 셰익스피어의 사극 *Richard* III에 등장하는 리처드 3세의 캐릭터에서 더 확실하게 표현되고 있다. 리처드 3세는 곱사등이라는 뒤틀린 몸(괴물성이자 광기)과 왕권의 결합을 통해 광기인 정치 권력, 즉 중세적 왕실의 잔여물을 더 생생하게 보여 준다.

릭 샌트너의 표현에 따르자면 17세기 무렵 서서히 자취를 감추어 가는 '왕실의 잔여(Royal Remains)'였던 것이다.[32]

그러나 후대 사람들이 유독 햄릿이라는 인물에 매혹되어 그 인물에 근대적 자아를 투영해 온 데도 나름 이유가 있다. 햄릿은 분명 근대적 개인의 맹아라 할 수 있는 핵심적 특성, 즉 세계와 불화하는 괴물적 내면을 간직하고 있다. 왕관을 쓴 광인, 혹은 왕좌 안에 담긴 광기는 분명 괴물이며, 푸코의 지적처럼 "맨 처음 등장한 도덕적 괴물은 정치적 괴물이었고 … 그 첫 번째 괴물은 왕"이기 때문이다.[33] 햄릿은 정치적 괴물로서 뒤이어 등장할 수많은 괴물-유사 괴물-인간의 원형을 제시한다. 그의 유명한 "세상이 온통 어긋나 있으니, 오, 저주스러운 운명이여, 내가 그것을 바로잡아야 하는구나"라는 대사는, 햄릿이 분명 세계(궁정)와 불화하고 있음을 보여 준다.[34] 외부가 내부에, 내부가 외부에 별 갈등 없이 투사되었던 중세적 대우주-소우주(macrocosm-microcosm) 모형은 균열을 드러낸다. 더 이상 외부세계와 조응하지 못하며 내가 괴물인지 세계가 괴물인지 혼란스러워하는 햄릿은 고독한 존재로서의 인간-괴물이라는 근대적 현상의 전조를 강하게 드러낸다.

32 Santner 참조. 카를 슈미트는 이 잔여물이라는 개념을 마르크시즘적 개념인 '잉여(surplus)'로 확장하여 읽기도 한다. 슈미트에 따르면 영국에서는 다른 유럽국가들과는 달리 이 잉여가 국가이성으로 바로 흡수되지 않았으며 대신 해양으로 흘러넘친다고 한다. 결과적으로 영국은 주권과 국민국가의 형성이라는 역사적 흐름에서 여타 유럽국가들과는 다른 길을 가게 되었다는 것이다. 해양으로 흘러 들어간 이 '잉여'는 궁극적으로 기업가적, 상업적 성격을 강하게 띠는 정치조직과 권력을 향해 있으며 따라서 다른 어떤 유럽국가보다 '중세적 야만성'으로부터 강하게 돌진하여 벗어난다. 그런 의미에서 슈미트는 햄릿이라는 인물이 아니라, 이 작품에 드러나는 잉여 혹은 잔여야말로 근대성이라는 신화를 만든 가장 강력한 동력이라고 말한다. Schmitt, *Hamlet or Hecuba* 참조.

33 Foucault, *Abnormal*, 92, 94, 97.

34 Shakespeare, *Hamlet*, 1.5.189-190.

『햄릿』에서 뚜렷이 감지할 수 있는 이 근대적 존재는 근대 소설의 등장과 함께 완성되어 간다. 햄릿은 세계와 개인 간 갈등과 불화의 전조를 보여주고는 있지만, 여전히 단독적인 개인이기보다는 이 세계를 대표하는 왕이며 따라서 그의 괴물성은 광기를 담은 왕좌, 광대-왕자라는 르네상스 연극 전통 안의 전형적 이미지로 재현된다. 18-19세기 근대 소설은 이와는 완전히 다른 서사기법을 통해 근대 개인을 형상화한다. 무엇보다도, 세계와의 불화, 어긋남을 정체성의 근간으로 삼은 존재들, 즉 지극히 단독적이고 고독하며 자족적인 자들이 등장하여 이들의 인간성·괴물성이 근대 소설이라는 장르의 핵심을 구성하게 된다. 광기라는 경계선을 긋는 최초의 행위는 18-19세기에 이르러 개인의 내부와 외부를 날카롭게 가르면서, 광기와 이성, 짐승과 인간, 감시의 대상과 보호의 대상, 또한 (푸코가 말하듯) 말과 사물 사이에 깊고 심오하며 돌이킬 수 없는 균열을 야기한다. 이 균열의 선들이야말로 근대 소설이라는 장르와 불가분으로 결탁되어 있는 것이다.

이 장에서는 근대 소설, 근대 개인, 그리고 경계선의 상호 구성관계를 살펴본다. 근대 소설은 근대 개인을 등장시켰고 근대 개인은 근대 소설이라는 장르를 가능하게 하였지만, 실제로 이들이 맺고 있는 친연관계는 매우 문제적이며 심지어 모순적이기까지 하다. 이는, 근대 소설이 단독적 개인 —나— 을 탐구하는 듯하지만 실제로 근대적 공동체(국민국가) —우리— 의 경계 긋기에 더 골몰하고 있다는 사실에 기인한다. 근대 개인은 분명 역사에 새롭게 나타난 단독적인 존재지만 그는 또한 공동체의 일원, 즉 국민(시민)으로서만 의미를 갖기 때문이다. 이런 맥락에서 근대 소설, 근대 개인, 국민국가는 근본적으로 불가능한 공생관계에 놓여 있다. 소설은 단독자이면서도 단독자가 될 수 없는 모순적 구성체를 그리는 서사이기 때문이다.

근대 소설, 근대 개인, 근대 공동체: 루카치와 앤더슨

근대 소설-근대 개인-국민국가가 구성해 내는 복잡성의 양상은 대표적인 근대 소설 이론들을 통해서 확인할 수 있다. 근대 문학사에서 소설, 개인, 공동체의 관계에 대한 논의 중 가장 중요한 이론가를 꼽으라면, 죄르지 루카치와 베네딕트 앤더슨을 들 수 있을 것이다. 이들의 소설 이론은 '나', '우리', '언어' 사이에 존재하는 근대적인 연관관계를 탐구하고 있으며 이는 20세기 후반 이후 문학과 소설서사 연구에 깊고도 광범위한 영향력을 행사해 왔다. 최근 학계와 비평계에서 앤더슨의 주장이 여러 비판에도 불구하고 더 설명력이 높고 유용한 틀로 소설론에 적용되는 반면, 루카치의 이론은 시대에 뒤떨어진 낡은 것으로 취급되는 경향이 있기는 하다.[35] 그러나 소위 포스트모던이라 불리는 시대에도 여전히 근대 소설에 대한 논의는 곧 루카치가 점화했던 리얼리즘 논의로 수렴되기 마련이며, 그의 리얼리즘론이 지향했던 정치적·문화적인 지향점은 문학과 서사 담론에서 여전히 매우 유효한 것으로 견지되고 있다. 즉, 앤더슨과 루카치는 근대 소설에 관한 논의에서 가장 중요한 기본틀을 마련한 것이다.

그러면 먼저 루카치의 논의를 살펴보자. 루카치는 인간이 세계로부터 분리되어 고독한 개인으로 다시 태어나는 그 순간의 비극성을 가장 명징한 언어로 포착한 비평가이다. 그는 19세기 초반 낭만주의에 뿌리를 두고

35 루카치의 리얼리즘론은 독선적이고 편협하다는 비판을 받아 왔다. 특히 조이스나 카프카 등 모더니즘 작가들에 대한 그의 지나친 폄하에 대해서는 문학비평으로서의 공정성을 담보하지 못한다는 지적이 타당해 보인다. 또한 루카치 이론이 주요한 전제로 삼는 총체성, 전통, 역사 등의 개념은 근본적으로 보수성을 띠고 있으며 따라서 포스트모던 시대의 문학 분석에는 너무 낡고 고루한 이론으로 여겨지는 듯하다.

개인의 고립, 파편화, 소외 등 근대 세계의 딜레마를 풀어내며, 소설이라는 장르를 근대적 개인의 탄생이라는 사건과 긴밀히 얽힌 문학서사로 본다. 루카치의 저작 『소설의 이론』은 자아와 세계가 더 이상 유기적으로 결합할 수 없다는 절망을 전제로 하며 이 돌이킬 수 없는 균열에 대한 비극적인 정조를 생생히 담고 있다. 루카치에 따르면, 별빛이 우리가 가야 하는 길들을 총총히 밝혀 주던 시대, 내면성이라는 것이 존재하지 않았던 시대, 영혼의 요구와 현실의 삶이 조응했던 시대는 이미 과거로 사라져 버렸고, 세계의 치유 불가능한 균열로 인해 문제적 개인이란 것이 탄생하게 된다. 이 문제적 개인은 과거에는 가능했던 이상적인 상태 ―통일성, 공동체, 유기적 삶― 로의 도약을 끊임없이 꿈꾸지만, 그것은 이미 실패가 예정되어 있는 절망적 시도이다. 그리고 이미 결정된 실패라는 역사철학적 조건에서 필연적으로 발생하는 미학적 형식이 바로 소설이라는 것이다. 즉, 루카치에게 소설이란 철저히 고립되고 고독한 개인의 발화이며 깨어진 (공동체적) 삶의 비극성을 구현하는 서사형식이다.

베네딕트 앤더슨이 바라보는 소설의 역사적 의미는 루카치가 『소설의 이론』에서 말하는 소설의 의미와 사뭇 다르다. 앤더슨에게 근대 소설은 무엇보다 국민국가라는 '상상된 공동체'를 가능하게 하는 매체로서 의미를 갖는다. 제각각 흩어진 고독한 개인들은 근대 소설이라는 매체가 야기하는 독특한 시공간의 순치('프린트 내셔널리즘')를 통해 그 단독적 개체성을 떨치고 하나인 '우리'를 상상하게 되며 궁극적으로 국민국가라는 집단적 정체성을 덧입을 수 있게 된다. 즉, 앤더슨에게 근대 소설이란 근대 국민국가라는 공동체와 불가분으로 얽혀 있는 장르이다. 소설의 발생으로부터 국민국가라는 근대적 공동체가 상상될 수 있었기 때문이다.

요약하자면, 루카치는 소설이 공동체의 철저한 붕괴로부터 발생한 장르라고 보며, 앤더슨은 정반대로 소설이 공동체 발생의 핵심에 놓여 있다고 본다.[36] 근대 소설 이론에, 더 넓게 보자면 근대 문학이라는 지식 담론장에 가장 막강한 영향력을 행사해 온 이 두 이론가는 소설-개인-공동체가 맺고 있는 관계에 대해 상반된 입장을 취하는 것이다.[37] 20세기를 대표하는 소설 이론가들의 입장이 이처럼 극단적으로 상반된다는 점은 흥미롭다. 근대 소설과 공동체는 루카치의 말대로 돌이킬 수 없는 결별 위에 세워져 있는 것일까, 아니면 앤더슨의 주장대로 불가분의 상호 구성관계에 놓여 있는 것일까? 우리는 이 두 입장의 **차이**를 어떻게 이해해야 하는가?

나에서 우리로의 초월

이 두 탁월한 이론가가 상반된 주장을 한다는 것 그 자체가 근대 서사라는 것이 작동하는 방식에 대해 시사하는 바가 있다고 보아야 한다. 실제로 이들의 상반된 입장은 모두 근대의 핵심적인 성격에 대한 타당한 지적이다. 여기서 우리가 주목해야 할 지점은 실제로 이 둘 —개인과 세계와의 결별, 개인이 공동체로 상상되는 것— 이 동시적으로 발생한다는 점일 것이

36 물론 앤더슨과 루카치가 공동체라는 용어로 각각 의미하는 바는 다르다는 점이 충분히 고려되어야 한다. 앤더슨이 논의하는 공동체는 18세기 국민국가라는 역사적 구성물이지만, 루카치의 공동체는 추상적이고 철학적인 개념이며 '영혼의 고향' 등의 표현에서 드러나듯 이상이나 윤리에 더 가깝다.

37 루카치 본인은 『소설의 이론』이 미숙하고 정교하지 못한 초기작에 불과하다고 스스로 폄하하는 듯한 태도를 취하기도 했지만 많은 루카치 비평가들은 이 저작과 후기 리얼리즘론의 연관성에 주목해 왔다. Breins, Gluck, Nadal-Melsio와 『소설의 이론』(2007)에 실린 번역자 김경식의 소개글 참조. 필자 역시 『소설의 이론』이 루카치 리얼리즘론의 핵심에 놓여야 한다는 입장이다.

다. 다시 말하자면, 개인이 세계로부터 격리되는 경계선이 그어지는 **바로 그 순간** 이 개인은 근대적 공동체(근대 국가)로, 초월·승화된 '우리'로 다시 상상되는 것이다.

선왕의 광기로 가득한 왕좌 대신 이제 국가주권-국민국가가 인간-됨이라는 경합의 장을 제공한다. 인간이 되기 위해서는 시민이 되어야 하고, 시민의 자격을 갖추기 위해서는 단독적 개인이 되어야 하는 것이다. 개인과 공동체 사이의 이와 같은 모순적이면서 동시적인 메커니즘을 좀 더 잘 이해하기 위해서는 카를 슈미트의 주권 논의가 유용하다. 슈미트에게 주권이란 근대에서 가장 중요한 정치적 권력이다. 그는 『정치신학』에서 "주권자란 예외 상태를 결정하는 자이다"라는 유명한 말을 남기는데, 구체적인 삶의 경험에서 예외가 규범보다 훨씬 더 중요한 것이기 때문이다.

> 규범은 어떤 것도 증명하지 않는다. 예외는 모든 것을 증명한다. 예외는 규범을 확인해 줄 뿐 아니라 그것의 존재도 드러내 준다. 규범의 존재란 결국 예외로부터만 추론될 수 있는 것이다. (Schmitt, *Political Theology*, 15) (필자 번역)

주권은 예외, 즉 경계선을 결정함으로써 실제적으로 국가의 내부라는 것이 존재함을 선언한다. 따라서 슈미트에게 경계란 모호한 개념이 아니다. 주권은 다른 그 무엇보다도 근본적이며 최상위의 정치 행위로서 예외, 즉 바깥이 어디이며 무엇인가를 결정하여 궁극적으로 국민국가의 경계-선을 명확히 확립해 주어야 하는 것이다.

여기서 주목해야 할 것은 '결정'이라는 단어이다. 예외를 결정하는 행위는 현재 효력을 행사하는 법이나 규범을 중지함으로써 국가의 다른 모든 하위 법과 규범이 존재할 수 있는 공간을 마련하는 행위인데, 이는 반드시 필요한 것이기는 하지만 그렇다고 해서 미리 예견하거나 준비할 수 있는 행위가 아니다. 이 결정은 그야말로 순수한 행위로서 순간의 결단에 의해 이루어지는 것이다.

푸코 역시 약간 다른 맥락이기는 하지만 슈미트가 주권의 성격을 묘사하는 것과 비슷하게 근대 인간이 형성되는 순간을 설명한다. 그에 따르면 서구 역사에서 광기의 탄생이란 의미 없고 단조로운 —『햄릿』에 나오는 미친 오필리어가 부르는 맥락 없는 노랫소리와 같은— 배경 소음으로부터 이성적인 언어, 역사, 인간을 추출해 내고자 한 결정과 밀접하게 연관되어 있다. 이성과 광기를 묶고 또 분리한 것은 바로 특정한 결정이었으며 광기의 역사를 말하기 위해서는 바로 이 결정의 순간으로 돌아가야 한다는 것이다.[38]

아감벤은 결정이라는 용어 대신 균열이라는 개념을 이용하지만, 그 성격에 대해서는 본질적으로 슈미트, 푸코와 비슷한 견해이다. 그는 인간이라는 개념의 기원을 철학적으로 논의하면서, 인간을 인간이게 만드는 언어의 기원, 즉 '말하는 인간'이라는 개념의 기원은, 의미 없는 소음을 내던 동물이 차츰 언어의 세계로, 즉 소음에서 소리로 서서히 진화하는 과정 안에 놓여 있는 것이 아니라고 한다. 언어라는 능력이 개념화되는 바로 '그 순간' 언어를 구사하는 존재와 그저 살아만 있을 뿐인 존재 사이에는 이미 돌이킬 수 없는 균열이 일어난다는 것이다.[39]

38 Foucault, *History of Madness*, xxxii.

39 Agamben, *Language and Death* 참조.

그런데 이처럼 예외, 광기, 소음을 그러한 것들로 지정하는 결정이 내려지는 바로 그 순간, 즉 경계선을 긋는 행위가 수행되는 그 순간, 일종의 인식적 초월-승화가 함께 일어난다. 최종적인 경계선이 그어짐과 동시에 경계선 내부에서는 기존에 존재하던 모든 선들이 사라져 버리고 단일한 내부를 확보한 면으로 승격되는 효과, 즉 더 높은 차원으로 초월되었다는 고양감이 생성되는 것이다. 슈미트는 이를 근대 정치가 갖는 종교적인 성격이라고 설명한다.

> 국민국가에 대한 모든 중요한 개념은 세속화된 신학적 개념이다. 이 개념들이 역사적 발전 과정에서 전지전능한 신을 전지전능한 입법자로 바뀌게 하는 진화, 즉 신학에서 국민국가 이론으로 진화를 이루어 내기 때문만은 아니다. 이는 이들의 체계적인 구조 때문이기도 한데, 이에 대한 인식이 이 개념들의 사회학적 성찰을 위해 꼭 필요하다. **법에서의 예외란 신학에서의 기적과 비슷한 것이다. 이 유사관계를 이해함으로써만 우리는 지난 세기 국가에 대한 철학적 개념들이 발전하게 된 방식을 이해할 수 있다.** (Schmitt, *Political Theology*, 36) (필자 번역·강조)

슈미트는 근대 국가 이론이란 근본적으로 종교적 성격을 견지하고 있으며 단지 양태에 있어 세속정치일 뿐이라고 주장한다. 국가에서의 헌법제정자란 사실상 전지전능한 신의 이미지를 강하게 띠고 있다는 것이다. 슈미트는 같은 맥락에서, 국가헌법을 수행하는 과정에서 예외란 종교에서의 기적과 같은 의미라고 한다. 헌법적 예외가 결정되는 방식은 신학에서의 기적처럼 논리적 전개나 합리적인 과정을 생략하고 순간적으로 다른 차원으로 비약해 버리는 초월적 성격을 갖는다는 것이다. 슈미트에 따르면, 근대 국가와 신학 사이의 이 유사성을 포착하고 국가 안에 내재된 종교적·신학적 성격을 정확히 인식해야만 근대 국가라는 정치적 구성체의 내적 논리를 진정으로 이해할 수 있다. 신이 세상을 통해 초월성을 획득하듯 주권은 국가를 통해 초월적인 것으로 승화된다. 슈미트는 19세기 이후의 근대 국가 이론에는 바로 이런 초월성이 내재해 있다고 본다.

근대 주권에 나타나는 결단과 그 종교적 고양은 정치 영역에 그치지 않는다. 이는 헤겔의 변증법과 함께 작동하면서 19세기 이후 인식론에 특수와 보편이라는 강력한 틀을 생성한다. 헤겔은 인간이 진정한 의미의 주체가 되기 위해서는 내면과의 합일을 통해 완전히 자율적, 독립적, 자족적인 존재로 거듭나야 하며 이러한 존재로서 세계와 만났을 때 초월적인 총체성을 성취할 수 있다고 본다.[40] 이 자족적인 존재가 세계와 만나는 경험은 헤겔에게 있어 '죽음-어두움-밤'과의 대면으로 제시된다. '밤'은 견딜 수 없는 고통과 공포를 수반하는 세계이고 죽음-부정의 힘으로 견지되는 현실이지만, 또한 인간이 자신의 실존적 존재를 걸고 그 안으로 뛰어들 때 비로소 그 모습을 드러내는 창조적 행위의 세계이기도 하다. 즉 인간에게 죽음이란 진정한 의미에서의 의미이고 인간-됨이며, 이를 통해서만 역사의 역동성, 창조적인 행위, 자기의식(self-consciousness) 안으로 진입할 수 있다는 것이다.[41] 여기서 헤겔의 밤은 푸코가 말하는 밤과 전혀 다르다. 푸코에게 밤은 인간이라는 의미가 해체되는 공간이자 경계선이며 스스로 얼마나 야

40 Hegel, *Aesthetics*, 157-159.

41 Hegel, *Jenense Philosophie des Geistes in Sämtliche Werke*, 180-181. Bataille, "Hegel, Death and Sacrifice," 9에서 재인용.

수와 광기에 가까운 존재인지를 섬뜩하게 인식하는 섬광이 드러나는 곳이다. 반면 헤겔에게 밤은 인간-됨의 의미 그 자체이다. 죽음은 삶을 파괴하고 소멸시키지만 그 와중에도 끊임없이 꿈틀대는 역사의 동학 속에서 의미화되어야 하고 그 의미화야말로 나의 인간-됨, 주체-됨을 구성한다.[42]

이렇게 획득된 인간-됨은 헤겔에게 그 자체로 절대이며 보편이다. 세계와 분리되어 버린 지극히 고독한, 어쩌면 그렇기에 완전히 자족적일 수 있는 개인 주체들은 그 하나하나가 특수이다. 역설적이게도 이들은 특수로 정의되는 —경계선이 그어지는— 바로 그 순간 즉각적으로 일어나는 초월을 통해 인간-됨, 즉 보편을 지향하게 된다. 특수와 보편이 만들어 내는 이러한 초월은 근대의 시간과 공간을 분리하고 재배열하며 통제한다. 이 시공간 속에서 헤겔이 보편이라고 말하는 것과 앤더슨이 '상상된 공동체'라고 지칭하는 것은 사실상 그다지 다르지 않다.

슈미트가 설명한 국민국가라는 주권, 즉 근대적 의미의 정치가 띠는 종교적·초월적 성격과 헤겔이 논의한 자족적 개인에서 총체적 보편성으로의 도약이라는 인식론은 강력한 화학반응을 일으키면서 특수-보편이라는 근대 특유의 폐쇄적 정치·인식론을 형성하였다. 여기서 폐쇄적이라는 의미는, 특수에서 보편으로의 이행 과정이 이미 예정되어 있다는 의미이다. 일단 특수라는 개체성-단독성 안으로 포섭되면 자기가 원하건 원하지 않

42 물론 여기서 헤겔이 죽음을 '절대적 부정(absolute negativity)'의 '절대성'으로, 즉 그 내적 논리를 추구하다 보면 어쩔 수 없이 스스로 '지양 혹은 고양(sublation)'을 선언해야만 하는 필연적 과정으로 추구하는지, 아니면 죽음을 죽음 그 자체로서 사유한다기보다는 궁극적으로 삶을 긍정하기 위한 부차적 요소로 포섭하는지에 대해서는 많은 논쟁이 있어 왔다. 키르케고르나 피핀(Robert Pippin) 등은 전자의 입장에서, 데리다와 아감벤을 필두로 한 포스트구조주의 비평가들은 대체로 후자의 입장에서 헤겔식 사유가 갖는 죽음의 복잡성을 논의하였다. 이 논쟁의 대체적인 논지와 양상에 대해서는 Roy 참고.

건 보편이라는 공동체적 지향점을 향해 가는 것으로 인식된다. 또한 특수-보편의 틀을 벗어난 개인-세계의 관계를 상상하기란 거의 불가능해진다.

이런 맥락에서 보자면 소설-공동체(국민국가)에 대한 루카치와 앤더슨의 상반된 입장은 실제로 이 분리-초월의 동시적이고 즉각적인 발생, 특수에서 보편으로의 이행 과정에 대한 절반씩의 묘사라고 보면 될 것이다. 루카치는 개인이 세계와 분리되는 순간, 경계가 그어지는 그 순간의 고독과 소외, 절망과 돌이킬 수 없음을 말하는 것이고, 앤더슨은 그와 거의 동시에 발생하는 초월과 고양의 과정, 개인이 근대적 공동체로 상상되어 더 큰 존재(보편)로 승화되는 과정에 초점을 맞추고 있는 것이다.

소설: 근대 개인의 (불가능한) 성장과 초월

바로 이런 이유 때문에 루카치 자신도 소설에서 나타나는 고독한 근대 개인에 대해 끝까지 확신하지 못하며 심지어 애매하고 모순된 입장을 취하기도 한다. 그의 『소설의 이론』은 개인의 고독, 고립, 공동체의 불가능성을 서구 리얼리즘 소설의 핵심에 두고 있으면서도 근대적 공동체를 그 결론으로 하는 이상한 논리구조를 갖는다. 루카치는 19세기 유럽의 낭만적 환멸소설에서 "내면성은 모두 다 좌절할 수밖에 없다는 점에서 모든 개별적 운명은 단지 하나의 에피소드에 불과할 뿐이며, 또 세계는 좌절할 수밖에 없다는 사실만을 공통의 운명으로 가지는, 무한한 수의 그와 같이 서로 이질적이고 고독한 에피소드들로 구성되어" 있다고 말한다. 이런 상황에서 당연히 "공동체는 단지 피상적으로 타협의 지반 위에서만 가능하다."[43]

루카치에게 소설의 상상력은 도약하고 초월하는 (그래서 궁극적인 통일성, 총체성을 성취하고자 하는) 힘이 아니다. 그가 보는 근대 세계에서 도약이란 애초부터 불가능한 행위이고 도약에의 의지는 다만 강박으로만 존재한다. 루카치에 따르면 신에게 버림받은 세상에서 가능한 가장 자유롭고 신비적인 에너지는 반어(irony)이다.

> 작가의 반어는 신 없는 시대의 부정적 신비주의, 다시 말해서 의미에 대한 일종의 유식한 무지이다. 그것은 마신(魔神)들의 호의적이고 악의적인 작용을 드러내 보이는 것이며, 이렇게 작용하고 있다는 사실 이상을 파악하기를 단념하는 것이다. 그리고 그것은 단지 형상화를 통해서만 표현될 수 있는 다음과 같은 깊은 확신, 즉 이와 같은 알고자 하지 않음과 알 수 없음 속에서 궁극적인 것, 참된 실체, 현재하는 비존재적 신을 진짜로 만났으며 일별하고 파악했다는 깊은 확신이다. 그렇기 때문에 반어는 소설의 객관성이다. (루카치, 『소설의 이론』, 105)

즉 반어는 실패가 이미 결정된 세계에서 비존재적 신 —공동체, 유토피아, 신— 을 잠깐이나마 볼 수 있는 이중적인 시선인 동시에 작가가 가질 수 있는 최고의 자유이다. 반어는 또한 역사 속에서 실현 가능한 객관적인 가치로서 소설의 객관성이기도 하다.

그러나 또 한편 루카치는 반어에 완전히 다른 의미를 부여해 버린다. 반어가 초월하는 힘이 아님을 (왜냐하면 개인이 공동체로 다시 도약할 수 없으므로) 역설

43 루카치, 『소설의 이론』, 162.

한 바로 다음, 공동체가 불가능하다는 최초의 전제에도 불구하고 반어는 개인의 필연적인 고독을 공동체로의 지향과 실천적 노력들로 이어 주는 힘이기도 하다고 말한다. 반어는 현재 우리가 처해 있는 세계의 균열을 표현하지만, 그것은 "이에 대한 저항도 긍정도 아니다. 그것은 단지 이해하는 체험일 따름이다. 이 체험은 세계와 내면성 양자를 공평하게 평가하려 노력하는 체험이며, 세계 내에서 영혼이 영향을 미칠 수 없는 사태에서 세계의 무본질성뿐만이 아니라 영혼의 내적 취약성도 파악하는 체험이다."[44]

루카치는 특히 『빌헬름 마이스터』 같은 소설은 교육과 체험을 통해 공통의 목표를 지향하는 노력들이 성공할 수 있음을 보여 준다고 말한다. 즉 루카치는 반어라는 힘을 통해, 개인의 고독에 관한 것이 될 수밖에 없는 낭만적 환멸소설과, 『빌헬름 마이스터』 같은 교육적인 소설을 구분하고자 한다. 교육소설은 체념적 고독에 도달하는 과정을 교육적 체험으로 경험하고 "이원성에 대한 통찰을 행위를 통해 현실화"하며 결국 공동의 운명, 공동의 삶의 조형이 가능하다는 믿음으로까지 나아가는 것이다.

그러나 여기서 문제는 환멸소설과 교육소설의 구분이 실제로 그렇게 쉽지만은 않다는 점이다. 교육소설의 경우 이상을 향한 개인의 모든 노력과 도약이 궁극적으로 실패할 것이라는 (비극적) 통찰, 혹은 반어라는 이중적 시선이 '행위를 통해' 현실화된다는 그의 주장은 '어떻게?'라는 의문에 대한 구체적인 답을 제시하지 않는다. 또한 이 행위가 "공동체는 단지 피상적으로 타협의 지반 위에서만 가능하다"라는 환멸소설의 정조를 어떤 방식으로 "공통의 목표를 지향하는 노력들이 성공할 수 있다"라는 희망적 비전으

44 루카치, 『소설의 이론』, 163.

로 바꿀 수 있는지에 대해서도 루카치는 모호하다.[45] 우리가 그의 일관된 주장, 즉 "영혼의 유토피아적 동경은 … 현재 상상될 수 있고 형상화될 수 있는 세계에서는 결코 충족될 수 없을 때에만 진정한 유토피아적 동경이며, 그럴 때에만 세계 조형의 중심점이 될 자격이 있"고, 그것이야말로 소설의 존재조건이라는 전제를 받아들인다면, 오히려 소설이라는 문학적 상상력의 결과는 교육소설이 제시하는 공동체의 가능성보다는 환멸소설이 도달하는 개인의 필연적 고독으로 이어질 확률이 훨씬 더 높다.[46] 그럼에도 불구하고 『소설의 이론』에서의 이미 애매해진 루카치의 입장은 후기작으로 갈수록 공동체에 대한 적극적인 지지로 전환되며, 결국 리얼리즘 소설이야말로 고립된 개인을 결합시키는 공동체적 가치체제를 제공한다고 주장하게 된다.

어쩌면 루카치는 개인의 세계로부터의 분리를 날카롭게 인식하면서도 그 분리와 동시적으로 일어나는 개인에서 시민으로의 초월적 고양, 특수에서 보편으로의 필연적인 이행이라는 근대 인식론의 궤적 또한 인정할 수밖에 없었는지도 모른다. 이미 '근대 소설=성장소설'이라는 등식이 성립되어 이 소설서사가 고독한 개인을 공동체(국민국가)로 승화시키고 헤겔의 변증법적 초월(슈미트식으로 말하자면 종교적인 초월)을 강력하게 추동하고 있었기 때문이다. 유럽의 19세기 성장소설은 헤겔식 죽음-어두움-밤을 사춘기, 모험, 역경, 통과의례 등 다양한 형식으로 변주하며 '나'에서 '우리'로의 도약, 초월, 승화의 과정을 견인하였다. 개인이 그 단독성에도 불구하고 사회와의 어려운 화해를 끝내 성취하는 (혹은 좌절하는) 과정, 즉 '나-근대 개인'에

45 루카치, 『소설의 이론』, 160.

46 루카치, 『소설의 이론』, 136.

서 '우리-국민국가'로 승화하는 구도는 근대 소설의 구조 안에 깊이 새겨진 것이다.

근대 개인의 잔여: 메리 셸리의 『프랑켄슈타인』

『소설의 이론』은 분명 혼란스럽고 애매한 논리 전개를 보여 준다. 그러나 그 책에 담긴 근대에 대한 비극적 전망이 강렬하다는 것은 부인할 수 없다. 이 어두운 전망은 사실상 서구 역사와 서사에 대한 절망적 선언이기도 하다. 루카치는 영혼의 유토피아적 요구가 애초에 실현될 수 없는 것으로 설정된 이유를 유럽의 역사 발전 과정에서 찾고 있으며, "서유럽의 문화세계는, 그것을 구축하고 있는 형성물들의 불가피성 속에 아주 강하게 뿌리내리고 있어서, 그 문화적 형성물의 세계에 논박하는 것 말고는 달리 대항할 능력이 전혀 없다"라고 진단한다.[47]

아감벤 역시 이 절망적 전망을 공유한다. 그는 헤겔식 죽음-어두움-밤이 서구 형이상학에 얼마나 지대한 영향을 끼쳤는지, 또 변증법적 논리구조의 확립에 얼마나 결정적으로 기여했는지를 설명한다. 그에 의하면, 서구 형이상학이 죽음-어두움-밤이라는 것에 인간성, 혹은 인간-됨의 진정한 의미(보편)를 두고 있는 한 우리의 사유는 예외 없이 헤겔의 변증법적 궤적을 그리며 다시 특수라는 출발점으로 되돌아올 수밖에 없다고 본다. 죽음-어두움-밤은 끊임없이 인간을 분리해 내고 그 분리의 결단은 신학적

47 루카치, 『소설의 이론』, 173-174.

초월을 통해 근대 개인을 인간-시민-보편으로 승화시키며 이런 식으로 언어와 인식 속에서 특수-보편의 폐쇄적 순환 궤적은 끊임없이 반복된다는 것이다.[48]

근대적 존재가 단독적 개인(특수)으로 범주화되고 그와 동시에 기적적인 초월을 통해 시민(보편)이 되는 것이 반복적·폐쇄적·자동적 인식 회로를 만든다면, 루카치와 아감벤이 전망하듯 결과적으로 개인과 공동체에 관한 이런 사유와 상상이 특수·보편의 틀 안에 갇혀 더 나아갈 수 없다면, 이 지점에서 우리는 그 초월적 결단으로서의 경계 긋기의 순간을 더 자세히 들여다볼 필요가 있다. 문제적 개인이란 존재가 탄생하자마자 시민으로 순식간에 치환되어 버린다면, 시민이라는 범주의 경계선으로부터 아주 빠르게 사라져 버린 이 존재의 흔적과 잔여를 추적해 볼 수 있지 않을까? 에릭 샌트너가 『햄릿』에서 국가이성이라는 것이 탄생하기 직전 남아 있는 '왕실의 잔여'를 보고자 하였다면, 우리는 시민으로 초월되기 직전의 순간으로부터 **단독적이고 고독한 근대 개인의 잔여**를 찾아보고자 한다.

메리 셸리의 『프랑켄슈타인』은 근대 개인이라는 존재에 범주 경계가 그어지는 바로 그 찰나의 순간에 대한 강렬한 묘사를 시도하는 텍스트이다. 19세기 초반, 프랑스 혁명이라는 맥락에서 근대 개인이 무엇이냐는 문제는 셸리를 비롯한 낭만주의자들에게 아마도 가장 핵심적인 논제였을 것이다. 게다가 셸리는 근대 인간 주위로 뚜렷한 경계선이 그어지는 시대의 한가운데를 실제로 살았다고도 할 수 있다. 그러므로 그녀는 이 근대적 존재가 불러일으키는 희망과 절망, 환희와 불가능성, 무엇이 인간인가를 결

48 Agamben, *Language and Death* 참조.

정해 버리는 경계선의 모순을 누구보다 날카롭게 사유한다. 셸리는 『프랑켄슈타인』을 통해, 근대 개인을 그 기원으로 거슬러 올라가 조망하면서 경계선에 (푸코식으로 말하자면) 계보학적으로 접근한다. 그녀는 개인이라는 범주화와 함께 즉각적으로 일어나는 시민으로의 기적적인 초월을 잠시 중지하고, 그 안에 남아 있는 근대 개인의 잔여를 생생하게 잡아낸다. 단독적 개인으로 범주화되었으나 아직 시민으로 결정되지 않은 자의 괴물성, 경계-성을 포착하는 것이다. 즉 셸리는 루카치의 고독한 개인이 앤더슨의 국가공동체로 막 초월되려고 하는 그 찰나의 순간으로 파고들며, 이 둘이 아직 연결되지 않고 단절된 지점을 발판 삼아 근대 개인의 역사적, 정치적, 인식론적 의미를 사유한다.

『프랑켄슈타인』은 근대라는 맥락에서 발생하는 개인과 시민의 복잡한 관계, 그리고 정치적 주체로 새로이 등장한 인간에 대한 깊은 탐구와 성찰, 고민을 담고 있다. 셸리는 프랑스 혁명이라는 사건이 근대 인간에게 부여한 새로운 정치적 가능성을 단독적 개인이라는 관점에서 점검한다. 그 과정에서 그녀는 특수-보편이라는 안이하고 손쉬운 틀 안으로 포섭되지 않으며 또한 근대 국민국가라는 정치신학에서 일어나는 종교적인 기적, 다시 말해 즉각적이고 기적적인 승화와 초월에 완고하게 저항한다. 혁명기 지식인으로서 셸리는 세속화된 세상을 대면하고 있으며, 경계 긋기를 통해 탄생한 근대 개인이 맞닥뜨리는 공동체의 문제는 신학적 방식으로는 결코 해결할 수 없음을 잘 알고 있기 때문이다.

이 작품은 19세기 유럽 성장소설의 전형적인 구도, 즉 고아의 성장이라는 기본 구도를 차용한다. 당대 소설의 대다수가 고아의 성장 스토리인데, 의지할 곳 없는 가련한 고아 주인공들이야말로 근대사에 새로이 등장한 문제적 개인이고 세계로부터 유리된 단독적 존재의 전형이기 때문이다. 그들은 진정으로 고립된 자들이지만 또한 완전히 독립적이며 개별성과 단독성이라는 근대적 가치를 온몸으로 구현한다. 성장소설의 서사는 이 문제적 단독자들이 시민으로 초월되는 종교적이고 기적적인 과정을 견인한다. 일반적으로 성장소설에 등장하는 고아들은 살아남기 위해 홀로 고투하지만 다양한 형태의 유사-아버지들로부터 정신적, 물질적 자산이나 유산을 받아 자수성가하며 결국 정상적인 가족서사-시민서사 안으로 편입되는 결말을 맞는다. 여기서의 성장이란 고아들이 그들의 고아-됨을 극복하는 것을 의미한다. 즉, 근대 소설이 기본 구도로 채택하곤 하는 고아의 성장담이란, 괴물을 시민-인간으로 바꾸어 버리는 신화적이고 종교적인 변신담이자 기적담이다.

그런데 『프랑켄슈타인』의 서사는 고아인 근대 개인을 시민으로 초월시키지도 가족서사 안으로 포섭하지도 않는다. 이런 점에서 메리 셸리의 작품은 당대의 성장소설들과 궤를 달리한다. 물론 출생과 함께 버려지고 인간사회로부터 배척당한 채 홀로 방랑하는 괴물의 생애를 기술한다는 측면에서는 다른 성장소설들과 비슷하지만, 그는 시민으로 성장하지 않는다. 괴물은 누구의 도움도 받지 않고 어떤 기적도 경험하지 못한다. 이 작품의 주인공은 세계로부터 단호하게 격리되었고 철저히 고아로서 존재하며 순전히 혼자만의 힘으로 시민적 덕목들을 획득하지만 그에 즉각적으로 수반되는 초월과 고양이 그에게는 없다. 따라서 그는 인간도 시민도 아니고, 특수도 보편도 아닌 채로 세상을 떠돈다. 메리 셸리의 문제적 개인은 끝까지 고독하게 그 단독성과 괴물성을 견지한다. 그녀가 상상하는 정치적 세계에서는 슈미트의 '정치신학' 중 '신학'이 부재한다.

비평가들은 이 작품에서 창조 모티프에 주목해 왔다. 빅터 프랑켄슈타인 박사가 괴물을 창조하는 행위는 신이 인간을, 인간이 인간을, 혹은 남성이 남성을 창조하는 것으로 다양하게 해석되었고, 셸리는 창조 신화를 다시 쓰는 작가로, 최초의 SF작가로, 혹은 페미니스트 작가로 읽히곤 했다. 실제로 빅터 프랑켄슈타인이 괴물을 창조하는 순간은 이 작품에서 가장 핵심적인 장면 중 하나이다.

> 살다 보면 다양한 사건들이 일어나기 마련이지만 인간의 성정 중 감정만큼 변덕스럽지는 않다. 나는 생명이 없는 신체에 생명을 불어넣겠다는 단 하나의 목적을 위해 거의 2년 동안 미친 듯이 일했다. … 도를 넘는 열정으로 그것을 열렬히 원했다. 하지만 이제 그 작업을 완수하자, **꿈의 아름다움은 사라져 버리고 숨도 쉬지 못할 정도의 공포와 혐오감이 내 가슴을 가득 채웠다**. … 나는 그 놈 —내가 창조해 낸 괴물— 을 바라보았다. **그는 침대에 쳐진 커튼을 들어 올렸다**. 그 눈은 —그걸 눈이라고 부를 수 있다면— 나에게 초점이 맞추어져 있었다. 그의 턱뼈가 움직였고 알아들을 수 없는 소리를 웅얼거렸으며, 웃음이 **그의 뺨에 주름선을 만들었다**. 뭔가 말을 한 것일 수도 있다. 그러나 나는 듣지 않았다. 아마 나를 잡으려고 손을 뻗은 것 같았지만 나는 몸을 피하면서 얼른 층계를 뛰어 내려갔다. (Shelley, *Frankenstein*, 56–57) (필자 번역·강조)

이는 아마도 문학작품에 묘사되는 창조 중 가장 고양감이 없는 창조일 것이다. 프랑켄슈타인 박사는 수많은 노고 끝에 마침내 그 누구도 해내지 못한 인간의 형상을 한 생명체, 즉 괴물을 만들어 낸다. 이 실험에 그가 바친 헌신과 정열은 '도를 넘어섰다.' 그러나 그 생명체가 눈을 뜨고 호흡을 하자 "숨도 쉬지 못할 정도의 공포와 혐오감이" 가슴을 가득 채운다. 근대 사상 처음으로 완전히 단독적인 개인이 탄생하지만 그와 동시에 바로 일어나야 할 초월과 승화라는 기적이 이어지지 않는다면, 변덕스러운 인간의 성정을 고려한다 해도 지나칠 만큼 빠른 속도로 엄청난 공포와 혐오가 필연적으로 뒤따른다.

셸리의 창조에 대한 묘사는 슈미트의 주권자에 대한 묘사와 기묘하게 겹친다. 근대에서 가장 중요한 정치적 권력인 주권은 예외 상태를 결정하는 힘이다. 슈미트의 경우 예외 상태를 결정한다는 것은 기존의 권력을 중지하고 무효화하는 행위이지만, 이는 보다 근본적인 형태의 권력을 창조하는 것이기도 하다. 셸리 역시 괴물의 창조를 통해 프랑스 혁명과 함께 등장하는 새로운 형태의 인간형과 그에게 부여되는 권력인 주권의 창조를 사유한다. 슈미트와 셸리 둘 다 근대적 형태의 권력이 창조되는 순간과 그것의 의미를 논의하고 있는 것이다.

그런데 셸리가 이 창조 과정에서 보는 것은 흉측한 괴물, 공포와 혐오, 그리고 경계선이다. 막 태어난 괴물은 빅터에게 다가오며 "침대에 쳐진 커튼"을 들어 올린다. 이 장면에서 사실상 빅터와 괴물의 위상은 결정된다. 빅터는 경계선(커튼)의 내부, 괴물은 경계선(커튼) 그 자체인 것이다. 괴물과 '선'의 연관성은 여기서 그치지 않는다. 괴물은 무엇인가 웅얼거리며 웃음 짓는데, 이 웃음은 그의 뺨에 선 —주름들— 을 만든다. 게다가 괴물의 몸은 흉터-선으로 가득하다. 빅터가 가장 아름다운 피조물을 만들겠다는 이상으로 시체 안치장과 도살장, 해부용 실험실 등 여기저기에서 주워 모은 재료와 신체 조각들을 꿰매고 이어 붙인 흔적, 그 선들은 그대로 괴물의 몸에 남아 있다.

따라서 빅터와 괴물 사이의 팽팽한 긴장과 경쟁구도는 선과 면의 경합이라 할 수 있다. 셸리는 이들을 경계선과 경계 내부로 설정하며, 이를 통해 실질적인 위협과 도전은 선 바깥이 아니라 선 긋기라는 행위임을 보인다. 빅터와 괴물은 창조주-피조물, 즉 아버지와 아들이라 볼 수 있는 관계이지만, 이들 사이에는 시종 고통스럽고도 팽팽한 적대적 긴장감이 흐른다. 조지 레빈을 비롯한 여러 비평가들은 프랑켄슈타인과 괴물을 아버지-아들 관계로 놓고 이 작품을 해석하며 작품에 등장하는 다른 인물들 간의 복잡한 더블관계들도 오이디푸스 콤플렉스를 바탕으로 하여 읽곤 한다.[49]

그러나 실제로 이 작품에서 프랑켄슈타인과 괴물의 대립을 아버지와 아들 간의 경쟁으로, 혹은 고전적인 의미의 오이디푸스 콤플렉스로 보는 것은 소설이 갖는 근대에 대한 코멘트로서의 의미를 축소한다. 아버지-아들 간의 경쟁을 유발하는 여성, 즉 어머니의 존재가 철저히 지워져 있다는 점에서도 그렇지만, 무엇보다도 이 두 인물은 여성을 사이에 두고 경쟁하는 것이 아니라 '누가 더 인간다운가'라는 추상적인 문제를 두고 대결하고 있기 때문이다. 빅터가 만들어 낸 괴물은 단순히 새로운 종 혹은 변종이 아니라, 인간이면서 또한 인간이 아닌 문제적 존재로 경계선 그 자체이다. 그의 경계적 정체성은 펄럭이는 커튼, 우둘투둘한 흉터선, 깊게 팬 주름선의 이미지로 남아, 인간성과 시민성이 과연 그렇게 매끄러운 '면'인가를 되묻고 있다.

49 Levine, "Frankenstein and the Tradition of Realism," 14-30.

근대 정치의 주체: 시민과 괴물

빅터와 괴물이 서로를 문제화하는 상호 구성관계는 어떤 의미에서는 「다크나이트」의 배트맨-조커가 맺고 있는 문제적 관계, 즉 뒤집힌 채 서로를 바라보는 거울관계를 연상시킨다. 그러나 「다크나이트」의 배트맨과 조커가 철학적·인식론적인 차원의 경계선을 보여 준다면, 『프랑켄슈타인』의 빅터-괴물 관계는 정치적인 함의를 갖는다. 괴물은 프랑스 혁명의 한가운데서 탄생한 주권이라는 정치적 권리를 갖는 존재로서, 공화국-국민국가의 성립에 핵심적 요소가 되는 존재이다. 셸리는 근대 정치의 핵심적인 의미를 빅터 프랑켄슈타인이 아니라 괴물에게서 보고 있으며, 동등한 정치적 권리를 갖는 새로운 존재, 즉 평등한 인간이 갖는 불안하고 단절적이며 찰나적인 면모를 포착한다.

사실 빅터야말로 근대의 정치적 주체를 대표하는 인물이라 할 수 있다. 그는 제네바 공화국의 공직자 집안 아들로서 혁명의 영향을 가장 긍정적으로 체현하고 있는 근대 유럽국가에 거주하는 모범적 시민으로 제시된다. 제네바가 혁명정신의 아버지라 할 수 있는 루소의 고향인 점을 상기한다면 빅터가 갖는 근대 시민으로서의 위상은 더욱 확고하다. 이에 반해, 괴물은 여러 비평가들이 지적해 온 것처럼 도무지 '문제'라는 용어 이상으로 표현할 방법이 없는 애매한 존재이다. 어떤 층위에서 접근해 보아도 괴물이 의미하는 바는 혼란스럽기만 하다. 괴물을 하나의 상징으로 본다고 해도 그가 상징하는 바는 그야말로 활짝 열려 있으며, 실제로 그가 무엇을 의미하는가에 대한 무수히 다양한 해석들이 수행되어 왔다. 괴물은 19세기 초 유럽을 뒤흔든 프랑스 혁명 그 자체이기도 하고, 과학정신, 계몽주의,

심지어 (남성중심적) 낭만주의일 수도 있다. 혹은 여성의 출산에 연관된 온갖 심리적·신체적 징후를 상징하는 것으로 해석되기도 한다.[50]

괴물은 모순적 존재이다. 그는 시체로 만들어진 피조물로서 죽음과 삶을 하나의 몸 안에 구현하고 있는 존재이며, 여성의 몸을 통하지 않고 생산됨으로써 창조와 생산에 전제된 성역할의 질서도 거스른다. 그가 추구하는 아름다운 이상과 그의 몸이 현실 세상에서 불러일으키는 혐오는, 괴물이 상반된 것들 사이의 해결되지 않은 충돌 그 자체임을 보여 준다.[51] 다시 말해, 이 작품 내내 괴물이 표방하는 의미는 끝내 어느 하나로 고정되지 않으며 그는 작품의 시작부터 끝까지 풀리지 않는 난제로 남는다. 괴물 자신도 "내가 누구인가? 무엇인가? 나는 어디에서 왔는가? 나의 갈 길은 어디인가? 이러한 질문이 끊임없이 반복되었지만 그에 대한 답을 찾을 수가 없었다"라고 말한다.[52] 누구보다 언변과 수사에 뛰어나 논리적 설득력이라는 뛰어난 재능을 발휘하지만, 그럼에도 불구하고 그는 인간의 언어와 상징체계로는 포착되지 않는 존재이다.

괴물은 또한 아감벤이 말하는 헐벗은 생명의 대표적 예이기도 하다. 그는 보호자 없이 세상으로 내던져졌으며 그를 보는 이마다 고개를 돌리고 외면한다. 빅터는 괴물의 재료를 구하기 위해 시체 안치장과 도살장, 해부

50 괴물을 여성의 재생산에 대한 알레고리로 읽는 많은 비평 중 대표적인 것으로 모어스(Ellen Mores)의 비평이 있다. 모어스는 이 작품을 출산 신화에 대한 메리 셸리의 반응으로 보고 있으며 빅터가 괴물을 만들고는 곧바로 신생아에 대한 혐오감으로 달아나는 순간이야말로 가장 중요한 여성적 경험이라고 본다.

51 맥워(Anne McWhir)는 괴물이 탐독하는 『실낙원』, 『플루타르크 영웅전』, 『젊은 베르테르의 슬픔』이 갖는 의미를 논의하면서 이 책들에 궁극적으로 함의된 이데올로기는 바로 괴물 자신이 세상에 존재할 권리가 없다는 내용이라고 말한다.

52 Shelley, *Frankenstein*, 156.

실과 무덤 등을 뒤지고 다니는데, 당대 이런 장소에서 구할 수 있는 시체라는 것이 갖는 계급적인 의미를 상기한다면, 괴물이야말로 사회적으로 버려진 존재들의 총합이라 할 수 있다. 실제로 작품에서 괴물 그 자신이 사회적 고아로서 갖는 정치적 상징성은 대단히 강력하다. 1832년 영국에서는 해부법(Anatomy Act)이 공포되었는데 이는 과학의 발달로 해부용 시체에 대한 수요가 늘어나자 실험용으로는 교수형으로 발생한 시체만을 허용했던 이전의 법령을 개정해, 런던 시내에서 가족이 찾아가지 않는 시체들을 해부용으로 허락하는 내용이었다.[53] 괴물은 가난하고 가족이 없어 시체조차 찾을 이가 없는 노동계급으로, 마음대로 쓰고 버릴 수 있는 몸들의 합이라 할 수 있으며, 이를 통해 혁명기의 인간-시민이란 사실상 계급적 범주임을 드러내기도 한다. 괴물은 초인적인 힘과 스피드, 장신의 몸과 뛰어난 지능, 출중한 덕성과 감수성을 가지고 있음에도 사회적·계급적·정치적 차원에서 철저히 무력한 존재인 것이다.

다시 말해 이 작품의 괴물은, 혁명기에 만들어 내어야 했던 새로운 정치적 주체로서의 '근대 개인'이 혼란 그 자체였음을 보여 준다. 그것은 모든 것이면서도 동시에 아무것도 아닌 것이었다. 그것은 자유과 평등, 박애라는 아름다운 미래인 동시에, 정치적으로 보호받는 생명과 보호받을 수 없는 생명을 가르고 결정하는 날카롭고 무자비한 경계선이기도 했다. 셸리가 본 이 경계선은 혼란이고 무질서이며 가능성과 위험을 동시에 내포한 형체 없는 살덩어리였고, 근대 국민국가 —공화국— 의 이상이면서 또한 그 공동체에 내포된 공포와 절망, 혐오와 환멸을 집약하는 모순적인 실체

53 자세한 내용은 Tuite 참조.

였다. 괴물은 경계로, 모순으로, 헐벗은 생명으로, 근대 국가공동체의 이상이면서도 그 공동체를 갈가리 찢는 흉터-선으로 생생하게 그 존재를 드러낸다.

『프랑켄슈타인』의 괴물이 경계선으로서 갖는 또 다른 정치적 의미는 그가 인간이라는 범주의 한계를 구현한다는 점이다. 슈미트는 예외 상태와 극단이라는 용어를 비슷한 의미로 사용하곤 한다. 예외와 극단이 중요한 이유는 이 용어들이 "역설적이고 낭만적인 아이러니를 제공하기 때문이 아니라 통찰의 진지함이 [극단적 상황일 때] 늘 반복되는 규범에서 추출되는 명백한 일반화보다 훨씬 깊이 파고 들어갈 수 있기 때문이다."[54] 경계로서의 괴물은 우리에게 이런 극한 상황을 제시해 주고 인간-시민이 정치적으로 얼마나 유효한 개념인가를 더 심도 있는 통찰력으로써 가늠하게끔 한다.

이를 무엇보다 잘 보여 주는 장면은 괴물이 빅터에게 짝을 만들어 달라는 나름 정당한 요구를 하는 부분이다. 괴물은 유럽을 떠나 머나먼 남미의 정글로 들어가 조용히 살겠다고 약속하면서 자기와 동행하고 함께 살 수 있는 여자 괴물을 하나 만들어 달라고 한다. 빅터는 긴 고민 끝에 이를 수락하고 아일랜드의 벽지에 은거하며 여자 괴물을 만드는데, 거의 완성 직전에 마음을 바꾸어 버린다. 괴물의 애절하고도 간곡한 요구를 끝내 들어주지 않는 것이다. 빅터의 논리는, "그들이 설사 유럽을 떠나 신대륙의 사막에서 산다고 할지라도, 이 악마가 그토록 원하는 공감과 애정의 결과로 아이들이 주렁주렁 생길 것이며, 곧 그놈들은 종족을 이루어 지구상에 퍼져 나갈 것이다. 궁극적으로는 인간의 생존 그 자체를 위협하는 두려운 상

54 Schmitt, *Political Theology*, 15.

황을 만들겠지. 내 마음 편하자고 영원히 이어져야 할 뒷세대들에게 이런 저주를 내릴 권리가 나에게 과연 있단 말인가?"라는 것이다.[55] 사실 이런 단호하고 냉정한 거절은 처음부터 예견된 것이기도 하다. 그는 괴물의 간청에 대해 공감했고 동정심을 가졌으나, 처음부터 이 동정심은 너무도 뚜렷한 한계를 갖는 것이다.

> 그의 말은 나에게 이상한 영향을 끼쳤다. 나는 그를 동정했고 때로는 그를 위로하고 싶은 감정을 느끼기도 했다. 그러나 그를 바라보면, 움직이고 말하는 그 더러운 덩어리를 바라보면, **나의 심장은 역함을 느꼈고 내 감정은 공포와 증오로 바뀌었다. 나는 이 감정들을 억누르려고 노력했다. 내가 그와 공감은 할 수 없다고 해도** 내가 줄 수 있는 약간의 행복을 뺏을 권리는 없다고 생각하였다. (Shelley, *Frankenstein*, 142) (필자 번역·강조)

논리적 설득력이나 공감이라는 측면에서 빅터는 괴물의 말이 옳다는 점을 십분 이해한다. 그러나 막상 괴물을 보는 순간 그 모든 동정심은 공포와 혐오로 바뀐다. "이 감정들을 억누르려고" 해도 빅터는 궁극적으로 괴물이라는 존재에게 진정으로 공감할 수 없다는 사실을 이미 알고 있다. 괴물 또한 자신이 빅터에게, 또 빅터로 대표되는 유럽의 시민들에게 억누를 수 없는 본능적인 혐오감을 불러일으킨다는 사실을 경험적으로 잘 알고 있다. 그는 "인간의 감각이란 우리가 함께하는 데 넘을 수 없는 장벽이 된다"라고 말한다.[56] 정치적 주체이자 주권자로서의 시민은 근본적으로 경계에 의

55 Shelley, *Frankenstein*, 163.

56 Shelley, *Frankenstein*, 140.

해 만들어진 개념이며 무한히 포용을 뻗을 수 없다. 그 한계성은 빅터가 선택을 해야 하는 극한 상황에서 극명하게 드러난다. 괴물이 아무리 덕성과 공감력을 갖춘 그 자체로 완벽한 단독자라 하더라도 그는 인간에 포함될 수 없다. 괴물의 고립은 인간 범주의 끝, 경계, 한계에 의해서 완성되며, 괴물의 괴물성은 인간이 스스로의 한계를, 자신의 존재 끝에서 날카로운 경계선을 맞대면하는 경험이 야기하는 끔찍함을 구현한다.

당연하게도 괴물은 이 부당한 배제와 배척에 분노한다. 아무리 애를 써도 결국 사람들의 혐오감을 불식시킬 수는 없음을 알기에, 그는 인간들에게 사랑을 일으킬 수 없다면 차라리 공포를 야기하겠다고 선언하고 복수심에 가득 차 빅터 주변의 많은 이를 살해한다. 그러나 괴물이 불러일으키는 공포는 생각보다 간단히 억제된다. 아마도 이 점이 『프랑켄슈타인』이 갖는 근대에 대한 코멘트로서, 근대에 대한 메타텍스트로서의 역사적 의미일 것이다. 루카치가 『소설의 이론』에서 시적인 언어로 환기했던 근대 개인의 철저한 고독함, 헤겔이 찬사해 마지않았던 완벽하고 자족적인 절대정신은 작품 끝까지 그대로 남지만, 이 존재가 드러내는 근대 정치, 시민, 공화국, 궁극적으로 근대 국민국가의 모순과 한계, 그것이 노정하는 불가능성, 공포, 혐오는 환기됨과 동시에 바로 제거된다.

괴물이 꼬마 윌리엄을 납치하려는 장면은 이런 의미에서 의미심장하다. 괴물은 자신의 추한 외모에 바로 얼굴을 돌려 버리는 사람들을 피해 방황하다가 우연히 빅터의 어린 동생 윌리엄을 만나게 되는데, 이제 갓 4-5세밖에 되지 않은 어린아이는 어른과는 달리 외모에 대한 편견에 물들지 않은 순수한 눈을 가졌을 테니 친구로 삼을 수 있지 않을까 하는 생각으로 아이에게 접근한다. 그러나 괴물의 예상과는 달리 윌리엄은 "이 괴물! 날 보내 줘. 우리 아빠는 총리란 말야!"라고 소리 지른다. 공화국에서 총리(syndic)라는 직위는 근대 국민국가의 정치적 대표를 의미하며, 꼬마 윌리엄은 국민국가를 호명함으로써 괴물을 물리치고자 하는 것이다. 이에 격분한 괴물은 윌리엄을 살해하였고, 그가 품었던 기대와 희망은 엄청난 실망과 환멸로 바뀐다. 그가 순수한 아이에게 기대했던 환대와 우정은 물거품이 되었고 더 이상 인간과의 교류에 일말의 희망도 가질 수 없게 된다. 괴물의 폭력은 공화국 총리-빅터-윌리엄으로 이어지는 프랑켄슈타인 집안의 시민성 앞에 무력하기 짝이 없다. 괴물은 한갓 어린아이에 의해 국민국가라는 공동체로부터 속절없이 추방되는 것이다.

아무런 힘도 없는 나약한 아이가 내지르는 "우리 아빠는 총리"라는 한마디에, 무시무시하게 생긴 괴력의 괴물은 가치 있는 생명, 보호받아야 할 존재, 주권 등의 범주 경계선 위에 힘없이 쓰러진 미확인 살덩이가 된다. 더 이상 공포심을 불러일으키지 못하는 이 살덩이는 유령과도 같은 존재로 남아 빅터 프랑켄슈타인의 주위를 맴돌다 어디론가 홀연히 사라진다. 그는 『햄릿』의 부왕 유령처럼 복수를 다짐하며 떠돌지만 그에 강하게 호응하는 햄릿 왕자와 같은 아들은 존재하지 않는다. 괴물은, "기억하시오, 나는 그대가 만든 창조물이라는 것을. 나는 그대의 아담이 되었어야 했지만 그 대신 타락한 천사가 되어 버렸소. 아무런 잘못도 하지 않았는데 모든 기쁨을 빼앗겼소"라고 탄식한다.[57] 이 깊은 탄식은 아무런 응답도 받지 못하는 작은 소리로, 낮은 한숨으로, 웅얼거림으로 사라져 버린다. 그러나 괴물의 호소는 또 다른 의미에서 햄릿 왕의 "나를 기억하라"라는 호소만큼, 혹은 그보다 더 강력한 공명을 만들어 낸다. 괴물은 총리-빅터-윌리엄이라는 대표적인 시민 가계로부터 '프랑켄슈타인'이라는 성(姓)을 빼앗는다.

200년이 지난 오늘날까지 우리는 빅터가 아니라 괴물을 프랑켄슈타인이란 이름으로 기억한다. 시민의 이름은 괴물의 이름으로 치환되어 막연한 공포를, (그의) 분노를 끊임없이 공명하고 환기한다. 괴물은 근대 인간이지만 시민은 아닌 잔여이고, 찰나적 존재이며 시민 범주의 경계선이고, 신이 부재한 세상의 타락한 천사이다. 그의 괴물-됨은 우리에게 근대 세계의 세속성을, 인간-시민의 한계와 모순을, 절대정신으로 승화되지 않는 고독을, 흉터-선으로 가득한 살덩이를 계속 기억하게 하는 것이다.

57 Shelley, *Frankenstein*, 96.

3장

소설과 마술: 초월의 서사

…

가브리엘 가르시아 마르케스 『백년의 고독』,

최인훈 『태풍』, 셰익스피어 『템페스트』

근대 소설이라는 마술

『햄릿』의 첫 문장은 “거기 누구요?”이다. 한밤중 경비를 서는 파수꾼들이 수상한 인기척을 느끼고 어둠 속에 누가 숨어 있는지를 살피는 것이다. 『프랑켄슈타인』의 핵심적 장면에서 괴물은 “내가 누구인가? 무엇인가? 나는 어디에서 왔는가? 나의 갈 길은 어디인가? 이러한 질문이 끊임없이 반복되었지만 그에 대한 답을 찾을 수가 없었다”라고 말한다. 17세기 초에 쓰인 『햄릿』이 ‘거기’ 있는 자가 누구인지, 그것이 인간인지 광인인지 유령인지를 궁금해하고 있다면, 2세기 후에 나온 『프랑켄슈타인』의 주요 질문은 ‘내’가 누구인지이다. 셰익스피어에게 ‘세상의 어긋남’이 고뇌의 대상이라면, 메리 셸리에게는 ‘나’의 어긋남이 핵심 문제인 것이다.

『프랑켄슈타인』으로부터 다시 2세기가 지났다. 「다크나이트」에서 조커는 배트맨을 다음과 같이 조롱한다. “넌 진짜 타락하지 않는 존재니? 정말? 넌 말이지, **너만 옳다는 어긋난 독선** 때문에 결코 나를 죽이진 못할 걸. 난 또 그런 네가 너무 재미있기 때문에 널 안 죽일거고. 그러니 너와 나는 영원히 이렇게 함께할 운명인 거야." 21세기 텍스트에서 조커와 배트맨은 어긋남을 자아의 윤리의식에서 찾는다. 오늘날의 괴물들에게 어긋남은 존재와 정체성의 구성에 이미 깊이 각인되어 버린 그 무엇이다.

왜 이렇게 된 것일까? 외부세계에, '거기'에 존재했던 어긋남이 왜 근대 개인의 내부 안으로 들어와 이렇게 깊숙이 자리 잡게 된 것일까? 근대를 살아가는 인간은 이제 영영 존재의 안정감을 잃어버리게 된 것일까? 오늘날 우리가 느끼는 생래적 불안감은 어디에서 온 것이고 그것은 무엇을 의미하는 것일까?

앞 장들에서 살펴본 대로, 문제적 개인은 그 단독성을 말하는 순간 경계선이 주위에 그어지면서 근대 개인으로 범주화되고, 근대 국민국가라는 정치적·인식적·담론적 기제는 그를 즉각적으로 국민-시민으로 승화시킨다. 그런데 이 과정이 항상 부드럽고 매끄러우며 완벽한 것은 아니다. 『프랑켄슈타인』의 괴물은 분명 이 과정에서 탈락한, 혹은 완강하게 버티는 자이며 결과적으로 초월되지 못한 자이다. 그는 정체성 범주를 결정하는 경계 긋기라는 행위의 모순을 드러내면서 무엇으로도 결정되지 않은 채 경계선, 혹은 경계 긋기 그 자체로 남는다.

경계선은 근대 개인이라는 범주의 (불-)가능성이고, 세계와 어긋나 버린 존재의 괴물성이며, 그런 괴물을 태동하게 한 세계의 세속성이기도 하다. 『프랑켄슈타인』의 끝에서 괴물은 빅터-시민을 세계 끝까지라도 따라다니며 괴롭힐 것이라는 암시를 남기며 어디론가 사라져 버린다. 어쩌면 괴물은 그를 받아 주지 않는 세상을 떠나 근대 개인의 내부로 스며들어 그 가장 깊숙한 곳에 자리를 잡은 것인지도 모른다. 그는 근대 개인의 존재 안에, 그것도 옳고 그름을 판단하는 윤리의식에 어긋남을 새겨 넣어 삶의 방향성을 잃고 늘 방황하게 만들며, 이를 통해 빅터로 대표되는 시민-인간에게 복수하는 것인지도 모른다.

괴물은 우리 안에 흔적과 잔여로 머무르면서, 문제적 개인이 국민-시민이라는 공동체 안으로 초월·승화하는 과정이란 결코 부드럽고 매끄럽지 않음을, 심지어는 윤리적으로 문제적임을 말한다. 그는 시민의 내부와 표면에 숱한 생채기, 흉터, 주름으로 존재하면서 거칠고 불규칙하며 울퉁불퉁한 감각을 통해 어긋남을 촉각으로 느끼게 한다. 괴물은 또한 이 촉각을 통해 세계의 세속성과 현실성을 주장하기도 한다. 인간에서 시민으로의 매끄러운 초월 과정에 슈미트가 암시하듯 근대 정치가 아직 떨치지 못한 신학적 염원, 기적에 대한 종교적 희구가 깊이 배어 있다면, 괴물은 이 초월이 전혀 현실적이지 않음을 보여 준다. 그렇다면 개인이 공동체로 초월되는 과정을 매개하고 견인하는 근대 성장소설의 리얼리즘은 실제로는 전혀 리얼하지 않은 서사라고 할 수 있을까? 근대 소설은 리얼리즘을 표방하지만 실제로는 종교적이고 마술적이며 신학적인 서사인 것 아닐까? 셸리의 『프랑켄슈타인』은 괴물이라는 환상적 요소로 인해 서구 리얼리즘 소설의 전통에서 빠져 있는 작품이지만, 오히려 이 환상적 텍스트야말로 근대 인간의 삶에 대한 가장 현실적이고 리얼한 재현이라고 할 수 있지 않을까?

마술적/리얼리즘: 『백년의 고독』

이런 맥락에서 근대 소설서사의 리얼리즘을 검토해 보자. 먼저 최근 소설서사가 리얼리즘이라는 기제에 대해 취하고 있는 몇 가지 태도들을 점검해 볼 필요가 있다. 발자크, 디킨스 등이 남긴 19세기 서구의 소설은 오늘날 우리가 리얼리즘 소설이라고 말하는 것의 전범으로 자리 잡았고 서구 근대 문학의 위대한 전통 계보를 구성해 왔다.[58] 또 앞에서 살펴본 루카치, 앤더슨을 포함하여 바흐친, 프레드릭 제임슨 등 대표적인 소설 이론가들은 이 전범을 바탕으로 '서구 근대 소설-리얼리즘-삶의 총체적 재현' 사이에 상동관계를 확립해 왔다. 우리가 소설에 대해 갖는 기대나 전제, 즉 소설은 여타 장르보다 훨씬 더 현실에 가까운 서사라는, 혹은 훌륭한 소설은 삶의 복합성을 가장 포괄적인 시각에서 재현해 낼 수 있다는 식의 믿음은 이러한 리얼리즘 비평들에 기인한 바가 크다. 20세기 이후 대부분의 근대 소설론은 리얼리즘이라는 이론적·역사철학적 관점과 구도에 직간접적인 영향을 받아 왔다.[59]

아마도 리얼리즘이라는 서사에 거리를 두면서 이에 대한 메타적인 글쓰기를 시도하는 가장 대표적인 흐름으로는 마술적 리얼리즘을 꼽을 수 있을 것이다. 마술적 리얼리즘은 유럽의 문학 전통으로부터 고립되고 소외된, 주로 남미로 대표되는 비서구의 독특한 문학양식이며 서구의 이성중

58 리얼리즘의 정의에 대해서는 수많은 논의가 있어 왔다. 리얼리즘은 삶의 총체성에 대한 표현과 실천으로, 사실주의적 묘사와 기법으로, 혹은 전지적 작가 시점의 중립성 등으로 다양하게 정의된다. 그러한 정의의 갈래를 분류하는 것은 이 책의 범위를 넘어서는 일일 뿐 아니라 이 책의 목적도 아니다. 왜냐하면 실제로 많은 경우 이 다양한 의미들은 함께 교차되어 사용되기 때문이다. 19세기적 리얼리즘 소설의 서사기법이나 인식론적, 정치적 지향점에 대해 저항성을 표방하는 수많은 서사양식 —마술적 리얼리즘을 포함한— 들이 여전히 리얼리즘이라는 용어 자체는 간직하고 있으며, 리얼리즘이라는 용어를 폐기하기보다는 '복수의 리얼리즘들'을 환기하는 방식이 선호된다는 사실로부터도, 소설서사에서 리얼리즘이 갖는 중요성이 드러난다. 복수의 리얼리즘들에 대해서는 Furst 참조.

59 루카치는 특히 1980년대 한국 학계에서 매우 중요한 의미를 갖는다. 백낙청을 중심으로 하는 민중·민족문학 계열의 비평계는 루카치의 리얼리즘론을 적극적으로 수용하여 민족문학론, 리얼리즘론, 시민문학론 등 한국 근대 소설론의 밑받침으로 삼았다.

심주의, 사실적 리얼리즘, 정치적 헤게모니에 대응하는 저항적 서사 계보임을 자처해 왔다. 가브리엘 가르시아 마르케스, 살만 루슈디, 토니 모리슨 등 남미, 인도, 흑인과 이민자 출신의 작가들이 이 서사를 이용하여 큰 성공을 거둔 이후로 많은 서구 작가들도 마술적 리얼리즘을 적극적으로 차용하고 있기는 하다. 그러나 이 계보는 기본적으로 서구의 역사, 서구적 재현의 정치성, 서구 국가서사들의 제국주의적 성격 등에 대해 반기를 드는 것으로 여겨져 왔다.

마술적 리얼리즘의 계보를 따라 올라가다 보면 그 원천에는 가브리엘 가르시아 마르케스의 『백년의 고독』이 자리 잡고 있다. 『백년의 고독』은 마술적 리얼리즘이라는 장르를 가장 성공적으로 대중화시켰을 뿐 아니라 이 장르가 갖는 독특한 성격과 소설적·정치적 지향점을 선구적으로 제시하였다. 마르케스는 리얼리즘 소설이라는 서구 서사의 큰 틀 자체는 유지하면서도 그 안에 환상적, 신비적 요소들을 적절하게 배치하여 사실성과 허구성의 기막힌 조화를 이루어 내었으며 무엇보다도 이를 통해 콜롬비아와 남미라는 비서구 지역의 현실에 대해 그 누구보다도 풍부한 재현을 성취해 냈다.

그런데 흥미롭게도, 마르케스의 소설은 '고독'이라는 제목을 통해 근대의 고독한 개인과의 밀접한 연관을 드러낸다. 물론 이 소설의 고독과 근대 개인의 고독이 함의하는 바는 일견 다른 것으로 보인다. 많은 비평가는 마르케스의 고독을 한 개인의 고립감이라기보다는 부엔디아라는 집안, 마콘도라는 마을, 콜롬비아라는 국가, 더 나아가 남미라는 대륙의 집단적이고 역사적인 경험으로 읽어 왔다. 즉 일반적으로 고독이 개인의 지극히 사적이고 단독적인 차원에서 경험되는 것이라면 『백년의 고독』에서의 고독은 가장 공적이고 사회적인 차원에서 이루어지는 집단적 경험인 것이다. 고독에 가해진 이러한 변화는, 마술적 리얼리즘이라는 계보 자체의 성격을 규정하게 되었다. 마술적 리얼리즘 계열로 분류되는 소설들은 대부분 작가 개인이 원하건 원하지 않건 탈식민주의라는 정치성을 띠며 비서구의 고유하고 독특한 삶의 경험을, 개인적인 차원이라기보다는 공동체의 차원에서 재현해 내는 것으로 읽힌다. 이런 맥락에서, 베네딕트 앤더슨이 말한 '상상된 공동체'와 소설 간의 긴밀한 관계, 즉 '프린트 내셔널리즘'은 18-19세기 유럽 소설보다는 20세기 탈식민주의적·마술적 리얼리즘 소설에서 더욱 뚜렷이 드러난다.

프레드릭 제임슨은 이러한 해석에 지대한 영향을 미친 비평가이다. 그는 제3세계 문학에 대한 논의에서, 겉으로 보기에 지극히 개인적이고 사적인 욕망에 관한 텍스트라 하더라도 제3세계 문학은 국가적 알레고리(national allegory)라는 형태를 통해 결국에는 반드시 정치적인 차원을 투영한다고 주장한다. "개인의 사적인 운명은 언제나 제3세계라는 공동의 문화와 사회가 처한 전투적인 상황에 대한 알레고리"라는 것이다.[60] 제임슨은 또한 제3세계가 '전투적인 상황'에 처할 수밖에 없는 것은, 마술적 리얼리즘이라는 장르 내부에서 서로 다른 생산양식 간의 투쟁이 벌어지고 있기 때문이라고 본다. 이 장르는 "전 자본주의(precapitalist)와 자본주의 간의 발생, 기술적 특징들과의 공존, 교차를 드러낸다."[61] 즉 마술적 리얼리즘은 근본적으로 '서구-자본주의' 대 '비서구-전 자본주의'라는 대결구도로 구성되고 이 안에서 생산양식 간의 역사적 투쟁을 그려 내는데, 이는 비서구 국

60 Jameson, "Third World Literature in the Era of Multinational Capitalism," 69.

61 Jameson, "Third World Literature in the Era of Multinational Capitalism," 147.

가공동체에서만 나타나는 고유한 문학양식이라는 것이다. 웬디 패리스를 비롯한 여러 비평가들은 이러한 제임슨의 입장을 반복, 재생산하면서, 마술적 리얼리즘이 주체와 역사에 대한 대안적이고 저항적인 비서구 서사의 가능성을 제시했다는 주장을 전개해 왔다.[62]

이처럼 입장에 따라 약간의 차이는 있지만, 마술적 리얼리즘이 폭넓은 의미에서의 탈식민주의 문학을 대표하는 서사라는 점에서는 어느 정도 비평적 합의가 이루어져 왔다고 볼 수 있다. 그렇다면 짚어 보아야 할 또 하나의 주요 논점은, 이 서사 전통에서 저항의 에너지가 마술 부분에 있느냐 아니면 리얼리즘 부분에 있느냐의 문제이다. 대부분의 탈식민주의 비평가들은 리얼리즘 서사야말로 서구 식민주의와 공범관계임을 지적하면서, 식민주의가 권력을 수행하는 데 있어 진실의 체제, 즉 리얼리즘 서사라는 진실을 적법화하는 체제를 조직적으로 사용해 왔음을 지적했다. 알디어(Aldea) 같은 비평가는 들뢰즈의 이론을 이용하여 마술적 리얼리즘을 논의하면서 리얼리즘 부분은 영토화하는 힘을 보여 주며, 마술 부분은 탈영토화하는 힘을 서사화한다고 주장한다. 즉 탈식민주의 비평의 입장에서 보았을 때 리얼리즘 부분은 서구의 재현 권력이고, 마술 부분은 그에 대한 저

62 Farris, Warnes 참조. 호미 바바(Homi Bhabha) 역시 마술적 리얼리즘과 탈식민주의의 언어를 동일시한다. 물론 바바는 제임슨처럼 마술적 리얼리즘을 제3세계 국가공동체에 대한 알레고리로 단순화하여 읽지는 않는다. 그가 보기에 이 장르는, 데리다가 말하는 문법와 의미 사이의 '차이(différence)'를 통해 기능하고 있으며 경계·한계선을 '틈새 공간(in-between space)'으로 변화시켜 그 안에서 문화적·정치적 헤게모니가 협상되도록 하는 효과를 낳는다. 이 장르는 '의미 생성의 불안정한 공간'이며 이 안에서 "아주 잠깐이라 해도 극히 중요한 순간 —즉 문화적 인지가 가능한 사물들이 소멸되어 버리는 순간— 이 생기"게끔 한다(Bhabha, *The Location of Culture*, 179-180). 바바는 이처럼 마술적 리얼리즘이 열어 주는 탈식민주의적 공간은 정치·경제적인 투쟁뿐 아니라 타자성과 정체성의 의미가 새롭게 생성되는 공간이며, 국가공동체의 단일한 운명을 상징한다기보다는 서구와 비서구 간의 문화적 협상이 수행되는 담론의 장이라고 본다.

항과 전복을 담당하고 있는 셈이다.[63]

그러나 마술적 리얼리즘의 계보를 거슬러 올라가 그 가장 위쪽에 자리하는 마르케스의 『백년의 고독』에만 한정해 보았을 때, 이는 반드시 맞는 말이라 할 수 없다. 이 소설에서 가장 유명한 에피소드라고 할 수 있는 바나나 기업 대학살 사건에 대한 묘사만 보더라도, 마술보다는 리얼리즘, 즉 사실적 묘사 부분에 저항의 무게가 실려 있기 때문이다. 마르케스는 이 에피소드에서 바나나 기업이 파업을 벌이는 공장노동자들에 대하여 지역 공권력의 힘을 빌려 무자비한 대학살을 자행하고, 살육당한 시체들을 기차에 실어 아무도 모르게 폐기한 사건을 생생히 기술한다. 그리고 이것은 실제로 콜롬비아에 진출한 미국의 과일주식회사가 행한 학살 사건, 또 그 이후 조직적으로 행해진 기억의 망각 작업에 대한 사실적이고 통렬한 고발이자 비판이다. 이 사실적인 묘사는 억압되고 학살당한 자들의 사라진 이야기를 기록하고 있으며 콜롬비아의 정치적 상황과 미국 대자본의 남미 진출이 의미하는 바에 대한 사회적 메시지를 담고 있다. 즉 저항은 이 소설의 리얼리즘적 부분에 놓여 있는 것이다.[64]

『백년의 고독』에서 사실적 묘사(리얼리즘)와 환상적 묘사(마술)가 각각 무엇을 의미하는지를 따져 보는 작업은 이런 맥락에서 흥미롭다. 처녀 레메디

63 모레티(Franco Moretti)는 리얼리즘은 서구의 형식이고, 마술은 비서구라는 지역의 내용 즉 제3세계 지역만의 고유하고 독특한 삶의 경험이라고 본다. 원스(Warnes)와 같은 비평가는 마술적 리얼리즘의 마술 부분을 중세 로맨스 전통과의 연결 속에서 읽으면서 로맨스 장르에서 저항적 에너지를 찾기도 한다.

64 바나나 공장 대학살 에피소드가 역사인지 허구인지에 대한 논란도 살펴볼 만하다. 많은 비평가와 독자들은, 학살 사건이 콜롬비아의 공식 역사에서 실제로 사라진 부분이며 따라서 이 에피소드야말로 진정한 의미에서의 역사 복원으로 보아야 한다고 주장한다. 그러나 소설이라는 것의 허구적 성격을 고려한다면 마르케스의 묘사에 재현된 모습 그대로를 역사적 사실로 받아들여서는 안 된다는 주장도 있다. Posada-Carbo 참조.

오스는 승천해 버리고, 마을에는 4년 넘게 줄곧 비가 내리며, 아우렐리아노 부엔디아 대령의 시체에서 흘러나온 피는 어머니 우르술라를 찾아 마을 전체를 돌면서 긴 여행을 한다. 소설의 마지막에는 마을 전체가 회오리바람에 휩싸이며 흔적도 없이 사라지기까지 한다. 소설 전체를 빼곡히 채우고 있는 이런 환상적이고 마술적인 장면들이 각각 무엇을 의미하는지에 대해서는 너무도 많은 비평적 해석이 존재한다. 그러나 또 한편으로, 이 환상적 사건들의 존재이유가 애초에 서구적 이성·합리라는 의미와 재현의 체제 자체를 거부하기 위함임을 상기한다면, 바로 그 이유로 인해 이 장면들은 특정한 무엇인가를 의미하거나 상징할 수 없다. 즉 이 소설에서 마술적 묘사는 아무것도 의미하지 않는다.

이들이 말 그대로 아무것도 의미하지 않는다면, 이 묘사가 반드시 반서구나 비서구를 상징하는 저항의 표상일 이유도 없다. 그런데 사실 '아무것도 의미하지 않음'은 어떤 의미에서는 가장 서구적인 개념이기도 하다. 그것은 하이데거적 의미에서 존재라는 것을 발화하는 순간 그와 동시에 인식론 안에 자리 잡는 '무(nothingness)'이기도 하고, 루카치식으로 표현하자면 문제적 개인 안에 존재하는 심연일 수도 있으며, 호미 바바식으로 말하자면 의미가 협상되고 창출되는 담론의 장인 '틈새 공간'일 수도 있다. 그것이 무엇이든 여기서 주목할 점은, 『백년의 고독』에서, 그리고 더 나아가 마술적 리얼리즘이라는 계보에서, 주요한 문학적 상상력인 마술적 묘사들이 작품의 힘과 에너지로서 작용하리라는 일반적인 기대와는 달리, 아예 아무 기능도 하지 않는다는 것이다. 그리고 흥미롭게도, 어쩌면 바로 그 이유 때문에 이 마술적 묘사가 리얼리즘 소설의 서사와 완벽한, 심지어는 폭발적인 화학적 결합을 해내고, 그 상상력의 무력함으로 인해 오히려 리얼리즘 소설이 성취할 수 있는 최대치를 이루어 내는 것이다.

이 지점에서 리얼리즘 소설의 서사가 인간에서 시민으로의 (불가능한? 기적적인?) 초월 과정을 견인하는 매개로서 어쩌면 가장 종교적이고 마술적인 성격을 띠는 서사가 아닌가 하는 앞부분의 의구심으로 돌아가 보자. 리얼리즘과 마술적 리얼리즘은 각각 서구와 비서구를 대표하는 별개의 서사 전통으로 여겨지지만, 사실 이 둘은 상당 부분 겹친다. 리얼리즘이 진실이라는 실감을 만들어 내고 서사 안의 인물과 사건 전개가 현실적이라고 믿게 만드는 기제야말로 실로 마술적이다. 마술적 리얼리즘이 성취하고자 하는 바는 결국 서구 리얼리즘이 재현할 수 있는 최대치이다. 이 두 서사 전통의 계보를 각각 추적해 올라가다 보면 그 원천에는, 루카치가 말하듯 공동체의 이상과는 결코 융화할 수 없는 철저히 개인적인 고독과 비극적 정조가 있고, 마르케스가 『백년의 고독』에서 보여 주듯 인간의 현실 사회나 그것의 재현과는 전혀 무관한 (혹은 무관하고자 하는) 공허함-무가 있다.[65] 이 두 대립적인 문학 계보는 고독, 공허와 같은 지극히 단독적인 경험 —즉 공동체의 구성이라기보다는 공동체의 해체에 더 가까운 개념들— 에 그 뿌리를 두고 있다는 점에서, 그럼에도 불구하고 근대 국가라는 마술적 공동체를 강화하는 방향으로 진화한다는 점에서, 또 그들이 내세우는 상상력이 반어이든 마술이든 둘 다 실제로는 무력하다는 점에서, 근본적으로 아주 가까이 겹쳐져 있는 것이다.[66]

리얼리즘과 마술적 리얼리즘이라는 대립적인 두 계보 간의 묘한 겹침은

65 물론 그와 동시에 고독을 공동체적 실천으로 바꾸고자 하는 정치적 의지와, 공허한 언어를 힘찬 의미로 채우려는 예술적 노력도 없는 것은 아니다.

66 반어로서의 소설적 상상력에 대해서는 이 책 2장의 루카치에 대한 부분 참조.

서구/비서구라는 구도가 부적합하다는 사실을 드러내기도 한다. 리얼리즘 소설은 서구 국민국가서사를 구성해 왔지만, 루카치의 리얼리즘 비평이 지향하는 바는 기본적으로 반서구적 성격을 강하게 띤다. 그가 제시하는 서구 역사에 대한 전망은 절망, 비관, 실패일 뿐이며 대안적 유토피아는 도스토엡스키에 놓여 있다. 마술적 리얼리즘은 반서구라는 것을 정치적 지향점으로 내세웠지만, 『백년의 고독』의 마술적 묘사가 그려 내는 허무, 공백, 부재는 근본적으로 서구 인식론의 특징을 담고 있음을 부인할 수 없다. 이 소설의 마술적 상상력은 어쩌면 가장 서구적인 요소이기 때문에 리얼리즘 서사와 그토록 합이 잘 맞을 수 있었던 것이고, 바로 그렇기에 리얼리즘 소설로서의 성취를 이루어 낼 수 있었던 것이다.

그러면 이들은 대립이 아니라 협력체제하에서 상호적으로 서로를 강화하는 하나의 서사 계보라 할 수 있다. 우리는 이를 마술적/리얼리즘이라는 하나의 계보로 통칭할 수도 있다. 마술적/리얼리즘의 복잡하게 얽힌, 그러나 상호 의존적이고 상호 구성적인 계보는, 더 나아가 문학적 상상력과 마술에 대해 시사점을 준다. 서구적이라고 생각했던 것의 비서구적 지향, 반서구적인 것으로 여겨졌던 것의 서구적 뿌리 등은 상상력을 대립구도 안에서 파악하는 것, 즉 상상력을 그에 대립하는 항목에 대한 초월이나 극복의 에너지로 개념화하는 것이 전혀 생산적이지 못함을 보여 준다.

소설서사-리얼리즘-국민국가-낭만주의-자본주의가 구성하는 전 지구적 연합체는 이러한 이항대립적 구도를 허용하지도 않는다. 즉 소설의 상상력은 이 연합체의 안 혹은 밖에서 찾아야 하는 것이 아니다. 그런 경우 결국 상상력이라는 것 역시 근대성의 '전 지구적 통치성(global governmentality)'의 무력한 도구에 불과하다는 (날카롭지만) 냉소적인 입장에 갇힐 수밖에 없기 때문이다. 그보다는, 상상력을 역사적 산물로 상대화하고 그것의 역할과 기능을 최대한 객관화하여 바라보는 시선이 필요하다. 루카치 혹은 마르케스가 마술적/리얼리즘의 계보 저 위쪽에 자리 잡아 더 이상 우리 시대의 난국을 타개하는 데 유효하지 않은 낡은 담론이라면, 그들의 담론에 깊이 기대어 개념화된 문학적 혹은 소설적 상상력 역시 낡은 것이다.

소설에 대한 소설: 최인훈의『태풍』, 셰익스피어의『템페스트』

그러면 이항대립이나 저항적 대항을 허용하지 않는, 마술적/리얼리즘이라는 소설서사로 구성된 국민국가 담론체제의 전면적인 지배하에서 우리의 서사적 행보는 어떠해야 하는가? 가장 저항적일 수 있다고 여겨지는 상상력도 이 소설서사-국민국가 담론체제의 유순한 도구일 뿐이다. 이 서사체제에 내재한 종교성을 다시 한번 상기해 본다면 어쩌면 상상력의 초월성이야말로 이 담론의 작동에 가장 필수적인 기제라고 할 수 있다.[67] 이는 상상력이 대부분 현실 —보다 중요하게는 경계— 을 초월(해방 혹은 도피)하는 근원적인 힘으로 이해되기 때문인데, 이렇듯 협소한 낭만주의적 함의 안에 갇힌 상상력이야말로 사실상 국민국가를 낭만화하고 그 경계에 근원

67 상상력은 최근 국민국가와 지구화 간의 복잡하고 모순적인 역학을 분석하고 극복하는 가장 중요한 개념으로 부상하고 있다. 많은 비평가가 국민국가의 형성에 상상력이 깊숙이 자리 잡고 있음을 지적해 왔고, 국민(시민)이라는 소속감과 기억, 감정이 상상되어 온 과정에 주목해 왔다. Anderson 참조. 그런데 흥미롭게도, 상상력은 또한 국민국가가 부과해 온 서구적 인식론이나 정치윤리학적 체제를 넘어서고 극복하기 위한 유일한 대안이기도 하다. 미세한 일상의 정치를 통해 삶 속에 뿌리내린 국민국가체제는 생각만큼 쉽게 전복될 수 없으며 새로운 상상력을 통해서만 다른 종류의 정체성, 다양한 소속감이 창조될 수 있다는 것이다. 글로벌라이제이션과 상상력의 긍정적 역할에 대한 논의로는 Appadurai 참조.

적 정당성을 부여해 온 장본인이라 할 수 있다.[68] 19세기에 본격적으로 제도화된 국민국가-제국주의-낭만주의-자본주의의 인식론적 연합으로 인해 낭만적 상상력은 전복적인 힘이라기보다는 제도를 지탱하는 힘으로 기능해 왔으며, 자유·평등·인권·휴머니즘 등 다른 많은 계몽주의 이상들과 마찬가지로 지구적 통치성으로 작동하면서 우리의 저항과 비평, 비판을 순치하고 있다.

그렇다면 경계를 초월하거나 넘어서려는 의미 없는 시도를 할 것이 아니다. 근대 소설이라는 범주를 대항 범주로 설정하여 낭만적인 태도로 그것을 넘어서거나 극복하려는 자세는 근대 서사의 초월의지를 그대로 반영한다. 오히려 소설서사 자체를 대상화하여 그에 대해 끊임없이 메타적인 자세를 취하면서 소설에 대한 소설, 비평에 대한 비평, 담론에 대한 담론을 창출하고, 이를 통해 경계와 경계 긋기에 대한 더 활발한, 끊어지지 않는 메타적 담론을 만들어 내어야 한다. 소설 자체가 그런 행위에 더 적극적으로 참여할 때, 그리고 그 결과로 소설서사와 소설적 상상력의 죽음을 가속화할 때, 근대 개인의 고독, 괴물의 탄식과 광인의 웅얼거림이 포섭되지 않고 그 자체로 희미하게나마 발화될 가능성이 있는 것이다.

최인훈의 『태풍』은 이런 맥락에서 분석해 볼 만한 소설서사이다. 이 소설은 근대 소설-성장소설-리얼리즘이라는 장르 자체에 대한 고민과 비평, 전망을 담고 있는 메타-소설이기 때문이다. 최인훈은 데뷔작이자 대표작이 된 『광장』에서 고독한 근대 개인이 근대 국민국가라는 망망대해에 투신

68 여기서 상상력은 낭만주의에 기반하여 개념화된 상상력을 의미한다. 마크 레드필드가 지적하듯 오늘날 문화, 예술, 문학, 상상력, 비평 등은 근본적으로 낭만주의의 소산이며 유산이라 할 수 있기 때문이다. Redfield 참조.

하는 모습을 그림으로써 이미 성장소설에 내재한 초월, 즉 단독자가 죽음을 통해 궁극적으로 초월을 지향하는 전형적인 성장소설의 문법을 구사하였다. 그러나 『광장』 이후 쓰인 『서유기』, 『회색인』, 『구운몽』 등의 작품들은, 정도의 차이는 있으나 기본적으로 고독한 개인이 국민으로 초월되는 과정, 그리고 그것을 매개하는 서구 소설서사에 대한 고민을 지속적으로 드러내며, 이 과정에 대한 반성적 성찰을 보여 준다. 그리고 이러한 고민과 성찰의 결과, 『태풍』에서 소설이라는 서사와 상상력을 포기하는 듯한 느낌을 강하게 만들어 낸다. 이는 『태풍』이 최인훈의 글 중 소설로서는 마지막 작품이라는 사실과도 연관이 있을 것이다.

『태풍』은 사실 비평적 관심에서 약간은 비켜나 있던 작품이다. 소설적 완성도가 치밀하지 못하고 작품의 역사의식 또한 모호하다고 여겨졌기 때문이다. 최근 탈식민주의적인 관점에서 이 작품을 다시 재조명하고자 하는 움직임이 포착되긴 하지만, 『태풍』이 일종의 가상역사를 그리는 소설로서 평단에 주는 당혹감은 여전히 해소되지 않는 듯하다. 이 작품에서 1940년대 동아시아의 상황은 한국, 일본, 중국, 인도네시아, 싱가포르, 브리튼 등 실제 국가들의 이름이 애너그램(anagram)화되어 애로크, 나파유, 아니크, 아이세노딘, 로파그니스, 니브리타 등으로 변형된 채 제시된다. 역사적인 실제도 아니고 상상도 아닌 이런 비틀리고 어긋난 방식의 문학적 역사 서술이 의미하는 바는 무엇인가? 베네딕트 앤더슨이 말하듯 근대 소설이 근본적으로 국민국가라는 '상상된 공동체'를 가능하게 하는 서사 기제라면, 최인훈이 만들어 내는, 코리아(Korea)라는 단어를 재조합하여 만든 애로크(Aerok)라는 가상국가는 어떤 공동체를 상상하는가? 그것은 코리아와는 확연히 다른 공동체인가?

『태풍』에 대한 대부분의 비평들은 애로크, 나파유, 아이세노딘, 니브리타 등을 별 고민 없이 코리아, 재팬, 인도네시아, 브리튼 등 실제의 국가들로 바꾸어 읽는 방식을 택한다. 식민지 애로크 출신이지만 점령국인 나파유 소속으로 아이세노딘에 파견된 장교 오토메나크는, 작품 해석에서 식민지 조선 출신인 일본군으로 인도네시아에 파견된 장교 김 씨로 바로 치환된다. 이런 식의 읽기에 따르면 이 작품은 아시아 태평양 전쟁이 막바지에 이르렀을 때 동남아시아에 일본 장교로 파병된 조선인 군속의 내적 갈등과 선택을 그린 소설일 뿐이다. 그렇게 보았을 때 『태풍』은 궁극적으로 냉전 시대에 조각된 제3세계적 인식으로(장문석), 끝내 실현되지 않은 중립노선이라는 이상에 대한 애도로(권보드래), 탈식민적 역사관으로(구재진), 혹은 민족적 주체성의 회복으로(이수형), 민족주의 담론의 균열(주민재) 등으로 읽히는 것이다.

그런데 이런 식으로 『태풍』을 읽는다면 최인훈이 굳이 애너그램을 통해 지명과 인명을 재조합한 것의 의미는 희석된다. 물론 작품에서 식민지로 제시되는 애로크가 코리아를 강하게 환기시키기는 하지만, 그렇다고 해서 애로크가 곧 코리아는 아니다. 최인훈은 분명하게 이 소설은 "어느 나라 어느 이야기도 아니지만 모든 나라의 이야기이고, 어느 누구의 이야기도 아니지만 모든 사람의 이야기라는, '픽션'이라는 말을 가장 순수하게 실험조건으로 받아들이고 쓴 소설"이라고 밝힌다.[69] 즉 『태풍』은 소설서사-국민국가 사이의 탄탄한 밀착관계를 조심스럽게 건드려 열어 보는 서사실험이며, 과연 소설이 국가의 이야기가 아니어도 서사로서 존재할 수 있느냐는

69 최인훈, 『길에 관한 명상』, 42.

작가 자신의 의문에 대한 탐색인 것이다. 조각조각 해체되었다가 재배열된 국가명, 인명, 인물들은 소설과 국민국가를 미묘하게 어긋나게 만들며 특정한 '어느 나라 어느 이야기'와 '모든 나라 모든 사람의 이야기' 사이에 작은 균열과 틈새를 만들어 낸다. 「다크나이트」에서는 어긋남이 근대 인간의 존재 안으로 깊숙이 들어왔다면, 『태풍』에서는 이 어긋남이 소설적 상상력 안에 자리 잡고 있는 것이다.

『태풍』에서의 최인훈의 실험은 실제로 소설과 역사의 어긋남에 대한 것이다. 앤더슨이 밝힌 바대로 근대 소설은 국민국가라는 근대 공동체를 서사화하는 담론 기제였고, 특유의 마술적 상상력을 통해 국민국가의 역사를 '우리' 모두의 기억, 무의식, 이야기로 만들어 내었다. 이런 의미에서 근대 소설과 근대 역사학은 같은 기획 안에서 연동하여 작동한다고 할 수 있다. 최인훈은 바로 이 '우리 모두의 이야기'를 어긋나게 하여 소설-역사-국민국가, 즉 서사 담론과 정치체제 사이의 긴밀한 결탁관계를 헐겁게 해 보고 그 헐거움으로부터 다른 종류의 서사가 가능한지를 가늠해 본다.

그런데 최인훈이 『태풍』을 통해 근대 소설을 문제화하는 실험이 윌리엄 셰익스피어의 희곡 『템페스트』를 바탕으로 이루어진다는 점은 의미심장하다.[70] 최인훈이 직접적으로 『템페스트』의 인물이나 플롯을 가져와 그것을 패러디하는 것은 아니지만, '태풍'이라는 제목뿐 아니라 식민주의, 마술, 그것이 야기하는 극적인 변화, 괴물/사람인 원주민 등 『템페스트』의 대표적인 주제들을 적극적으로 차용하고 있음은 명백하다. 물론 셰익스피어의 『템페스트』는 탈식민주의적 문제의식을 가진 작가, 연출가, 비평가들의 다

70 원제인 'The Tempest'는 국내에 폭풍우, 태풍 등으로 번역되어 있지만 이 글에서는 최인훈의 소설과의 구별을 위해 '템페스트'로 표기하기로 한다.

시 쓰기 작업에서 끊임없이 차용되는 텍스트이긴 하다. 그렇다고 해도 최인훈의 관심이 근대 소설과 국민국가의 관계성에 놓여 있다는 것을 고려하면 『태풍』이 『템페스트』를 빌려 와야 하는 이유에 대해서는 의아함이 생긴다. 근대 국가라기보다는 절대왕정 시대에 가까운 17세기, 또 아직 근대 소설-리얼리즘이라는 장르가 등장하기 이전 시기에 쓰여진 셰익스피어의 희곡을 굳이 끌어온다는 것은 무슨 의미인가? 최인훈은 17세기라는 시대, 연극이라는 장르, 그리고 『템페스트』라는 텍스트에서 도대체 무엇을 보고 있는가?

근대 국가와 식민주의

『태풍』의 탈식민주의적 문제의식을 고려했을 때, 셰익스피어의 『템페스트』에 대한 최인훈의 주요 관심은 식민주의에 대한 극화방식, 더 나아가 식민주의가 근대 국민국가체제의 형성에서 수행하는 핵심적인 역할임이 분명하다.[71] 실제로 『템페스트』에 대한 대부분의 독해에서 프로스페로는 식민지를 건설하는 유럽의 정복자이고 캘리번은 원주민인 식민지인이며, 이들의 관계는 식민지 지배자와 피지배자의 전형으로 읽혀 왔다. 특히 17세기 영국이라는 맥락에서 『템페스트』는 유럽인의 북미 개척과 식민화 과정에 대한 극화라는 설명이 설득력 있게 받아들여진다.[72] 그러나 최인훈이 이 텍스트에서 주목하는 바는 지배자와 피지배자의 구도라기보다는 식민주의

71 베네딕트 앤더슨, 타니 발로, 리디아 류 등 대표적인 근대 국민국가 연구자들은 근대의 기원을 식민주의에서 찾는다.

라는 것이 현상으로서 그리고 이데올로기로서 담지하는 보다 중층적이고 복합적이며 글로벌한 성격이다.

『템페스트』에 대한 비평도 최근에는 셰익스피어의 텍스트에 나타난 식민주의가 갖는 역사적 복잡성을 드러내는 경향을 보인다. 프로스페로와 미란다가 상륙한 '멋진 신세계'는 콜럼버스의 눈앞에 나타난 아메리카이기도 하지만, 당대 영국의 또 다른 식민지였던 아일랜드이기도 하고, 북아프리카 혹은 지중해 연안에 있는 오스만투르크 지배령의 섬일 수도 있으며, 로마 시인 베르길리우스(Vergilius)의 서사시에 나타난 바대로 아이네이아스(Aeneas)가 디도를 만난 (그리고 버린) 카르타고이기도 하다. 또한 프로스페로는 유럽의 식민통치자이기도 하지만, 영국, 스페인, 투르크 세력이 팽팽하게 경합하던 중세 말 지중해 해상무역에서 중요한 위상을 차지하던 해적으로, 혹은 이 지역에서 성행하던 노예무역체제하에 노예로 잡힌 많은 유럽인을 구해 주던 구조자로 해석되기도 한다.[73]

뛰어난 마법사의 원시적 식민통치라는 명백히 불균형한 권력구도를 이처럼 다양하게 해석할 수 있다는 것은, 서구의 근대적 식민주의가 형성된 16세기에 유럽-지중해-아프리카-대서양-아메리카로 이어지는 글로벌한 정치적 지형의 권력관계가 그만큼 복잡했다는 사실을 말해 준다. 영국과 스페인을 비롯한 유럽국가들은 북아프리카 연안 오스만투르크의 이슬람 세력에게 상당한 위협을 느끼고 있었고, 영국과 스페인 역시 상호 적대

72 여러 연구들이 『템페스트』가 미국 버지니아 식민지로의 항해와 식민개척 과정에 대한 윌리엄 스트레이치(William Strachey)의 기록, '버지니아 팸플릿' 등의 출판물에 깊은 영향을 받았음을 지적하고 있다. Vaughan 참조.

73 당대 지중해-북아프리카 연안의 유럽, 이슬람, 해적 등의 복잡한 패권 다툼과 『템페스트』의 관계에 대한 논의로는 Fuchs, Wilson-Okamura, Wilson("Voyage to Tunis") 등 참조. 북미와 아일랜드 식민화 간의 복잡한 연관에 대해서는 Takaki, 베르길리우스의 *Aeneid*와의 관련은 Wilson-Okamura 참조.

관계에 놓여 있었으며, 지중해에서의 군사적인 대결과 해상무역에는 해적이라는 불분명한 세력이 우군이자 적군으로 개입하고 있었다. 이 혼돈의 지형 속에서 주인과 노예, 지배와 피지배, 적대와 화해 구도는 예측하기 힘든 양상으로 숨 가쁘게 변화하며 전개되었고, 식민주의는 바로 이런 복잡한 힘들의 경합 속에서 형성되고 있다. 따라서 제국의 설립은, 외부로부터 위협받을 수 있다는 공포, 상대에게 지배당할 수도 있다는 두려움과 동시적으로 발생하며 불가분의 상호 구성관계를 이룬다. 또한 침공과 정복의 다양한 사례들은 당장 눈앞에 당면한 정복과 약탈을 수행하고 정당화하기 위해 계속 인용되었고 식민 이데올로기 안에 거침없이 흡수되고 동화되었다.[74] 바바라 푹스가 말하듯 『템페스트』가 재현하는 식민주의는, 식민주의 그 자체의 구성 안에 다층적으로 겹겹이 쌓인 힘들의 다양한 경합들을 반영한 중층적인 시선에서 조망되어야 제대로 이해될 수 있는 것이다.[75]

『템페스트』가 펼쳐 보이는 인물들 간의 우스꽝스러운 오해와 착각, 그로 인한 한바탕 소동은, 실제로 식민주의라는 권력이 복잡한 경쟁과 겨룸의 장이기 때문에 가능하다. 예를 들어, 캘리번은 술주정뱅이 집사 스테파노를 마법사 프로스페로보다 더 우월한 능력을 지닌 존재로 착각하며, 스테파노를 이용해 프로스페로에게 복수할 계획을 세운다.

> 다시 말하는데, 마법으로 그가 이 섬을 빼앗았소.

74 『템페스트』에 나타나는 반복적인 감금과 해방, 억압과 자유의 모티프는 실제로 서쪽으로의 일방향적 정복으로 수행되었던 북미 대륙의 식민화와는 동떨어져 있지만, 지중해를 중심으로 일어난 정복과 침략은 대서양 건너의 아메리카 식민화의 과정과 끊임없이 비유관계를 이루면서 식민 이데올로기를 구성한다. 북미 식민화와 아일랜드 식민화의 경우도 마찬가지. Wilson 등 참조.

75 Fuchs 참조.

내게서 가져가 버렸단 말이오. 그대의 위대함이
이를 복수할 수만 있다면— 그대는 할 수 있다는 걸 난 알겠소,
이 미물은 감히 시도도 못하지만 말이오….
그대는 섬의 주인이 될 것이고 나는 그대를 기꺼이 섬기겠소. (Shakespeare, *The Tempest*, 3.2.51-56) (필자 번역)

술주정뱅이에 불과한 집사를 위대한 마법사로 착각한 캘리번의 모습은 물론 희극적이다. 그러나 캘리번의 계획 속에 일어나는 우스꽝스러운 합종연대의 양상은 의미심장하다. 캘리번은 프로스페로에 대한 강력한 복수심에 불타고 있으며 그에게 자기 섬을 부당하게 빼앗겼다는 사실을 계속 반복해 강조하고 있다. 이 정도 분노라면 아마도 캘리번으로서는 섬의 지배권을 다시 찾는 것이 가장 중요한 목표가 되어야 할 듯하다. 그러나 그는 프로스페로를 주인 자리에서 밀어내는 것에만 집중하며 또 다른 강력한 마법사와 손을 잡으려 한다. 그 결과 주인만 대체될 뿐 캘리번 자신은 여전히 노예로 살아야 한다는 것도 충분히 인지하고 있다.

물론 이 장면을 캘리번을 비하하고 그의 지적인 한계를 보여 주기 위해 삽입된 식민주의적 편견으로 가득한 장면으로 보고 가볍게 넘겨 버릴 수도 있겠지만, 식민주의라는 불균등하고 불안정한 정치적 현실 속에서 피지배 식민국가가 실제로 이런 종류의 연대를 종종 맺어 왔다는 것도 진실이다. 눈앞의 복수, 당장의 분노를 해소하기 위해 '적'의 '적'은 매력적인 연대의 대상이다. 그러나 당연하게도 적의 적이 반드시 동지이지는 않으므로, 이런 찜찜한 연대들이 계속됨에 따라 전선의 선명성과 대의의 정당성은 흐려지며 정치적 지형은 더욱 복잡해지고 글로벌하게 확장된다.

최인훈은 『태풍』에서 이처럼 복잡하게 얽혀 버린 식민주의의 혼돈을 동아시아라는 배경에서 그려 낸다. 그에게 식민주의란 국지적인 분쟁에서 야기된다고 하더라도 근본적으로 글로벌한 현상이다. 주인공 오토메나크가 대면한 식민주의의 현실이 바로 그러하다. 오토메나크는 식민지 애로크 출신이지만 제국 나파유의 군인으로 아이세노딘에 파견되며, 아이세노딘, 니브리타, 나파유의 세력 다툼에 개입하는 과정에 아이세노딘 여인과 사랑에 빠진다. 게다가 오토메나크는 아이세노딘이라는 식민지에서 니브리타-나파유 제국주의가 그어 놓은 인식적·정치적 경계선들, 그 무수한 선들이 생산해 내는 비논리적이고 모순적인, 괴상하기까지 한 정치적 현실들을 보게 된다. 그가 식민지인으로서 각성하였다 한들 다시 애로크인으로 돌아가 나파유와 싸우기로 결심한다면 나파유군을 떠나 게릴라가 되는 수밖에 없다. 그런데 게릴라군은 니브리타가 조종하고 있다. 즉 나파유와 싸우자면 니브리타의 편이 되어야 하는 것이다. "아시아공동체는 니브리타를 몰아내는 싸움인데, 애로크가 독립하자면 니브리타와 손을 잡아야 한다? 너무나 괴상한 결론에 오토메나크는 소름이 끼쳤다."[76]

식민주의에 대한 대응이 이토록 '괴상한 결론'에 다다르곤 한다는 사실은, 근대 국민국가체제가 담지하고 있는 특유의 이분법적 정치성과 깊은 연관이 있다. 슈미트는 『정치적인 것의 개념』이라는 저서에서 '근대에서 정치적인 것이란 과연 무엇인가'라는 질문을 던진다. 그는 정치적인 것이란 근대 국가와 반드시 상동관계에 있다고는 말할 수 없지만 분명 깊은 연관관계에 있다고 전제하고, 근대 권력에서 정치적인 것이란 결국 적과 동

76 최인훈, 『태풍』, 223.

지의 구분에 놓여 있다는 유명한 말을 남긴다. 적-동지라는 구도는 근본적으로 다른 개념들과는 별개로 작동하면서 정치적인 것의 핵심을 구성한다는 것이다. 슈미트는 이 구분이야말로 옳고 그르고의 문제를 떠나 정치를 현실적으로 사유할 때 우리가 인정할 수밖에 없는 지점이며, 근대 국민국가체제에서 궁극적으로 정치적이라는 것은 '가장 강렬하고도 극단적인 적대(antagonism)'라고 말한다.[77]

오토메나크의 고뇌는 복잡하고 글로벌한 식민주의라는 현실에서 '가장 강렬하고도 극단적인 적대'를 찾을 수 없다는 데 근거한다. 즉 그는 정치적일 수가 없다. 아이세노딘의 혼란 속에서 적과 동지를 명확히 구분할 수가 없기 때문이다. 물론 오토메나크는 나파유 군복을 입는 애로크인으로서 내적 방황 속에 괴로워하는 바로 그 순간에도 니브리타라는 서구 제국주의에 대한 맹렬한 적개심은 간직한다. 그러나 에필로그에서 드러나듯 그는 결국 니브리타 여성 메어리나와 결혼하여 가족을 이룬다.

『태풍』에서 적-동지의 경계가 흐릿해지는 보다 중요한 장면은 오토메나크가 제국과 식민의 역사자료인 가공되지 않은 날것 그대로의 문서기록을 대면하는 순간이다. 그는 아이세노딘의 정치적 거물 카르노스를 연금하고 있던 구옥에서 우연히 비밀 공간을 발견하고, 그 안에 잘 숨겨져 있던 니브리타의 아이세노딘 식민통치 관련 문서를 보게 된다. 그는 시간이 날 때마다 그 문서를 몰래 탐독한다. 이 문서야말로 아이세노딘의 식민사에 대한 문서고(archive)라고 부를 만한 것이며, 오토메나크는 이 문서를 통해 "역사라고 하는 물건이 홀연 눈에 보이는 모습으로 손에 총을 들고 주머니에 돈

77 Schmitt, *The Concept of the Political*, 26-29.

과 아편을 감추고 나타났"다고 느낀다. 가공되지 않은 자료들로부터 오토메나크는 "아이세노딘을 누르고 앉아서 목을 죄는 손을, 늦췄다 죄었다 하는 니브리타의 살찐 무게와 술 냄새를" 그대로 느낀다.[78]

> 이 문서야말로 지난 백 년 동안의 아이세노딘의 참말 역사였다. … 독립 운동자들의 계보에 대한 세밀한 자료가 있었다. 전향한 사람들에게서 받은 서약서가 있다. 그들이 밀고한 동지들에 대한 조처가 있다. 니브리타 당국이 전향자들에게 대어 준 돈의 계산 보고서가 있다. 더구나 1급의 독립 운동자로 분류된 사람들과 니브리타 당국과의 내통을 분명히 말하는 문서들이 많다. … 이 문서들과 똑같은 것이, 애로크에 있는 나파유 총독부의 어느 문서 창고나, 혹은 관계자만이 아는 이런 장소에 보관되어 있다면? 아니 반드시 있다. 생각이 여기에 미치자, 쇠망치로 가슴 한복판을 얻어맞은 듯 숨이 막혔다. (최인훈, 『태풍』, 90-92)

이 역사는 진실한 기록이지만 또한 끔찍한 기록이기도 하다. 여기에는 제국이 식민지에 대해 행사한 폭력과 강요, 회유가 있으며 식민지인들의 굴복과 타협, 배신이 있다. 국민국가의 영광과 치욕, 독립운동가로 분류된 자들의 (밝혀지지 않을) 사적인 삶, 욕망, 수치, 그 정리되지 않은 파편들이 뒤죽박죽으로 담겨 있는 것이다. 식민지인이지만 제국의 군복에서 가장 편안함을 느꼈던 이 청년은 고국 애로크에도 이와 크게 다르지 않은 기록이 있을 것이라는 깨달음에 충격을 받는다. 그러나 그런 기록들, 그런 문서들

78 최인훈, 『태풍』, 88.

은 아마도 백 년 동안 고독할 것이다. 공식 역사로 서사화되지 않은 이 역사 아닌 역사는 조각나고 파편적인 모양 그대로 안가의 비밀 공간에 영원히 매장될 것이기 때문이다.

식민주의 안에 복잡하게 얽혀 있는 기억과 역사, 그리고 이로 인한 오토메나크의 존재론적 고뇌는 근대 국민국가체제의 정치성 안에 포용되지 않는다. 그것이 바로 이 이야기가 '모든 사람 모든 나라'의 이야기이면서도 특정한 '어느 나라의 어느 이야기'가 될 수 없는 이유이다. 물론 오토메나크의 내적 고뇌에는 깊은 진정성이 있다. 그의 내면에는 이미 전범재판이 열리고 있고 그는 '마음의 증언대'에 서서 "나는 나쁜 줄 알고 한 일이 아니다"라고 계속 되뇐다. 왜냐하면 "이 한 가지만은 오토메나크의 숨 쉴 구멍"이기 때문이다.[79] 그러나 그 고뇌는 근대 소설-국민국가 담론에서 고뇌라는 이름에 값하는 것으로 승화되지 않는다.[80] 친나파유주의자 할아버지와 아버지 밑에서 보호받으며 자라 온 오토메나크가 이제 와서 자신의 삶이 모두 다 잘못된 것이었다고 후회한다면, 그러나 후회의 감정을 안고도 나파유 황제의 이름 아래 순직할 것을 맹세할 수밖에 없다면, 거기에 더해 아무런 처벌도 받지 않고 완전히 다른 인물로 변모하여 어디선가 배신의 삶을 이어 간다면, 그의 삶은 개인을 국민으로 승화시키는 근대 소설-성장소설로 서사화될 수 없다. 그럴 만한 윤리적 가치가 없다고 여겨지기 때문이다.

79 최인훈, 『태풍』, 210.

80 정과리는 오토메나크의 고뇌를 "앎과 무지 사이를 신경질적으로 반복하는 강박증 환자의 모습"이라고 본다(「모르기, 모르려 하기, 모른 체하기」, 135). 오토메나크가 작품에서 전범으로서의 딜레마에 처한 것은 "몰랐던 게 아니라 모르려 했다는 것"이다. 정과리는 이런 의미에서 그가 보이는 "자발적 무지"는 "일본에 협력한 한국 지식인들의 생존의 동력"이라고 본다(139).

다시 말해 『태풍』에 등장하는 개인, 정치, 역사는 근대 소설서사 안에서 국민으로, 근대 정치로, 국가의 집단기억으로 승화되기에 적합지 않은 것들이다. 제국과 식민의 정치는 적과 동지를 구분할 수 없을 만큼 복잡하게 얽혀 있고, 역사는 안가 깊숙한 비밀 창고에서 결코 세상 밖으로 나오지 못할 서류 뭉치들이며, 개인의 고뇌는 부적절한 (심지어는 수치스러운) 성격을 띤다. 이 소설은 '내'가 '우리'로, '적'이 '타자'로, 앞뒤가 맞지 않는 기록들이 매끄러운 공식 역사로 초월되는 순간을 유보한다. 요컨대 최인훈은 소설이라는 형식으로서 결코 소설화될 수 없는 것들을 쓰고 있는 셈이다.

근대 정치의 마술: '우리'

이런 맥락에서 최인훈에게 셰익스피어의 『템페스트』는 소설서사를 보완할 대안적 의미를 갖는다. 『템페스트』는 연극이라는 형식과 마술이라는 기제를 통해 근대 리얼리즘 소설과는 분명 다른 방식으로 식민주의의 복잡한 현실을 그려 내고 있기 때문이다. 실제로 『태풍』은 내내 소설이기를 망설이는 듯한 제스처를 취하면서 텍스트 안에 연극적인 상상력과 동학을 만들어 낸다. 『태풍』의 인물들은 마치 배우처럼 그들 각자에게 주어진 전형과 역할을 의식하는 듯하다. 오토메나크는 고뇌하는 제국의 식민지 남성, 아만다는 낙천적이고 관능적인 식민지 여성이라는 전형 안에서 부자연스럽게 움직인다. 등장인물 중 미야카와 이광수와의 친연성, 만하임과 아이히만의 관계도 이미 여러 번 지적되었던 바인데, 이들은 모두 부역자와 망명한 전범 등 식민주의 역사 안에서 빈번히 목격되는 익숙한 인물형이다. 작품의 에필로그 '로파그니스—30년 후' 장에서는 아만다의 배신, 바냐 김(오토메나크의 변신체)과 메어리나와의 결혼, 이 부부가 아만다와 카르노스 사이에 낳은 딸을 입양하는 사건 등이 디테일이나 극화의 과정 없이 갑작스럽게 마구 나열되는 것도 전혀 소설적이지 않다. 리얼리즘 소설의 서사였다면 그 자체로도 몇 장의 지면이 필요할 놀라운 사건 전개가 여기에서는 마치 영화의 스냅장면들처럼 단 몇 문단 안에서 속도감 있게 제시된다.

대부분의 비평가들은 이 에필로그가 서사적으로 미숙하고 불완전한 부분이라고 비판한다.[81] 그러나 『광장』에서 단독적 개인이라는 근대적 주체의 모순적 동학을 그려 내고 『구운몽』에서 수준 높은 마술적 리얼리즘을 보여 준 최인훈 같은 작가가 이미 무르익을 대로 익은 소설적 기량을 펼칠 시점에, 갑자기 서사적으로 어색하고 미숙한 작품을 쓴 데는 분명 어떤 의미가 있다. 『태풍』은 작가의 역량 부족으로 인해 어색하고 미숙한 서사가 된 것이 아니라, 작가가 이를 통해 무엇인가를 말하려 하기 때문에 그런 양태를 띠는 것이다. 최인훈은 기존의 인명, 지명뿐 아니라 리얼리즘 소설의 문법 자체를 비틀고 해체하고 재조합하며, 이를 통해 단독적 개인과 근대 국민국가라는 공동체가 맺고 있는 평면적 구도를 다르게 인식하게끔 유도한다. 식민주의라는 근대의 핵심적 경험은 국민국가라는 평평한 면으로 적과 동지라는 이분법적 구도를 고착시킨다. 또 그 안에 복잡한 형태로 존재하는 개인의 단독적이고 복잡한 소속감, 잘 연결되지 않는 기억과 경험들, 혼란스러운 정치적 연대 등을 2차원적 면에 맞게 재단해 버린다. 그래

81 장문석 등 참조.

서 작가는 소설이라는 평면을 불만스럽게 구겨 접어서 삼면의 입체로 만들고자 한다. 그것이 이 작품이 소설이면서도 희곡인 듯한 묘한 느낌을 주는 이유이다.

『태풍』이 평면을 접어 살짝 보여 주는 연극적 상상력은 비극적 성격이 내재된 희극에 가깝다. 등장인물들은 스스로에 대해, 또 서로의 삶에 대해 희극이라고 부르기를 주저하지 않는다. 오토메나크는 비밀 공간에서 찾은 문서를 읽고 또 읽으며 이 숨겨진 역사가 자신이 살아온 삶은 '희극적으로 잘못된 삶'임을 말하고 있음을 깨닫는다.[82] 제국의 폭력, 식민지 지식인, 그 틈새에 묘하게 끼어드는 아시아주의 등이 얽히고 충돌하고 무질서하게 섞인 트랜스내셔널한 문서, 더 나아가 『태풍』이라는 작품은, 오토메나크의 삶이 잘못된 신념으로 살아진 거대한 실수였음을 블랙코미디적인 맥락으로 밝혀 준다. 이는 또 한편 셰익스피어의 『템페스트』의 전개처럼 권력과 폭력, 계몽과 식민, 자발과 강제, 마술과 현실 등 온갖 모순들이 함께 협력하여 작동시키는 근대라는 거대한 체제하에서, 고작 식민지의 반-인간이자 "괴물"인 캘리번에 불과함에도 스스로를 유럽 제후인 퍼디난드 왕자로 착각한 오토메나크의 희극적 실수를 통렬하지만 유쾌하게 지적하는 것일 수도 있다.[83]

82 최인훈, 『태풍』, 111.

83 아키나트 소령이 니브리타 여성 인질들에 대해 말하는 것도 이런 맥락에서 읽으면 흥미롭다. 그는 인질들의 오만한 태도에 대해 "걸려들어서는 안 돼. 말할 것도 없이 이 여자들 개인에게는 죄가 없어. 남의 땅에 와서 호의호식하던 특권이 빼앗겼다고 저러는 건데, 그 특권 자체가 과연 어떤 것이었는가를 반성할 힘은 없는 아녀자들이야. 개인적으로 관찰하면 그럴듯한 위엄인 것 같지만, 더 넓은 자리에서 자신을 돌아볼 힘이 없는 데서 오는 것이니까, 일종의 희극이지"(최인훈, 『태풍』, 119)라고 하는데, 더 큰 맥락과 서사, 체제라는 마법사의 마법에 놀아나느라 스스로를 귀부인이라고 착각하는 이 여성들 역시, 보잘것없는 식민지인이면서 스스로를 제국의 정복자인 줄로 착각하는 오토메나크처럼, 연극에서 한바탕 웃음을 유발하는 어리석은 희극적 실수의 예인 것이다.

그러나 근대 소설에서 고개를 뒤로 돌려 17세기 희극을 바라보는 듯한 최인훈의 태도는 어떤 의미에서 퇴행이라는 느낌도 준다. 르네상스 극장과 그 극장 안에서 가능했던 마술의 경이로움을 소환하여 다시 한번 환기한다고 해서, 리얼리즘 서사의 한계 혹은 근대 국민국가의 정치적 한계가 극복될 수 있을까? 연극적 언어가 마술적으로 소환하는 인식적 태풍은 우리의 정치적 상상력과 서사적 가능성을 완전히 변화시킬 수 있을까? 마술적 리얼리즘이 표방했듯, 비서구의 저항적 마술로 서구의 이성, 정치, 언어를 다시 쓸 수 있을까? 요약하자면, 최인훈의 서사실험은 성공적이라고 할 수 있을까?

여기서 프로스페로의 마법이 갖는 의미를 다시 한번 되짚어 볼 필요가 있다. 프로스페로는 섬에서 지배자의 입장이긴 하지만 식민지 출신 오토메나크만큼이나 종종 '괴상한 결론'으로 이어지곤 하는 식민주의의 복잡한 현실과 혼란에 절망하고 있다.[84] 프로스페로는 심오한 학문에 빠져서 국사에 소홀하며 그 틈을 탄 동생 안토니오의 반란, 나폴리왕 알론조의 공조로 공작의 지위를 빼앗기고 겨우 목숨만 부지한 채 쫓겨나 딸 미란다와 무인도에 표류한 상태이다. 캘리번 입장에서 프로스페로는 약탈자이자 지배자이지만 사실 그 자신 갈 곳 없는 난민이기도 하며 정복하고자 하는 욕망과 정복당할까 봐 두려워하는 공포가 공존하는 식민주의의 복잡한 동학 안에 놓여 있다.[85] 프로스페로에게, 덕성이나 질서가 의미를 갖지 못하는 이 혼돈의 현실은 햄릿의 표현을 따르자면 "어긋나 버린 세상"인 셈이다. 그런

84 그라지아는 『템페스트』에서 프로스페로가 보여 주는 주된 정조는 '절망'이라고 말한다(Grazia, "The Tempest" 참조).

85 윌슨오카무라(Wilson-Okamura)는 프로스페로의 처지를 기본적으로 난민으로 간주한다.

데 햄릿이 세상을 끝내 바로 돌려놓지 못하고 비극적으로 죽어 갔다면, 프로스페로는 어느 정도 세상과 타협할 준비가 되어 있고 그럴 역량도 있다. 그는 섬에서 학문의 신비를 연마하고 마술에 통달하며 이를 통해 결국 통치의 기술을 획득한다.

『템페스트』에서 프로스페로의 **마법은 실제로 통치의 기술**이다. 그의 마법으로는 배신자를 처단하지도 못하고 무인도에서 스스로 탈출하지도 못한다. 악인을 선인으로 회개시킬 수도 없다. 그의 마법은 주로 미란다와 캘리번, 퍼디난드, 에리얼 등 등장인물들을 교육하고 훈육하고 통제하는 데 사용되며 많은 경우 체벌과 협박을 통해 효과를 극대화한다.[86] 게다가 그의 마법은 인물들의 행동을 중지시키고 욕망을 억제하며 신체적으로 가두어 버리는 등 (푸코가 근대 권력의 성격으로 지적하는) 처벌과 감금의 성격을 강하게 띤다.[87] 프로스페로는 이 기술을 통해 섬 안의 인물들을 본인의 계획대로 통제하고 조율하며, 궁극적으로 빼앗겼던 밀란 공국에 대한 지배권을 확보한다. 심지어 미란다와 퍼디난드의 정치적 결혼을 성사시킴으로써 이미 확보된 왕권의 안정성을 더 강화하기까지 한다. 다시 말해 『템페스트』에서의 마법이란 식민주의에서 덕성과 질서를 가능하게 하는 (보다 정확하게 표현하자면 덕성과 질서가 가능한 것처럼 보이게 하는) 근대적 정치의 행사인 것이다.

따라서 프로스페로의 마법, 즉 정치력은 필연적으로 슈미트의 적과 동지 개념, 근대 국민국가 정치의 바탕이 되는 "가장 강렬하고도 극단적인 적대"를 형성하는 방향으로 이어진다. 5막에서 프로스페로의 마법은 가장 무르

86 얀 콧(Jan Kott) 같은 비평가는 프로스페로를 마키아벨리의 『군주론』에 비견하기도 한다(Kott, *Shakespeare Our Contemporary*, 244).

87 Grazia, "The Tempest," 250.

익은 완성형으로 제시되는데, 이는 인간에 대한 용서와 화해로 나타난다. 그는 자신을 왕좌에서 밀어낸 동생 안토니오와 그의 동조자 알론조를 움직이지 못하게 마법으로 묶어 버리고, 이들이 고통스러워하는 모습을 묘사하는 에리얼의 보고를 듣다가 다음과 같이 말한다.

> 단지 공기에 불과한 너조차 그들의 고통을 느끼고 만질 수 있구나.
> 나는 그들의 모든 감정을 똑같이 강렬히 느끼는
> 그들과 **같은 종족**일진대
> 너보다는 더 연민의 마음을 갖지 않겠는가?
> 비록 그들의 지극한 잘못으로 내 심장을 찔린 듯하였으나
> 분노보다는 더 고귀한 이성 쪽에
> 편을 들고자 한다: 진실로 멋진 행동이란
> 복수가 아니라 덕성에 있기에. (Shakespeare, *The Tempest*, 5.1.21–28) (필자 번역 · 강조)

극 내내 시코락스, 캘리번, 에리얼, 심지어는 딸 미란다에게도 태연히 체벌적인 마법을 구사하고 그들이 지르는 고통의 비명에 어떤 연민도 보이지 않았던 프로스페로는, 복수의 결말부에 이르러 갑자기 '같은 종족'에 대한 '연민'을 말하기 시작한다.[88] 개인적인 원한이나 행위의 악함으로 따지면 안토니오와 알론조가 시코락스, 캘리번, 에리얼보다 훨씬 더 많은 고문과 체벌을 받아야 함에도 불구하고, 프로스페로는 이들이 같은 종족이라

88 커모드(Frank Kermode)는 원문의 "같은 종족(one of their kind)"과 "더 연민을 느끼는(kindlier)"에 공통으로 사용되는 "kind"라는 단어가 말장난, 즉 펀(pun)을 이룬다고 본다. kind는 문맥상 '친절한'이라는 뜻이지만 '같다'라는 의미가 반복되는 것으로 볼 수도 있다는 것이다(Shakespeare, *The Tempest*, 113, note 24).

는 이유만으로 관대한 사면을 선사한다. 이처럼 그의 마법 —정치력— 은 같은 종족에게 느끼는 무조건적 연민을 통해 '가장 강렬하고도 극단적인 적대'를 인간(유럽 귀족)과 반-인간(시코락스, 캘리번, 에리얼) 사이에 설정하는 것으로 완성된다. 이 적대가 성공적으로 설정된다면, 마법을 불러오기 위해 더 이상 지팡이와 책을 쓸 필요도 없는 것이다.

즉 프로스페로는 『템페스트』의 결말에서 지팡이를 부러뜨림으로써 마법을 포기한 것이 아니다. 오히려 마법을 완성한 셈이다. 제국과 식민지라는 복잡하고 혼란스러운 정치적 지형에서 그는, 적과 동지로 인간과 반인간이라는 최종 심급적 적대관계를 설정함으로써 조화를, 혹은 조화라는 "비전의 실체 없는 천 조각"을 만들어 낸다.[89] 이 마법은 지중해에 머물러 있지 않고, 앤더슨이 말한 대로 '인쇄 자본주의'와 함께 널리 퍼져 '상상된 공동체'들로 구성된 거대한 근대 세계를 만들어 낸다. 이런 맥락에서 근대는 프로스페로의 마법에 깊이 걸려 있는 것이다.

그렇다면 적어도 『템페스트』에서, 마법과 근대는 안티테제가 아니다. 오히려 마법은 가장 효과적이고 강력한 문명화·근대화·식민화의 매체이다. 최인훈의 『태풍』이라는 서사실험이 근대 국민국가와 근대 소설에 대한 본격적인 문제화로부터 출발하고 있으면서도 문제화 이상으로 나아가지 못하는 이유도, 그 실험이 프로스페로 —셰익스피어— 의 의심스러운 마법에 깊이 기대고 있기 때문이다.

물론 『태풍』이 근대 소설에 대한 메타소설로서 이루어 내는 고유한 성취를 평가절하해서는 안 된다. 이 텍스트에는 분명 국민국가를 넘어서는 연

89 Shakespeare, *The Tempest*, 4.1.151.

대에 대한 진지한 모색이 있다. 그것은 나파유계 이민 2세인 '아이세노딘의 호랑이' 토니크 나파유트의 아시아공동체주의일 수도 있고 에필로그에서 제시된 바대로 니브리타인, 애로크인, 아이세노딘인으로 구성된 바냐 김의 다문화가정일 수도 있다. 최인훈은 심지어 애로크어와 아이세노딘어의 교차를 이용하여 인도양에 흩어진 '임자 없는 땅'들 사이에 조응하는 언어공동체를 상상해 보기도 한다.[90]

카르노스라는 아이세노딘의 독립운동 지도자 역시 일반적인 정치 지도자는 분명 아니다. 그는 애로크냐 나파유냐 하는 극단적인 선택밖에 남지 않은 오토메나크에게 제3의 길을 제시한다. 그는 "인연이 다한 이름을 버리면 됩니다. 사람은 육체로서 한 번 나는 것이지만 사람으로서는, 사회적 주체로서는 몇 번이고 거듭날 수 있습니다"라고 오토메나크를 설득한다.[91] 오토메나크는 이 권유를 받아들여 기존의 애로크(생물학적), 나파유(제국적) 정체성에 스스로 선택한 아이세노딘(사회적?) 정체성을 더하며 여러 겹의 정체성을 가진 인간으로 변신한다.

그런데 카르노스의 이러한 제안은 지도자로서의 신념에 대해 여러 가지 의문을 품게 한다. 이것은 그저 나파유 장교로서 고급 정보와 군사 경험을 갖춘 오토메나크를 회유하고 아이세노딘을 위해 싸워 줄 용병으로 스카우트하기 위한 전략적 수사인가? 독립운동에 깊이 관여해 온 사람으로서 누구보다 신념의 연약함에 대해 잘 알기에, 어쩌면 스스로도 여러 번 경험했을 수도 있는 정치적 변절에 대한 세련된 변명일까? 아니면 카르노스는 인도네시아의 수카르노 수상이 한때 지향했듯 아시아-아프리카 국가들로

90 최인훈, 『태풍』, 257.

91 최인훈, 『태풍』, 360.

뭉쳐진 제3세계적 연대를 생각하고 있는 것일까?

> 모든 니브리타인을 적으로 생각하지는 않는다는 것이 카르노스의 노선이었다. 카르노스는 빈번히, 니브리타의 야당 세력에 호소했다. '우리들의 공동의 적을 물리칩시다'라고. 카르노스는 나파유 군대가 아이세노딘을 점령하고 그에게 협조를 구했을 때 굳게 거절했다. 모든 설득이 무효였다. 그는 말했다. "우리 자신의 힘으로 우리를 해방해야 합니다." (최인훈, 『태풍』, 44)

인용문에서 카르노스는 아이세노딘을 식민지배하는 제국 니브리타의 퇴치를 위해 니브리타의 야당에게 연대를 요청하는데, 이는 그 자체로 놀랍고 상식을 깨는 요청이다. 일단 이런 종류의 연대는 현실적으로 절대 가능하지 않을 것이다. 아무리 야당이라 해도 니브리타 제국이 통치해 온 식민지의 편을 들어 국익에 반하는 행동을 한다는 것은, 슈미트가 말한 적과 동지라는 구도가 근대 정치에서 작동하는 방식에 전면적으로 위배된다. 적과 동지 중 가장 극단적이고 최종적인 형태의 적대는 바로 국민국가 대 국민국가이고 그것이 바로 근대 국민국가체제의 최종 심급에 존재하는 '정치적인 것'이기 때문이다. 이런 의미에서 카르노스의 제안은 현실화의 가능성을 제쳐 놓고라도 발상 자체만으로 새롭고 신선하다.

그러나 만약 저런 식의 연대가 가능하다면? 이 작품에서 탈근대적 지점을 찾는다면 바로 이런 자문의 순간일 것이다. 이는 적과 동지의 적대에 근거한 근대적 정치의 근간 자체를 흔드는 질문이기 때문이다. 국민국가 단위가 아닌 방식으로, 예를 들어 식민지의 독립운동 집단과 제국의 야당이

제국의 여당을 공동의 적으로 상상하는 것이 현실에서 만약 가능하다면, 이런 종류의 정치는 오토메나크가 니브리타에 대해 거의 본능적으로 느끼는 강렬한 적개심, 애로크에 대해 느끼는 절망과 수치심, 나파유 정신으로 피를 싹 갈고 싶은 욕망 등을 약화시키고 결국 해체할 수 있지 않을까? 정말 이런 정치적 연대가 가능한 세계라면, 안가의 비밀 공간에 숨겨진 백 년 동안 고독할 서류 더미, 밝혀져서는 안 되는 수치의 기록, 국가의 공식 역사서사에 들어가지 못하는 역사 아닌 역사들은 비로소 고독을 깨고 밖으로 나올 수 있지 않을까?

물론 이런 자문의 순간은 아주 짧다. 놀라울 정도로 트랜스내셔널한 연대를 제안한 바로 다음 카르노스는 "**우리** 자신의 힘으로 **우리**를 해방해야 합니다"라며 근대 정치의 정석으로 돌아가 버린다. 물론 이는 카르노스가 나파유의 협력 요청이 갖는 진짜 목적 —아이세노딘에 대한 나파유의 식민통치— 을 이미 간파하고 있기에 이를 거절하고자 하는 별 의미 없는 말일 수는 있겠다. 어쨌든 현실 정치는 다시 이렇게 같은 모습으로 굴러가는 것이다. 이 텍스트에서 자세하게 설명되지는 않지만 카르노스, 아만다, 오토메나크의 복잡한 애정과 배신의 삼각관계에도 불구하고 카르노스가 지도자로서의 정치적·도덕적 권위를 견지하는 이유는 그가 끝까지 '우리' 아이세노딘의 동지로 충성하기 때문이다.[92] 강고하게 유지되는 적과 동지 구도는 결국 근대 국민국가라는 궁극의 단위를 문제화하지 못한다. 『태풍』이 소설적 상상력에 회의감을 드러내면서 아시아주의나 다문화가정 등 다

92 에필로그에서 카르노스와 아만다가 연인관계였음이 드러난다. 분명 이 세 사람 사이에는 거짓과 배신의 스토리가 진행되었던 것이 틀림없다. 그럼에도 불구하고 바냐 김이 나중에 카르노스와 아만다의 딸을 양녀로 받아들인다는 사실은 이 작품에서 카르노스의 정치적·도덕적 입지를 더욱 공고히 하는 요소이다.

양한 형식의 탈국가적 연대의 가능성을 분명 타진하고 있음에도 불구하고 '우리'라는 설정, 그 근대적 마법에서 완전히 벗어나지는 못하는 이유이다.

메타서사로서의 『태풍』의 미덕이자 한계는 바로 이 지점에 있다. 근대의 언어와 서사, 정치와 역사라는 마법은 (아직까지는) 벗어나거나 넘어서야 할 그 무엇이 아니다. 프로스페로는 우리의 정치적·서사적 상상력에 너무 강력한 마법을 걸었다. 그렇기에 근대 체제란 우리가 나르시시즘과 자기 혐오의 극단을 오가면서도 성찰하고 바라보면서 끊임없이 다시 써야 하는 대상이다. 그것은 근대 밖의 시선을 확보하지 못할 것이며 그저 메타적 성격을 띠는 것에 그칠 수도 있다. 즉 근대에 대한 서사지만 여전히 근대적인 서사이며, 소설에 대한 서사지만 여전히 소설인 것이다. 그러나 그 서사는 『태풍』과 마찬가지로 약간 우스꽝스럽고 '희극적으로 잘못된' 무엇일 수는 있다. 여기엔 근대라는 마법을 살아 내는 인간-시민의 바보 같은 착각, 어긋난 기대와 상상, 비틀린 지리 공간에 대한 유쾌한 혹은 쓰디쓴 비웃음이 있으며, 캘리번, 스테파노, 트린큘로, 세바스찬과 안토니오 등이 만들어 내는 천박하고 어이없는 말장난과 주정, 소음, 괴성, 언어화되지 못한 저주가 있다. 이들은 사소해 보이지만 어마어마한 거리를 만들면서 근대 소설, 근대 정치, 근대사라는 또 다른 태풍을 말할 수 있는 메타-담론의 공간을 만든다. 그것이야말로 "태풍을 만나도 사는 길"일 것이다.[93]

93　최인훈, 『태풍』, 365.

4장

유사-소설과 유사-인간: 우리라는 오해

…

가즈오 이시구로 『남아 있는 나날』

유사-인간의 가짜-됨: 가즈오 이시구로의 『남아 있는 나날』

『태풍』에서 카르노스의 제안 속에 짧게 스쳐 지나가 버린 트랜스내셔널한 연대라는 것을 조금 더 자세히 살펴보자. 연대에 대한 상상은 늘 평면적이다. 경계선이란 가르고 조각내고 파괴하는 것이며, '우리'라는 정치공동체를 구성하기 위해서는 선 안에서 균질하고 동질적인 내부 면을 이루어야 하기 때문이다. 최인훈은 이 평면성에 분명 불만을 가지고 있고 이를 어긋나게 하기 위한 흥미로운 서사실험을 시도하지만, 일그러진 평면도 평면이다. 비틀어진 평면 안에서 국민국가를 가로지르는 여러 종류의 연대들이 탐색되지만, 이 역시 현실 정치와의 강렬한 대조를 이루며 그 희극적 부조화로 인한 씁쓸한 웃음을 남길 뿐이다. 조국에 대한 의심, 변절, 배신은 다른 나라에 대한 충성으로 전이된다. 『프랑켄슈타인』의 괴물이 경계-선이라면 오토메나크는 평면화된 괴물이다.

그렇다면 평면은 일그러지는 것 이상으로 더 깊이 문제화될 수 없는 것일까? '우리'는 계속 2차원적 면의 평평함 속에서 적과 동지의 구도를 재생산해야 하는 것인가? 소설서사는 어긋나고 비틀려도, '우리'가 담지하는 정치적 적대구조는 어쩔 수 없이 그대로인 걸까? 이 세상의 괴물들은 여권을 바꿔 가면서 살아야 하는 것일까?

2017년 노벨 문학상을 수상한 작가 가즈오 이시구로는 최인훈과 흥미로운 대조를 이루면서 공동체를 상상하는 소설서사에 또 다른 양태의 어긋남을 시도한다. 이시구로는 최인훈과는 정반대 방향에서 소설과 역사 사이의 균열을, 담론과 정치 사이의 어긋남을 모색한다. 그는 근대 성장소설이라는 장르로부터 이탈하거나 그것을 포기하는 방식이 아니라 **그 담론과 장르에 가장 충실한 방식으로 글을 씀으로써 역설적으로 소설서사의 부적절함, 더 나아가 그 서사에 근거한 '우리'의 부적합함을 드러낸다**. 다시 말해 이시구로는 가장 전통적인 형태의 소설적 장치들을 성실하게, 어떤 의미에서는 최대 한계치까지 구현하면서 범주의 경계선까지 가닿아 보려고 하며, 그 과정 안에 희극적이면서도 비평적 거리를 확보하고, 궁극적으로 이 담론을 아주 근본적인 차원에서 더 철저한 방식으로 해체한다.

이시구로의 이러한 작업은 상당한 파괴력을 가진다. 그는 첫 두 작품인 『창백한 언덕 풍경』과 『부유하는 세상의 화가』부터 최근작인 『나를 보내지 마』에 이르기까지 꾸준히 서구 리얼리즘-성장소설이라는 언어와 서사구조를, 그 언어가 담고 있는 기억, 감정, 관계를, 그들이 만들어 내는 경계-선을 문제화해 오고 있다.[94] 이 중에서도 특히 1989년 발표된 『남아 있는 나날』은 지리 공간적, 심리적, 언어적 차원에서 근대 소설서사의 핵심으로

94 이는 이시구로가 성장서사에만 몰두한다는 의미는 아니다. 그는 『녹턴』 등의 단편집에서 문장과 음악의 관계성을 탐구하며 최근작인 『파묻힌 거인』은 조금 특이하게 중세 로맨스(arthurian romance)의 형식을 차용한다.

파고 들어가서 국민국가라는 공동체의 언어, 담론, 서사가 안으로부터 내파되는 모습을 보여 준다.

『남아 있는 나날』은 18세기 이후 제인 오스틴, 찰스 디킨스, 포스터, 헨리 제임스를 거쳐 서구 리얼리즘 소설의 전통으로 면면히 내려오는 장원소설(estate novel)의 형식을 띠고 있다. 이 서사 전통에서 '장원 저택'이란 중세로부터 면면히 이어지는 적법한 통치 권력의 자리를 상징한다. 장원소설의 주인공은 그가 소유한 장원 저택과 동일시된다는 점에서 『햄릿』의 햄릿-왕좌-궁정의 상동관계와 비슷하지만, 이 상동관계는 저절로 주어지는 것이 아니다. 주인공은 도덕적·경제적·사회적으로 이 저택에 걸맞은 주인으로 성장해야 한다. 앞에서 살펴보았듯 주인공은 근대 개인의 표상이라 할 수 있는 단독자, 즉 고아로 등장하는 경우가 대부분이며 이들은 여러 가지 이유로 마땅히 그가 소유해야 하는 저택으로부터 격리되지만 타고난 덕성, 모험, 시련 등을 통해 올바르게 성장하여 진짜 집주인으로서 자격을 입증한 후 저택에 다시 입성한다. 고아는 장원소설을 통해 덕성과 교양을 갖춘 시민-국민으로 초월되며, 19세기 서구 국민국가들의 제국주의적 열망이라는 맥락에서 시민은 종종 '신사'로 대체된다.

『남아 있는 나날』은 장원소설의 장치들을 아주 전형적으로 배열하여 사용한다. 달링턴 홀이라는 유서 깊은 장원 저택이 소설의 배경이며 여기에는 달링턴 경이라는 주인이 거주한다. 달링턴 경은 지체 높은 귀족이자 고결한 신사로서 당대 영국의 정치에 깊숙이 관여하는 인물이다. 그러나 이 소설의 구조에서 핵심적인 부분인 '성장'을 담당하는 주인공은 달링턴 경이나 이 저택과 관련된 또 다른 신사가 아니다. 서사 안에서 변화하고 자기 인식에 도달하며 이 저택과 궁극적으로 동일시되는 인물은 저택을 관리하기 위해 고용된 집사 스티븐스이다. 게다가 스티븐스가 서사의 진행과 함께 보여 주는 자기인식과 깨달음은 성장이 아니라 깊은 환멸과 실망감이다. 그는 신사로 초월되지 않는다. 오히려 신사란 것이 얼마나 허위적 개념인지를, 또 자기기만, 착각, 그리고 오해인지를 조용히 그리고 깊숙이 이해하는 과정을 보여 준다.

환멸도 초월의 한 종류라고 한다면, 아마 『남아 있는 나날』에서의 초월은 가장 고양감 없는 초월일 것이다. 이는 『프랑켄슈타인』에서 괴물의 탄생이 가장 고양감 없는 탄생이었던 것과 비견될 만하다. 『남아 있는 나날』에서 일어나는 거의 모든 정체성은 가짜이고 유사본이며 복제본이다. 더 정확하게는 고아-시민-신사라고 할 만한 근대 개인의 이상적 모델이 아예 없다. 다만 근대 개인인 척하고 근대 개인의 흉내를 내는 수많은 이들이 존재할 뿐이며 이를 흉내 내는 또 다른 이들이 존재한다. 존재하지도 않는 그 무엇을 모방하고 그 모방을 또 모방하는, 원본 없이 진행되는 무한한 모방의 과정만이 있을 뿐이다. 단독적 개인이라는 뚜렷하고 독자적인, 충만한 존재감과 가능성을 갖춘 근대적 존재가 고난, 성장, 깨달음을 거쳐 초월에 이르는 근대 소설의 구조는 이 작품에서 의미 없고 우스꽝스럽기까지 한 모방의 무한반복으로 대체된다.

『남아 있는 나날』의 핵심 용어는 '가짜'라는 단어이다. 달링턴 홀이라는 위풍당당하고 전통적인 장원 저택은, 제국의 영광을 잃어 가는 전후 영국이라는 시대적 배경과 달링턴 경의 추문과 파산이라는 개인사로 인해 미국 백만장자의 손에 넘어간다. 달링턴 홀에서 수십 년을 집사로 일한 스티븐스는 저택과 함께 대영제국이라는 신화, 유산, 역사의 일부로서 미국인 패러데이 씨에게 통째로 팔린다. 패러데이는 미국 친구들을 초청하여 진짜 영국 귀족이 살던 저택의 엄청난 전통과 족보를 자랑하는데, 손님으로 온 한 여성의 미심쩍다는 식의 반응에 민감하게 반응한다. 그는 스티븐스에게 짜증난 어조로 "그녀가 이것도 가짜고 저것도 가짜라고 하는 거야. 심지어는 스티븐스 자네도 가짜라고 하더라니까"라고 불평을 한다.[95]

이 문장에서 반복되는 '가짜(mock)'라는 단어는 동사로서 갖는 '비웃다'라는 또 다른 의미를 강력하게 환기시키면서 작품 전체, 서사 전체에 울려 퍼진다. 유사-서사시(mock-epic)의 어조로 성장소설-리얼리즘이라는 서사 형식 자체를 비웃는 듯도 하다.[96] 스티븐스는 물론 35년간 달링턴 홀을 관리하고 달링턴 경을 모시는 데 헌신한 진짜 영국 집사다. 그러나 그의 언어, 행동거지, 사고방식, 가치관으로 말하자면 스티븐스 자신의 것은 하나도 없다. 그는 진짜 영국 신사인 주인 달링턴 경을 모시는 진짜 영국 집사로, 최고로 프로다운 서비스를 제공하기 위해서는 주인의 모든 것을 진심으로 존경하고 따라야 한다는 나름대로의 논리를 가지고 달링턴 경을 의식적·무의식적으로 모방한다. 심지어 달링턴 경이 나치즘에 물들어 유태인 하녀들을 저택에서 쫓아낼 때에도 스티븐스는 마음속 깊이 느끼는 불만과 의구심을 억누르고 주인의 견해를 앵무새처럼 반복한다. 이 진지한 모방으로 인해 그는 거의 영국 신사처럼 보이며, 실제로 여행길에서 만난 촌동네 사람들은 모두 스티븐스를 지체와 명망을 갖춘 진짜 신사로 여길 정도다.

그런데 이는 사실 복잡한 문제이다. 가짜라는 개념은 단순히 진실과 허

95 Ishiguro, *The Remains of the Day*, 124. 이후의 번역은 모두 필자의 것이다.

96 스티븐스는 실제로 포프(A. Pope)나 스위프트(J. Swift) 등 18세기 영국의 유사-서사시(mock-epic)의 대가들에 견줄 만큼 세련된 유사-서사시 양식을 구사한다.

위라는 명백히 구분되는 두 개의 실체 중 하나를 선택하는 문제가 아니다. 게다가 이 작품에서 스티븐스의 인간성 혹은 인간-됨은 바로 가짜-임에 놓여 있고, 모방이라는 행위와 과정은 사실 주체 구성의 핵심이다. 스티븐스는 달링턴 경이라는 영국 신사에 대한 철저한 모방을 통해 본인을 구성하는 여러 가지 정체성들, 즉 아들, 연인, 프로페셔널한 집사, 기품 있는 신사, 대영제국의 일원 등을 가짜 혹은 유사 버전으로서 구성해 나간다. 그는 매사에 감정을 드러내지 않으며 은식기를 닦는 사소한 업무에도 그것이 야기할 수 있는 더 큰 세계사적 의미를 항상 의식하는 등 스스로를 가짜 달링턴 경으로 스타일링한다.

그런데 이 작품에서 스티븐스의 기계적이고 반복적인 모방은, 근대 소설이 18세기 이후 유도해 온 단독적 개인이 시민으로 초월되는 신비로운 순간에 대한 강력한 코멘트가 되기도 한다. 고아가 시민, 혹은 진정한 신사로 초월되기 위해서는 냉엄한 현실을 도약하고 넘어서는 기적적인 에너지가 필요하며 그 순간만큼은 진짜-임에 대한 낭만적이고 종교적인 확신이 필요하다. 반면 스티븐스의 신사-됨은 스스로 가짜-임을 명확히 인식하고 있는 가운데 어떤 환상도 낭만적 열정도 없는 상태로 이루어진다. 즉 그의 모방은 기본적으로 삶의, 그리고 인간-됨의 세속성을 강하게 환기한다. 초월이 위로의 도약, 비상이라면 모방은 땅에서 걷기인 셈이다. 초월이 경이롭고 신비한 종교적 감정을 야기한다면 스티븐스의 모방은 오해, 환멸, 안쓰러운 비웃음을 일으킨다.[97]

97 여기서 언급하는 모스콤 마을 에피소드는 모방이 오해를 야기하고 결국 뜻하지 않게 마을 주민들 앞에서 대단한 신사인 양 행세하게 된 스티븐스에 대해 어쩐지 안쓰럽기도 한 감정을 불러일으키는 사례다. 이시구로의 문장이 전략적으로 '오해와 배신'의 수사를 구사한다는 논지로는 Walkowitz 참조.

스티븐스의 모방은 성장이라는 서사에 대해서도 문제를 제기한다. 장원소설이라는 틀 자체가 성장소설의 서사임을 이미 전제하는 셈인데, 괴이하게도 달링턴 홀이라는 장원 저택에서는 그 누구도 성장하지 않는다. 스티븐스는 어떤 에피소드에서는 순진한 아이의 이미지로, 또 다른 장면에서는 완전히 성숙한 어른의 이미지로 제시된다. 중간의 변화 과정이 없는 것이다. 이는 달링턴 경도 마찬가지이다. 즉 스티븐스와 달링턴 경은 아이와 어른으로 역할을 수시로 바꾸며 등장하지만, 한 인물 안에 일관되게 일어나는 내적 논리나 변화는 묘사되지 않는다. 수지 오브라이언은 이시구로가 이 작품에서 달링턴 경을 자상한 아버지, 스티븐스를 순종적이고 신뢰로 가득한 아이로 제시한다고 보며 이 부자관계를 통해 제국과 식민지 간의 동학을 보여 준다고 주장한다. 불평등한 관계 안에는 분명 강요와 굴종이 있는데 그것을 인자한 자애와 자발적인 복종으로 미화해 버린다는 것이다.[98]

반대로 스티븐스가 어른, 달링턴 경이 아이로 제시되는 경우도 있다. 달링턴 경은 신사들을 초대해 국내외 정세에 대해 의견을 나누고 있으며 스티븐스는 이들의 시중을 든다. 하층민에게 복잡한 국제정세에 대해 일일이 상황을 공유하고 그들의 의견을 민주적으로 반영하는 것이 과연 바람직한가를 주제로 열띤 토론을 하던 중 귀족 신사 한 명이 갑자기 짓궂은 표정으로 스티븐스에게 복잡한 국제, 정치, 시사 문제에 대해 질문을 퍼붓는다.

98 맥콤(John McCombe)도 기본적으로 스티븐스-달링턴 경의 관계에 대해서는 비슷한 견해이다. 특히 달링턴 경의 호의와 자상함은 식민지배 이데올로기의 동학을 그대로 보여 준다는 것이다. O'Brien, McCombe 참조.

> 나는 당연히 이 질문에 약간 놀랐다. 그러나 곧 상황을 재빨리 이해하게 되었다. 즉 내가 이들의 질문에 답을 못해야 하는 상황임이 명백하였다. 그래서 잠시 후 나는 적절하게 반응하였다. **심지어 나는 그 질문이 무엇인지 전혀 이해 못 하겠다는 표정까지 지어 보였다**. 이에 방에 있던 신사분들은 낄낄거리며 서로 웃는 눈짓을 주고받는 것이었다. (Ishiguro, *The Remains of the Day*, 195) (필자 번역·강조)

스티븐스는 잠시 당황하지만 곧바로 신사들이 자신에게 기대하는 바가 무엇인지를 정확히 파악하며 "매우 죄송합니다만 손님, 저는 이 문제에 대해 도움을 드릴 수가 없습니다"라고 대답한다. 황당한 질문은 계속 이어지고 스티븐스는 계속 같은 문장으로 로봇처럼 대답한다. 손님들은 스티븐스의 이러한 반응에 낄낄대며 몰래 웃다가 나중에는 참지 못하고 폭소를 터뜨린다. 이 에피소드에서 달링턴 경을 비롯한 영국 신사들은 스티븐스를 골탕 먹이고 그의 곤혹에 즐거워하는 철부지 아이들과 같다. 반면 스티븐스는 자상한 어른이다. 그는 충분히 불쾌함을 느낄 상황에서도 너그럽게 철없는 신사들의 무례한 장난에 참여하며 잠시 놀아 준다. 그는 심지어 질문 자체를 이해하지 못하겠다는 멍한 표정까지 일부러 지어 준다. 즉 약간의 가짜 연기를 해 줌으로써 철부지 신사들의 환상과 착각을 관대하고 너그럽게 보호해 주고자 하는 것이다.

즉 스티븐스의 가짜-임은 분명 어설프고 우스꽝스러운 것이었는데, 어떤 경우엔 상대를 어설프고 우스꽝스럽게 만드는 기능을 하기도 하는 것이다. 그는 아이인 동시에 어른이며 어느 한쪽으로 수렴되지 않는다. 『남아 있는 나날』에서는 성장서사의 문법대로 시간이 흐르지 않는다. 이 작품에서 시간은 아이에서 어른을 향해 한 방향으로 움직이는 것이 아니라 양극단을 끊임없이 진동하며 움직인다.

『남아 있는 나날』은 근대 소설–국민국가 체제가 조직해 낸 시공간을 해체한다. 이 작품은 '성장'이라는 시간뿐 아니라 장원 저택이라는 공간도 문제화한다. 장원소설이 일반적으로 고아가 저택 밖 세상으로 버려졌다가 다시 저택 안으로 귀환하는 순환적 서사구조를 띠고 있다면, 이 소설은 반대로 스티븐스가 35년 동안 갇혀 있던 저택을 떠나 '황야'와도 같은 저택 외부로 여행을 떠나 석양의 해변에서 마무리되는 구조이다. 공간적 구조만 보자면 『남아 있는 나날』은 뒤집힌 형태의 장원소설인 것 같기도 하다. 어쨌든 한쪽 끝에는 장원 저택이, 다른 끝에는 세상이 있기 때문이다.

그런데 좀 더 자세히 들여다보면 이 소설에서 제시되는 공간은 훨씬 혼종적인 성격을 띤다. 다른 장원소설들과 마찬가지로 달링턴 홀은 공간적 배경 이상의 의미를 갖는다. 이 저택은 완성된 형태의 시민이고 영국 신사이며 대영제국 그 자체이다. 출발점이자 도착지이기도 한 인격화된 공간인 것이다. 이시구로는 이처럼 인격화, 국가화된 저택 —영국 신사— 을 온갖 이질적이고 모순적인 이미지들로 가득 채운다.

스티븐스는, 세상을 큰 수레바퀴라고 한다면 수상, 총리, 각국 대표 등 세상을 움직이는 신사들이 회의를 열곤 하는 달링턴 홀이야말로 그 수레바퀴를 지탱하는 '중심'이라고 비유하곤 한다. 하지만 이 저택 구석 어딘가에 있는 스티븐스와 아버지 스티븐스 시니어의 방은 '지하감옥'이다. 이른 새벽 보조집사 업무를 담당하고 있는 아버지에게 업무 리스트를 들고 찾아간 스티븐스는 방에 들어서자마자 마치 감방에 온 것 같은 느낌을 받는다. 방은 너무도 작고 휑하다. 여기서 스티븐스 시니어는 제대로 휴식을 취하지도 못하며 임무를 수행하기 위해 새벽부터 대기 중이다. 스티븐스의 방은 더하다. 미스 켄튼의 묘사에 따르면 스티븐스의 방은 그냥 감방이 아니라 사형수가 누워서 죽음을 기다리는 방처럼 보인다.[99]

달링턴 홀이라는 공간은 영국이라는 제국을 꿈꾸는 국민국가의 영광, 권력, 품위를 상징하지만 이 공간에 사는 모든 사람이 그 영광의 산물을 공유하는 것은 아니다. 쉴 새 없이 일하는 집사와 보조집사의 입장에서 달링턴 홀은 사실 절망스러운 감옥과 다를 바가 없으며, 희망 없이 서서히 죽어 가는 사형수의 이미지는 달링턴 홀이라는 공간 안에 명백하게 존재하는 처벌, 감시, 폭력을 드러낸다. 현명하고 친절하며 기품 있는 영국 신사의 얼굴을 한 달링턴 홀 안에는 사그라드는 생명을 간신히 부여잡고 고통스러워하는 죄수의 얼굴들이 언뜻 보인다. 분명 근대를 살아가는 존재이건만 시민으로부터 철저하게 격리된 스티븐스와 같은 괴물들, 제국의 가여운 잔여들은 아이세노딘이나 애로크 같은 식민지, 프로스페로의 무인도 같은 변방으로만 추방된 것이 아니다. 그들은 경계선 내부에 동일하게 평탄화되었다고 여겨지는 면 위에, 제국을 상징하는 가장 핵심적인 공간 한가운데에 내던져져 있다. 비록 우스꽝스러운 가짜의 형태지만 말이다.

게다가 달링턴 홀 안에서 '중심'과 '감옥'이라는 두 이질적인 공간은 평화롭게 공존하지 않는다. 실상 이 두 공간은 격렬한 전쟁을 벌이며 지분 싸움을 한다. 스티븐스는 달링턴 홀 한가운데서 이 보이지 않는 치열한 전쟁을 진두지휘한다. 실제로 이 작품에서 전쟁은 매우 중요한 의미를 갖는다. 소설 자체가 2차 대전이라는 전쟁에 대한 코멘트라고 해도 과언이 아닐 정도

99 Ishiguro, *The Remains of the Day*, 64, 165.

이다. 전후 영국의 일반 서민들은 전쟁의 상흔을 달래며 살아간다. 스티븐스가 여행 중 만난 모스콤 마을의 사람들 역시 전쟁으로 가족과 자산을 잃은 이들인데 이들은 "**남을 위한 전쟁**에서 싸웠고 그 때문에 크게 고통받는다"라고 느낀다. 그 때문에 모스콤처럼 "작고 동떨어진 마을"의 사람들이 "그들이 치러야 할 몫 이상을" 치러야 했다는 것이다.[100] 죽음과 상실이라는 일상의 고통 속에서 이들은 대영제국과 스스로를 분리한다. 국가는 더 이상 '우리'가 아니고 국가적 싸움은 '우리'의 싸움이 아니다. 그것은 그저 '남'인 것이다.

이 '남의 전쟁'은 달링턴 홀 내부에도 깊숙이 들어온다. 달링턴 홀이 영국 그 자체이니 여기서 전쟁은 당연히 당사자의, '우리'의 전쟁이어야 하겠지만, 흥미롭게도 이 저택 안에서조차 그것은 항상 남의 전쟁이다. 달링턴 홀의 실소유주나 그곳에서 연회를 즐기는 신사 숙녀가 아니라, 바로 스티븐스와 하인, 하녀들이 싸우는 자들이고 그래서 결과적으로 '그들이 치러야 할 몫 이상'의 대가를 치르고 크게 고통받기 때문이다. 따라서 이 전쟁의 양상은 뭔가 크게 어긋나 있는 '희극적 실수'처럼 묘사된다. 스티븐스는 총집사로서 저택의 평화와 안녕, 질서를 위해 늘 분주하게 돌아다니며 하인, 하녀들을 관리 감독하는데, 이는 마치 전쟁에서 막사를 돌아다니며 전시 상황을 확인하고 군사들의 사기를 독려하는 사령관의 모습과도 같다.

실제로 스티븐스의 언어에는 전쟁 용어가 가득하다. 그는 하인, 하녀들을 총집합시켜 놓고 "군대 스타일의 사기 진작용 연설"을 즐겨 하며 집사의 업무를 설명하면서 "승리", "프로라면 갖추어야 할 무기", "장수의 본진" 등

100 Ishiguro, *The Remains of the Day*, 187.

군사 용어를 반복하여 사용한다.[101] 이러한 예 중 가장 눈에 띄는 것은 스티븐스가 하인들을 모아 놓고, 셰익스피어의 『헨리 5세』에서 왕이 그 유명한 아쟁쿠르 전투 직전 군사들 앞에서 말했던 감동적인 연설을 흉내 내며 또 다른 가짜-고양감을 만들어 내는 부분이다. 가짜 장수는 "여러분, 역사가 이 지붕 밑에서 만들어집니다"라며 가짜 군사들의 정신을 무장하고 고양시키고자 한다.[102] 물론 여기서 발생하는 코믹한 효과는, 실제로 그가 의도한 고양은 전혀 일어나지 않는다는 현실을 드러낼 뿐이다. 이것은 그저 대리전쟁일 뿐이며 남의 전쟁이기 때문이다. 스티븐스 역시 이 유사 전쟁을 치르면서 그의 '몫 이상'의 대가를 치른다. 아버지의 임종을 지키지 못하고 사랑하는 미스 켄튼을 떠나보낸다. 그 역시 남의 전쟁을 치르다가 크게 고통받는 것이다.

그런 이유로 달링턴 홀은 겉으로 나타나는 평온, 질서, 위풍당당함에도 불구하고 실제로는 감옥이자 전쟁터인 것이다. 죽어 가는 사형수가 있고 피 흘리는 군사들이 가득하다. 물론 여기엔 죄수를 고문하고 사형에 처하는 간수는 없다. 광기에 넘쳐 군사들을 적진으로 몰아넣는 미친 왕도 없다. 진짜 위협은 부재하는 듯 보이는 저택 안에서 가짜 버전들이 가짜로 죽어 가고 있다. 그러나 그들의 고통만큼은 진짜이다.

물론 이 공간에는 사랑도 있다. 전쟁터(달링턴 홀)에서 감옥(자기 방)으로 돌아온 스티븐스는 홀로 '감상적인 로맨스'를 읽는다. 어쩌면 이 싸구려 연애소설이야말로 그의 가짜-됨에 난 균열을 명백히 보여 주는 장치이다. 적어도 이 순간만큼은 그가 '남'의 가짜 버전임을 멈추기 때문이다. 감상적인

101 Ishiguro, *The Remains of the Day*, 77, 130, 165.

102 Ishiguro, *The Remains of the Day*, 77.

연애소설이야말로 상업적인 목적으로 쓰여져 인간의 실제 감정을 과장되고 왜곡된 형태로 표현하는 글이지만, 역설적으로 스티븐스는 이런 가짜 감정 앞에서 스스로에게 가장 진실해진다. 그리고 바로 이것이 이시구로가 달링턴 홀이라는 혼종적이고 왜곡된 공간에 부여하는 '품위'이다. 달링턴 홀을 소유하고(혹은 소유한다고 착각하고) 거주하는(혹은 거주한다고 착각하는) 인물들은 딱 싸구려 연애소설이 허용하는 정도만큼의 고양만을 할 수 있다. 그 이상도 그 이하도 아닌 것이다.

부유하는 유사-인간

이 지점에서 다시 환기해야 하는 작품은 메리 셸리의 『프랑켄슈타인』일 것이다. 『프랑켄슈타인』이 성장소설인 동시에 성장소설의 모순을 구현하는 작품이었다면, 『남아 있는 나날』은 성장소설의 타락과 완전한 몰락을 보여 준다. 『프랑켄슈타인』에서 괴물은 그 자신이 이미 완벽한 단독자로 근대 개인이라는 범주를 극한까지 구현하면서 궁극적으로 인간-시민으로 고양되기를 원한다. 그러나 근대 체제라는 것의 역설은 괴물로 하여금 인간성을 포기하지 않으면 절대 '인간-시민'으로 고양될 수 없다는 점을 주지시킨다. 그는 이미 그 자체로 완벽하기 때문에 성장할 수 없다. 너무도 인간적이기에 결코 인간이 될 수 없는 것이다.

스티븐스 역시 버려진 존재라는 점에서, 영국이라는 국민국가 범주를 밖으로부터 구성하는 경계선이라는 점에서, 성장하지 않는다는 점에서, 또 하나의 괴물이라 할 수 있다. 그러나 그는 『프랑켄슈타인』의 괴물과는 반대로 스스로의 괴물성-인간성, 그것이 야기하는 황홀과 절망을 잊은 존재다. 괴물이 미쳐 날뛰었다면 스티븐스는 포획되어 감옥에 갇혀 노예화된다. 괴물이 광기와 공포 그 자체였다면 스티븐스는 푸코가 말한 바대로 '이성의 도구로서의 광기'이다. 괴물이 고독하고 단독적인 개인으로서 비장한 존재감을 생생하게 드러내며 빅터 프랑켄슈타인의 이름마저 점유해 버리며 카리스마를 과시한다면, 스티븐스는 유사-서사시적인 우스꽝스러운 화자에 불과하다. 그에게 인간-시민의 의미는 성취해야 할 그 무엇이 아니라 별 의미나 목표 없이 베껴야 할 그 무엇이다. 괴물이 모든 면에서 풀리지 않는 문제, 불가해의 심연이라고밖에 달리 표현할 수 없는 신비롭고 수수께끼 같은 존재였다면, 이시구로의 스티븐스는 전혀 문제적이지 않으며 미스터리라고는 찾아볼 수 없는 뻔한 존재다. 그에게 출생이나 죽음의 신비는 없다. 그가 어떻게 태어났으며 어떻게 죽을 것인가는 사실상 자명하기 때문이다. 정체성과 운명에 대한 실존적 고민으로 한탄하고 온몸으로 저항했던 괴물과 달리, 스티븐스는 달링턴 경에게 봉사해 왔듯 미국 백만장자 패러데이 씨에게 똑같이 봉사하며 이제는 상품이 된 스스로의 처지에도 유순히 순응하며 살아간다.

물론 스티븐스도 괴물처럼 내면의 갈등이 있고 고통과 연정을 느끼는 존재이다. 그러나 이런 진지한 경험 안에서도 가짜라는 기제는 작동을 멈추지 않는다. 이 용어는 허위나 거짓이라는 의미라기보다는 임시로 한번 해보는, 놀이로서의 사건이라는 의미로 기능하면서 『남아 있는 나날』에서 펼쳐지는 인간사와 드라마의 성격을 밝혀 준다. 『남아 있는 나날』의 등장인물들이 사건에 참여하는 방식은 놀이를 위한 놀이, 모방을 위한 모방, 혹은 언어유희이며 그들은 이 끊임없는 따라하기, 모방하기의 놀이 속에서 **정**

체성이라는 환상을 만들고 그 안으로 자발적으로 들어가 잠시 놀다가 나온다. 환상의 정도가 너무 심해졌을 때는 오해하고 착각하며 당황하고 부끄러워한다. 어느 정도의 환상이 어떤 타이밍에 적절한지에 대해서는 인물들 각자의 생각이 저마다 다르고 이 차이 때문에 인물들은 갈등하고 싸우며 사랑한다. 이런 의미에서 이 소설은 **'국민'이라는 환상, 오해, 착각**을 서사로서 엮어 가는 일련의 과정이라 할 수도 있을 것이다.

이런 서사가 계속 이어지다 보면 언어는 잠시나마 환상/현실이라는 경계선을 지운다. 이시구로가 그의 소설에서 늘 시도하듯, 같은 단어는 끊임없이 다른 맥락 속에서 반복되어 나타나면서 조응과 반향을 일으키고, 환상에서 현실로, 혹은 현실에서 환상으로 의미의 옷을 입고, 벗고, 또 새로 입는다. 그리고 이런 과정이 계속되다 보면 진실과 과장, 사실과 욕망, 현실과 환상, 심지어는 권력과 저항의 이항대립마저 그 경계선이 흐려질 뿐 아니라 각각에 부여된 의미 자체를 잃고, 아감벤의 표현을 빌리자면 소음, 진부한 언어로, 괴물들의 신음으로 남는다.

이런 맥락에서 『남아 있는 나날』의 언어는 흥미롭다. 이 작품의 언어에는 근본이나 뿌리가 없다. 용어들은 끊임없이 맥락에 따라 다른 의미 —때로는 상호 모순적인 의미— 를 띠면서 어느 하나의 의미망 안에 정착하지 못한 채 떠돌고 부유한다. 스티븐스는 작품 내내 집사라는 업이 가져야 할 전문성에 대해 누누이 강조한다. 전문직 영국 신사를 모방하기 때문에 그렇기도 하고 달링턴 경이 갖춘 전문성의 권위를 강조하기 위해서도 그러하다. 그러나 이 용어는 달링턴 홀에서 개최된 국제회의에서 완전히 다른 의미로 변신한다. 미국 상원의원인 루이스 씨는 영국의 정치적 판단, 특히 나치 독일에 대한 입장이 타당하지 않다고 주장하면서 그 근거로 귀족 신사로 이루어진 영국 정치가들의 아마추어리즘을 꼽는다. 달링턴 경은 이에 대한 반박 논지를 펼치며 스스로 정치적 아마추어임을 인정하고 전문성이라는 용어 자체를 공격한다. 루이스 씨가 그토록 강조하는 전문성이란 사실상 '탐욕과 이익에 대한 봉사'일 따름이라는 것이다.[103] 스티븐스가 애용하는 단어 중 하나인 '이상주의'도 마찬가지이다. 그는 자신을 주인의 도덕적 고결함에 항상 신경을 썼던 '훨씬 이상적이던 세대'에 속한 집사라고 말하면서 오늘날 단순히 월급과 고용조건이라는 차원에서 이 직업에 접근하는 사람들과 자신의 간극을 말한다.[104] 그러나 여행 중 모스콤에서 만난 진보주의자 해리 스미스가 귀족뿐 아니라 영국의 일반 서민에게도 품위가 주어져야 한다고 주장하자, 스티븐스는 그런 견해야말로 '잘못된 이상주의'라고 생각한다.[105]

하나의 작품 안에서 이처럼 단어들은 다양하게, 심지어는 서로 모순적인 방식으로 쓰이면서 어긋나고 충돌하며 부서진다. 언어가 끊임없이 의미와 위치를 바꾸는 보다 중요한 이유는 스티븐스의 부유하는 정체성과 깊은 관계가 있다. 스티븐스는 35년 동안 달링턴 홀의 붙박이로서 그 누구보다 이 저택에 깊이 뿌리내리고 있는 듯 보이지만, 실제로 스티븐스라는 존재는 달링턴 홀뿐 아니라 세상 어디에도 자리 잡지 못하고 있으며, 물리적으로나 심리적으로 고향 없이 떠돌면서 부유한다. 심지어는 세상 물정 모르는 젊은 신사마저도 이를 알아챌 정도이다.

103 Ishiguro, *The Remains of the Day*, 103.

104 Ishiguro, *The Remains of the Day*, 144.

105 Ishiguro, *The Remains of the Day*, 199.

> 전지전능한 신께서 우리를 창조하실 때 말이지, 식물 같은 것으로 만드셨다면 더 좋지 않았을까 하는 생각을 하곤 한다네. 흙에 단단히 묻힌 채로 말이지. 그랬다면 전쟁, 국경선 같은 것들에 대해 애초에 이런 분란이 일어나지도 않았을 텐데 말이야. … 근데 그랬더라도 자네처럼 왔다 갔다 하면서 메시지를 전해 주고 차를 가져다주는 그런 일들을 하는 친구들이 여전히 필요했겠지? 그렇지 않다면 뭐 되는 일이 없지 않겠나? 스티븐스, 상상할 수 있겠어, 우리 모두 땅에 뿌리를 내리고 있는 모습을? 한번 상상이나 해 보라구! (Ishiguro, *The Remains of the Day*, 108) (필자 번역)

달링턴 경의 조카 카디널은 시중드는 스티븐스에게 격의 없는 농담을 건넨다. 그의 농담 안에는 전쟁과 그로 인한 분열 등 작금의 사태에 대한 염증이 묻어 있다. 신이 애초에 인간을 식물처럼 땅에 뿌리를 내리도록 창조했다면, 국경 등 골치 아픈 문제로 전쟁을 벌이지도 않았을 거라는 것이다. 그런데 이 젊은 청년의 상상 속에서 모든 이는 나무와 풀로 땅에 붙어 있지만 스티븐스만은 뿌리 없이 부유하는 존재이다. 모두가 흙 속에 단단히 박혀 있음에도 불구하고 스티븐스는 그들 각각에게 서로의 의사를 전달해 주고 차를 따라 주며 편의를 제공해야 하기 때문이다. 카디널은 "그렇지 않다면 뭐 되는 일이 없지 않겠나"라며 킥킥댄다.

유사-소설의 공동체적 책임의식

이시구로의 『남아 있는 나날』은 뿌리 없는 존재의 근본 없는 언어로 쓰인 유사-성장소설이다. 그리고 '유사'라는 단어가 붙은 모든 용어가 그렇듯 원개념, 즉 성장소설, 리얼리즘, 국민국가 등을 조롱하고 해체하며 파괴한다. 그러나 비웃음이 수행하는 해체란 그 나름대로 명확한 한계가 있기는 하다. 책임의식 없는 해체이기 때문이다. 제국의 영광과 국가라는 이름으로 행해진 온갖 기만, 희생, 폭력을 조롱이라는 방식으로 비난하고 지적할 수는 있겠지만, 스티븐스와 같이 버려진 자들, 괴물들, 제국 한가운데 존재하는 경계-선들의 의미가 해체적 조롱으로만 수렴될 수 없는 것도 사실이다.

이 작품은 책임이라는 문제를 중요하게 다루고 있다. 소설 전체에 걸쳐 스티븐스의 유사-정체성과 유사-서사시적 어조는 의도적으로 책임을 회피하는 것으로 나타난다. 스티븐스는 진정한 영국 신사로서의 달링턴 경의 전문성, 판단력, 도덕성을 전적으로 신뢰하기에 스스로 판단하기를 멈춘다. 세상의 중심인 달링턴 홀에 모인 신사들의 논의로부터 책임 있고 현명한 결정이 나온다고 굳게 믿기 때문이다. 그가 할 일은 주방의 은식기를 잘 닦는 것이며 이것이 사소한 일일 수는 있으나 나름 위층의 신사들이 중요한 결정을 내리는 데 소소하게나마 기여할 수 있다는 것이다. 그는 이렇게 비공식적으로 대영제국의 경영에 참여한다고 느끼며 제국의 일원으로서 작게나마 역할을 하고 있다고 뿌듯해한다. 스티븐스 개인이 내리는 판단과 결정은 영원히 유보된다.

그런데 『남아 있는 나날』에서 책임의 유보가 갖는 의미는 스티븐스의 현실 도피를 말하는 것에 그치지 않는다. 이는 최인훈의 『태풍』과의 비교에서 명확하게 드러난다. 사실 두 작품은 여러 면에서 비슷하다. 『태풍』의 오토메나크도 『남아 있는 나날』의 스티븐스와 유사점이 많다. 집사에 불과한 스티븐스가 주인인 신사를 모방하는 과정에서 제국의 영광을 본인의 것으로 착각하는 것처럼, 식민지의 괴물 캘리번에 불과한 오토메나크 역시 스스로를 유럽 제후인 퍼디난드 왕자로 착각하고 있다. 두 작품 모두 근대 소설-국민국가의 결탁관계에 도전하고 있으며 우스꽝스러움과 조롱이라는 희극적 요소를 핵심적으로 활용한다. 그러나 책임이라는 문제에서만큼은 『남아 있는 나날』과 『태풍』이 다른 방식을 취한다.

『태풍』은 분명 소설과 역사 사이의 틈, 근대 소설과 국민국가 공동체 사이에 존재하는 균열의 틈, 찰나의 순간을 바라보고 있다. 그러나 이 작품은 책임이라는 윤리적인 선 앞에서 머뭇거린다. 단독자의 괴물성을 말한다는 것은 공동체에 대한 책임을 송두리째 저버리는 것과 어쩌면 동일한 것이기 때문이다. 오토메나크는 변절자이자 전범으로서 더 이상 사회적 존재로 온전히 살아갈 수 없는 처지가 되자 바냐 김으로 변신한다. 『태풍』에 대한 대부분의 비평이 주목하고 있는 부분은 이 변신의 의미에 집중되어 있다. 오토메나크가 자신의 (잘못된) 신념에 과연 적절한 책임을 지고 있냐는 것이다. 오토메나크가 식민지 아이세노딘의 독립운동에 뛰어듦으로써 제국주의자로서의 반성을 한 셈이고 애로크와 아이세노딘 사이에는 실질적으로 국력이 약한 동아시아의 식민지라는 상동성이 있으므로, 그는 나름대로 속죄하고 책임을 진 것인가? 그렇다면 그가 에필로그에서 독일 전범 만하임(아이히만의 애너그램)에 대한 재판과 처벌에 굳이 반대하는 이유는 무엇인가?

이런 식의 질문들이 『태풍』에 대한 논의에서 핵심 논제로 대두되면, 최인훈의 한국 작가로서의 정치·윤리적 입장과 역사의식은 비판받기 일쑤다. 충분한 설명이나 근거 없이 친일파나 나치 전범을 옹호한다는 인상을 지울 수 없기 때문이다. 물론 이런 비판만으로 최인훈의 『태풍』을 재단한다면 그것은 작품에 대한 공정한 비판이라고 할 수 없다. 최인훈이 이 작품에서 하고자 하는 작업은 특정한 인물의 특정한 정치적 선택을 옹호하거나 지지하기 위한 것이 아니라 근대 서사구조와 정치·윤리적 입장이 서로 맞물려 꿰어진 솔기 자체를 더듬어 보려는 것이기 때문이다.

그러나 작가 자신이 이런 비판과 논쟁을 스스로 야기하는 측면도 사실 없지 않다. 최인훈 본인이 '우리'라는 정체성이 전제하는 정치적, 윤리적, 사회적 책임의 무게에 분명 압도당하고 있고 어떻게든 이를 그냥 회피하지는 않겠다는, 어느 정도 자기방어적인 태도로 서사를 전개하기 때문이다. 오토메나크는 애로크인이면서 나파유의 정신을 획득하고 아이세노딘의 여인을 사랑하는 복잡하고 중층적인 존재지만, 그가 거쳐 온 이름들, 국적들, 정체성들의 중첩과 간섭 작용이 그가 끝내 떨치지 못하는 '우리'의 일부로서의 책임의식까지 흔들지는 못한다. 그는 어느 특정 국가의 독립이라는 정치적인 행위에 참여하기를 선택하고 니브리타 여인과의 결혼과 아이세노딘 소녀의 입양을 통해 다소 인위적인 다문화가정의 책임 있는 가장이 된다. 선택된 국가가 애로크가 아니고 꾸린 가정이 애로크인들로 이루어지지 않았을 뿐이지 바냐 킴은 분명 근대 소설-국민국가가 장려하는 '우리'로서의 정치·윤리적 책임의식을 다른 국적의 '시민'들과 공유한다. 그의 변신이란 KOREA가 AEROK로 바뀌는 정도의 변신인 것이다.

물론 그 정도의 변신도 의미가 없지는 않다. 그러나 이시구로의 『남아 있는 나날』은 책임이라는 문제에 대해 훨씬 단호하고 분명한 입장을 취한다. 이 작품은 우리 시대의 인간-됨, 인간성, 혹은 시민-국민의 문제는 더 이상 책임이라는 윤리적 태도로 감추어지거나 억지로 봉합되어서는 안 된다고 본다. 책임 역시 다른 모든 행위, 경험, 정체성들과 마찬가지로 모방이고 카피이며 가짜 버전이다. 그것 역시 놀이인 동시에 비웃음이다. 인간은 책임감 있는 시민이 아니라 유사-인간으로 재정의되어야 한다.

이시구로는 성장소설-리얼리즘이라는 국민국가서사를 그 한계까지 철저하게 해부한다. 장원 저택의 전면, 서재, 응접실에 머물며 우아하고 가벼운 티타임을 갖는 것이 아니라 그 가장 깊고 어두운 숨겨진 구석까지 파고들어가 노동에 지친 하인이 기거하는 비좁은 방의 차갑고 휑뎅그렁한 벽면까지 만져 보는 것이다. 대영제국의 영광을 상징하는 고풍스러운 저택에는 필연적으로 감옥이 있고 전쟁터가 있으며 착각과 오해와 실수가 있다. 죽어 가는 사형수, 피 흘리는 군인, 총살된 인도(영국의 식민지)호랑이의 시체도 널브러져 있다.[106] 그 다층적인 공간에서 시간은 선형으로 흐르지 않는다. 서로 다른 시간들이 잘못된, 왜곡된 기억을 환기하며 끊임없이 진동한다.

저택은 출발점도 아니고 목적지도 아니다. 그곳은 제대로 쉴 수도 없고 불편하기 짝이 없으며 철없는 아이들의 잔인한 장난으로 가득하여 오래 머무를 수 없는 남의 집, 어쩔 수 없이 하룻밤 묵어야 할 임시숙소일 뿐인 것이다. 따라서 이런 공간에 고양된 인격을 부여하고 그에 대해 과도한 책임감을 가진다는 것은 어불성설이다. 이시구로의 입장에서 보자면, 달링턴 홀 입구나 응접실 즈음에서 서성거리지 말고 그 안으로 더 깊숙이 들어와 이 시공간의 절망, 잔인함, 불가능함에 다가가서 '우리'의 끝자락, 그 경계선에 닿아 보는 것만이 어쩌면 유일하게 책임 있는 행동인 것이다.

106 Ishiguro, *The Remains of the Day*, 24.

그렇다면 작품 말미에 드러나는 스티븐스의 회한, 후회는 의미하는 바가 크다. 오토메나크가 "나는 몰랐었다"라고 소리친다면 스티븐스는 "나는 믿었었다"라고 속삭인다. 이 뼈저린 후회의 순간은 딱 싸구려 연애소설만큼의 강도로 스티븐스의 가짜-됨, 유사-인간-됨에 균열을 야기한다. 그러나 이것은 그를 국민으로 고양, 승화, 초월시켜 주는 감정이 아니다. 삶을 잘못 살았고 다시는 돌이킬 수 없다는 이 짧고 통렬한 감정은 유사-인간이 스스로를 객관적으로 바라보는 메타적 시선을 잠깐이나마 만들어 낸다. 그 시선 속에서 스티븐스는 자신이 한 잘못, 실수, 착각, 무엇보다 '우리'라는 오해를 확인한다. 그러나 지금에 와서 삶을 다르게 살 수 없다는 점도 그는 알고 있다. 스티븐스의 깨달음은 희극적이지도 비극적이지도 않으며 그저 담담하게 지나가는 무한반복의 순간 중 하나일 뿐이다.

5장

다문화주의와 단언어체제: 영어전용과 브로큰 잉글리시

…

「스타트렉」

우리 안의 선과 금들

가즈오 이시구로는 『남아 있는 나날』에서 유럽 국민국가서사의 대표적 양식인 장원소설을 형식적 한계에 다다를 때까지 밀어붙여 철저하게 구현해 본다. 그는 저택이라는 공간을 위풍당당한 전면부뿐 아니라 어두운 지하실과 하인들의 숙소까지 구석구석 들여다보며, 신사라는 국가정체성을 집사의 끊임없는 모방 행위와 가짜-임을 통해 관찰한다. 장원저택이라는 전형적인 공간, 신사라는 상징적인 인물, 그들의 양식화된 언어와 이데올로기를 어떠한 타협도 없이 면밀히 형상화시키자 오히려 소설서사 내부에 갈라진 선들이 얼마나 많은지, 또 이 선들이 국민국가라는 내부적 실체에 어떻게 균열과 붕괴를 야기하는지가 여과 없이 드러난다. 이시구로의 시선에서, 영국의 장원 저택이라는 전통적인 공간은 단단한 벽돌, 견고한 나무, 도덕적 모범이 아니라, 수많은 선, 금, 고통들로 이루어져 있다.

이러한 시각은 '경계선이 과연 범주를 둘러싸고 있는가'라는 의문을 불러일으킨다. 달링턴 홀의 경우, 홀 내부에 갈라진 선들이 가득하기 때문이다. 경계를 긋는 수많은 선은 범주 내부 한가운데에 가짜 신사로, 지하감옥으로, 남의 전쟁으로 존재하면서 대영제국이라는 정체성 범주를 안으로부터 내파한다. 최인훈의 『태풍』이 국가 범주를 넘어서는 다문화적이고 코즈모폴리턴적인 시도를 통해 근대적 정체성과 담론의 대안을 탐색한다면, 이시구로는 근대 국민국가의 핵심적인 시공간·담론 안으로 들어가서 그 구성을 철저하게 분석하면서 내부에 자리 잡고 있는 (그러나 편의적으로 지워지고 부인되곤 했던) 선들의 존재를 바라본다.

근대라는 범주의 내부를 바라보는 이 철저하고 냉정한 시선이야말로 우리가 트랜스내셔널/문학을 논의하기 위해 갖추어야 할 덕목이다. 장원 저택이라는 공간과 성장이라는 시간은 근대 국민국가의 시공간을 구성하면서 단독자가 시민으로 초월하는 과정을 견인해 왔지만, 이시구로의 냉철한 분석은 이 시공간이 근본적으로 모방본인 데다가 온갖 실금과 균열선 등으로 붕괴되기 직전의 불안한 상태임을 드러낸다. 게다가 여기서 수행되는 행위란 기계적이고 반복적인 모방일 뿐이다. 저택 주인으로 초월되어 국민국가와 하나 된다는 고양감은 사라지며, 단지 저택, 성장, 신사라는 양식(style)만이 남는다.

장원 저택라는 공간은 온갖 이질적이고 혼종적인 요소들의 공존을 통해 오해와 착각의 공간으로 재구성되고 종국에는 고양되지 못한 자의 회한이 그 자리에 오롯이 들어선다. 성장이라는 시간성 역시 재정의된다. 소설의 성장서사는 퇴보의 시간성과 팽팽하게 맞서서 한 걸음도 더 앞으로 가지 못한다. 달링턴 경과 그의 신사 친구들은 영국이 다른 국가들에 비해 처지고 시대에 뒤떨어질까 봐 안달하지만, 남들보다 한 걸음이라도 더 앞으로 치고 나가려는 이 '앞으로'라는 시간성은 스티븐스의 시대착오적이고 퇴행적인 시간성에 깊이 의존하고 있다. 결국 신사들이란 스티븐스가 의사를 불러 주고 소금물 대야를 가지고 오지 않으면 부은 발 때문에 단 한 걸음도 내딛지 못하는 존재들이기 때문이다.

경계선이 근대 국민국가의 외부가 아니라 내부, 그것도 가장 안쪽에 있는 핵심적인 공간에 버젓이 존재하고 있음을 날카롭게 인식하는 것은 여러 가지 의미에서 중요하다. 경계선을 범주 주위를 둘러싼 선으로 설정하면 범주 내부는 균질하고 동질적인 성격을 띤 '면'으로 인식되고, 경계선 외부는 이 동질성에 대한 위협이 된다. 그러나 이시구로의 시선에서 선들은 범주 내부와 외부를 가리지 않고 산발적으로 존재한다. 자세히 들여다보면 내부는 이 선들에 의해 갈가리 찢기어 있고 쩍쩍 금이 가 있으며 여기저기 균열되고 긁혀 있으며 끊어져 있다. 이런 상태에서는 범주를 상정하는 것 자체가 별 의미가 없는 일이다.

경계선과 내부를 이런 식으로 바라본다면 국가나 문화의 단일성이라는 것을 말할 때 주저하게 될 수밖에 없다. '우리'는 과연 하나의 경계선으로 깔끔하고 분명하게 정의된 범주 내부에서 국민 —혹은 우리 문화, 우리 언어, 우리 국가, 우리 역사— 이라는 동일한 정체성으로 존재하는가? 아니면 이시구로가 『남아 있는 나날』에서 암시하듯 '우리'라는 내부는 개인 하나하나, 경험 하나하나가 구성하는 경계선들의 발작적, 단속적인 진동으로 끊임없이 쪼개지고 재배열되는가? 후자의 경우라면, **'우리'는 이 무수한 선들의 예측 불가능한 움직임으로 인해 매 순간 붕괴되는가**?

다문화: 다름이 아니라 같음을 위한 기획

이 장에서는 이러한 문제의식 위에서 더 크고 더 포괄적인 '우리'를 상상하고자 하는 다문화라는 개념과 현상을 고찰해 본다. 다문화는 이주와 이민이라는 현실에 보다 적극적으로 대응하기 위하여 대두된 개념으로, 국가라는 범주 안에 균질성이나 동질성보다는 다양성과 이질성을 두면서 '우리'라는 공동체의 구성과 양태를 다채롭게 하고자 한다. 실제로 다문화는 사회학적인 의미에서 21세기 초국가 혹은 탈국가 사회의 '우리'가 지향해야 할 모델로 제시되곤 하였다. 그런데 지난 몇십 년간 대부분의 국가에서 다문화를 주요 정책으로 적극 추진하였음에도 불구하고 오늘날 우리는 다문화의 명백한 실패를 목격하고 있다. 세계 곳곳에서 인종 간의 불화와 불신이 사라지기는커녕 심화되고 있으며, 이민자에 대한 장벽은 심리적·정치적 차원뿐 아니라 심지어는 물리적으로 가시화되고 있다. 더욱 놀라운 것은 다문화의 본산지라 할 수 있는 미국에서 다문화에 대한 조롱과 폄하가 노골적으로, 거침없이 표현되고 있다는 점이다.

무엇이 잘못된 것일까? 범주 경계선이란 우리가 생각하는 것 이상으로 강고하여 애초에 넘어서기란 불가능한 것일까? 아니면 작은 범주들이 모여 또 하나의 더 큰 범주를 이룬다는 다문화의 구성 원리 자체에 문제가 있는 것일까? 다(多)문화를 실천하는 방식이 잘못된 것일까? 이런 의문들을 염두에 두면 이시구로가 '우리'의 내부를 바라보는 시각이 갖는 의미는 더 중요해진다. '우리' 안에는 과연 무엇이 있는 것일까? 크든 작든 '우리'가 끊임없이 만들어 내는 포섭과 배제의 동학이란, 종종 내용은 지워지고 양식만 남은 것을 기계적으로 모방하는 것 아닐까?

다문화는 무엇보다도 '우리' 내부의 다름을 전제로 한다. 그러나 여기서 다름의 강도와 성격은 국민국가체제에 의해 강력하게 통제된다. 다름이 지나쳐 '우리'의 내부결속력을 압도해서는 결코 안 되기 때문이다. 다름을 상상하고 발화하며 배치하는 방식은 반드시 '우리'를 강화하는 방향으로 이루어져야 한다. 이런 맥락에서 다문화야말로 '우리' 안의 다름을 장려하는 것이라기보다는 '우리'의 내부적 동질성을 확보하기 위한 기획이라고 보는 것이 타당하다.

언어는 다름을 조율하고 통제하는 가장 효과적인 수단이다. '다르다'를 말하는 방식에 대한 통제는 다름 그 자체를 통제해 버린다. 이는 특히 미국에서 다문화정책이 작동하는 방식에 가장 극명하게 드러난다. 미국은 '영어전용(English Only)'이라는 단(單)언어정책을 통해 인종, 문화, 언어, 역사 등 내부에 존재하는 수많은 이질적인 경계-선들을 관리한다. 다시 말하자면, 미국 사회에서 다문화의 다양성을 조율하고 통제하는 기제는 철저히 단언어적인 방식으로 이루어지고 있으며 단(單)과 다(多) 사이에는 모종의 결탁관계가 존재한다. 그렇기에 다(多)는 우리 생각만큼 다양하거나 다채롭지 않은 것이다. 이 장에서 말하고자 하는 바도 『남아 있는 나날』의 이시구로의 시각과 크게 다르지 않다. 경계선을 범주 주위, 바깥이 아니라 안과 내부에서 발견할 때, 단·다의 틀은 그 의미를 잃는다. 의미를 갖게 되는 것은 바로, 범주라는 것을 다시 사유하고 다시 인식해야 한다는 절박성이다.

단언어적 다문화주의: 「스타트렉」의 영어전용 원칙

미국에서는 미국이 다양한 인종적 · 문화적 배경을 가진 구성원들의 자발적 동의와 선택에 의해 건설된 국가임을 큰 자랑으로 여기고 있다. 미국의 다문화주의야말로 혈연이나 인종 등 선험적 조건으로 구성된 기존 국가에 대한 대안이 될 수 있다는 것이다. '다양에서 보편으로'라는 명제는 구성원 개개인의 동의와 선택을 강조하는 미국 다문화주의의 핵심 개념이다. 흔히 용광로나 샐러드 볼 등의 비유로 묘사되는 미국 다문화주의의 기본 개념을 아주 간단히 말하자면, 미국이라는 국가는 전 세계에서 몰려든 다양한 문화적 · 인종적 · 언어적 배경을 가진 구성원들에 의해 구성된 것이며, 따라서 미국이라는 보편적 가치, 보편적 정체성은 개별 구성원들의 차이, 다름, 개별성, 즉 다양한 인종, 문화, 언어적 타자들로부터 협상과 동의 등 민주적 절차를 거쳐 도출된 조화와 합의라는 것이다. 그러나 현실에서의 미국의 다문화주의는 다른 국가들과 크게 다를 바 없이 강력한 국가적 권위를 행사한다. 수많은 다양성 속에서 하나의 보편적인 가치를 이끌어낸다는 어려운(불가능한?) 작업은 결국 국가가 담당해야 할 몫이고, 실제로 서로 다른 인종, 문화, 언어 간의 갈등을 조율하고 장악하기 위해서는 훨씬 더 강력한 국가 권력이 필요하기 때문이다.

영어전용의 원칙은 이러한 국가의 통제를 수행하는 주요한 언어적 수단으로, 미국 다문화주의가 국내외에서 당면하는 위협적인 타자성을 통제하는 데 있어 핵심적인 역할을 수행한다. 그 대표적인 예로 미국의 인기 TV 시리즈 「스타트렉(Star Trek)」을 살펴보자. 「스타트렉」은 소위 '트렉키'라고 불리는 두터운 마니아 팬을 가지고 있는 대표적인 미국 SF물로, 몇 세대를 걸쳐 식지 않는 대중적 인기를 누리는 장수 프로그램이다. 이 쇼의 주인공은 지구와 몇몇 행성들이 함께 구성한 연합정부 소속 우주선의 선장과 선원들이며 이들은 광활한 우주, "그 누구도 가 보지 않은 미지의 세계"를 탐험한다. 이들은 그 탐험에서 만나는 우주의 종족, 생명체, 문명들을 대상으로 때로는 전쟁을 통해, 때로는 협력과 협상을 통해 연합정부의 미션을 수행한다. 우주선의 선원들은 흑인, 동양인, 장애인, 여성, 다른 행성의 종족, 심지어는 휴머노이드 로봇까지 포괄하는 그야말로 다인종·다문화적 구성으로 이루어져 있고, 선장 이하 모든 선원들이 미지의 세계를 향해 끝없이 나아가는 프런티어 정신으로 똘똘 뭉쳐 있다는 점에서, 「스타트렉」은 미국 다문화주의가 국내외의 타자에 대처하는 방식을 극화한 중요한 대중문화 텍스트라 할 수 있다.

「스타트렉」에서 가장 인상적인 장면 중 하나는 피카드 선장과 보그의 대결이다. 보그는 연합정부 우주선이 우주에서 만난 종족 중 가장 강력하고 위협적인 존재이다. 그들은 일종의 사이보그 집합체로서, 다른 종족들을 정복하고 그 종족이 이제까지 이루어 낸 문명과 성취를 사이버네틱한 연결을 통해 보그 집합체 속으로 흡수해 버린다. 보그의 정복은 무차별적이며 여기에는 선도 악도 없다. 오직 상대의 장점과 우수성을 자기 속으로 흡수·동화하는 것만이 그들의 확고한 목적이기 때문이다. 사실상 이미 다른 종족들의 지식과 문명을 흡수하여 꾸준히 내부에 축적시켜 온 보그의 우월한 역량을 능가할 종족은 우주에 거의 없다. 어떤 새로운 전략과 신무기를 써도 보그는 이미 그에 대처하는 방법을 알고 있으므로 상대는 결국 굴복하여 자신의 지식과 경험을 넘겨주고 보그의 일원이 되고 만다. 보그들이 늘 하는 말대로 "저항해 봐야" 소용이 없는 것이다.

그러나 피카드 선장이 이끄는 '우리' 다인종, 다문화 연합군단은 이 맞서 봐야 소용없는 싸움에 처절하게 저항한다. 보그와의 싸움에서 지는 것은 단순한 패배 이상의 의미를 갖기 때문이다. 보그에게 지면 연합군들은 보그가 되어야 한다. 그런데 저마다의 고유한 개성과 독자적인 매력을 발산하는 이 다인종 연합군에게, 너 나 할 것 없이 똑같은 모습을 하고 똑같은 기계음을 내는 획일적인 사이보그가 되는 것은 가장 두려운 일이다. 피카드 선장과 선원들에게 구성원 하나하나의 다름, 개별성, 고유성을 지켜 내는 것은 그 무엇보다 소중한 가치이다. 개별 선원들의 다양하면서도 고유한 다름, 차이야말로 그들을 기계와 구분해 주는, 인간다움의 가장 근본적인 요소인 것이다.

그런데 같음을 강요하는 보그와 다름을 지켜 내고자 하는 피카드 군단 사이의 첨예한 대치에서 눈여겨볼 것은 이들 간의 소통방식이다. 상대를 흡수해 버리겠다는 보그의 원칙이나 거기에 강하게 저항하겠다는 피카드의 의지는 아주 분명한 미국 표준영어로 서로에게 전달된다. 비단 보그뿐 아니라 「스타트렉」에 나오는 캐릭터들은 고향이 어디건 어떤 종족이건 모두 자연스럽게 미국 표준영어를 쓴다. 이 SF 드라마는 다양한 인종적·문화적 배경을 가진 선원들과, 가지각색의 우주 종족들을 통해 타 인종, 타 문화, 타 문명 등 타자성과의 전면적인 만남을 극화하지만, 이 만남의 장으로 들어가는 대문 앞에는 우습게도 '영어전용'이라는 팻말이 붙어 있는 것이다.[107]

물론 「스타트렉」은 미국 시청자들의 기호와 편의를 우선적으로 고려하여 제작되는 TV 시리즈이므로 이 쇼가 영어로 진행되는 것은 어찌 보면 당연한 일이다. 명백히 미국 대중의 즐거움을 위해 만들어진 TV 쇼에서 등장인물들이 영어를 쓰는 것은 지극히 자연스러운 일이며 이를 가지고 현실에서는 있을 수 없는 상황이라고 불평하는 것 자체가, '이것은 미국인 시청자를 위해 미국인이 제작하는 TV 쇼'라는 근본적인 전제에 어깃장을 놓는 행위라고 말할 수 있다. 그러나 또 한편 생각하면 왜 그 전제를 근본적인 것으로, 의문의 여지가 없는 당연하고 자연스러운 일로 받아들여야 하는지에 대한 의문이 생긴다. 오늘날 우리는 그동안 당연시해 왔던 많은 것들, 이를테면 국가, 성, 인종 등의 근본적인 개념들이 바로 그 당연함과 자연스러움 때문에 도마 위에 올라 철저하게 해부되는 모습을 목격하고 있다. 또한 그런 해부와 분석의 결과는 이들 개념이 결코 당연하지도 자연스럽지도 않은 것임을 드러내 준다. 이에 덧붙여 미국인의 다문화적 경험은 실제로 영어 이외의 다양한 언어로 이루어져 있다는 명백한 사실을 고려해 본다면, 미국 문화에 뿌리 깊이 그리고 당연하게 자리 잡고 있는 영어전용의 원칙을 정밀하게 재검토해야 할 필요성은 더욱더 절실하다.

「스타트렉」의 영어전용 원칙은 언어가 타자의 타자성을 통제하고 조율

107 「스타트렉」의 스크립트에는 선원들의 제복에 공통번역기(universal translator)라는 기계가 배지의 형태로 장착되어 있어 다른 종족이 말하는 낯선 언어가 동시통역보다 더 빠른, 실시간 대화가 가능한 수준으로 완벽하게 영어로 통역되고 있다고 전제되어 있다. 그러나 그것은 어디까지나 대본의 전제일 뿐, 실제 쇼에서 번역의 과정은 전혀 극화되지 않는다. 클링언(Klingon)족이나 로뮬런(Romulan)족을 연기하는 배우들은 모두 대사를 영어로 말하고 있다. 물론 「스타트렉」의 몇몇 에피소드에는 부분적으로 타 언어의 직접적인 재현이 시도되기도 하지만 이는 주로 극의 '사실적 재미'를 부분적으로 높이기 위한 부수적인 수단일 뿐이다. 그 예로 「스타트렉」의 제작사 패러마운트사는 언어학자 마크 오크랜드(Marc Okrand)를 고용하여 클링언어를 개발하게 하였으며 이는 『클링언 사전』으로 출판되기도 하였지만 이는 몇 세대에 걸쳐 TV, 영화, 게임 등 진화에 진화를 거듭하며 확장된 「스타트렉」이라는 거대한 기획의 극히 일부에 한정된 분량일 뿐이다. 예외적으로, 「스타트렉: 엔터프라이즈」 시리즈는 선원 중 번역을 담당하는 통역사를 두어 타 언어와 영어의 중개 과정을 나름대로 극화하려고 하였다. 그러나 번역과 통역의 '지루한' 과정은 결과적으로 쇼의 시청률 하락에 기여하였으며 이 시리즈는 「스타트렉」 전작들이 누리던 인기에 비하면 초라한 성적으로 대중의 관심을 끌지 못한 채 종영되고 말았다. 이러한 사실들은 「스타트렉」의 제작과 소비 과정에는 명백히 '영어전용'의 원칙이 중심에 놓여 있음을 보여 준다.

하며 결국 효율적으로 동화시키는 모습을 적나라하게 보여 준다. 미국 표준영어로 소통하는 보그와 피카드의 모습은 타자 간의 첨예한 대립이라는 긴장된 상황을 사이보그와 인간 간의 대화 수준으로 격하시키고, 결과적으로 이 대립의 극적 긴장감을 크게 훼손한다. 상대를 무차별적으로 흡수하는 보그는 개념 자체만으로 섬뜩한 존재임에도 정작 TV 쇼를 보는 시청자 입장에서는 그렇게까지 무시무시한 느낌을 받지 않는다. 그들이 '아는' 언어로 말하고 있기 때문이다. 즉 보그는 타자이긴 하지만, 불가해하고 소통할 수 없어 두려움과 공포를 야기하는 종류의 타자는 결코 아닌 것이다. 명백히 공통의 언어로 소통할 수 없는 상황임에도 협박과 저항의 양상이 미국 표준영어로 오고 가는 이 허구적 장면은, 타자와의 살벌하고 위험한 만남이 우리의 현실에는 실재하지 않는, 가상의 대립이라는 인상을 강하게 남긴다. 타자와의 대면은 실감 나게 그려지기보다는 상상으로, 픽션으로, 존재할 수 없는 허구로 다가오는 것이다. 즉 영어전용의 원칙은 다르다는 개념부터 언어적·개념적으로 조율, 통제하면서 타자의 타자성을 순화된 형태로, 실질적인 위험은 거세된 안전한 형태로 제시한다.

다시 말해 자아와 타자, 같음과 다름, 보편과 다양의 대립과 갈등이 최고조에 달해 있는 이 장면에서 미국 표준영어가 수행하는 역할은 단순히 미국 시청자에 대한 편의를 제공하는 것 이상이다. 영어전용의 원칙은 미국 다문화주의의 근간인 '다양에서 보편으로'라는 명제 자체가 갖는 그야말로 다양한 정치적 지평과 가능성을 언어적·개념적·인식적 차원에서 통제하고 한정한다. 이는 다문화를 표방하면서도 단언어를 고수하는 미국 다문화주의가 암묵적으로 행사하는 억압과 차별의 논리와 성격을 명백히 보여 준다. 다양한 문화와 경험, 정체성들의 존재는 인정하는 듯하면서도, 이들이 존재를 드러내고 표현할 수 있는 통로는 단언어적 정책을 통해 원천적으로 차단하고 있기 때문이다.

미국 다문화주의의 단언어성은 또한 미국 문화가 타자성을 재현하고 그들 간에 타협과 합의를 이끌어 내는 언어적 방식을 독점하면서 다문화주의의 작동에 일방적인 권위와 통제력을 행사한다. 언뜻 보면 흑인, 동양인, 장애인, 여성, 다른 행성의 종족, 휴머노이드 로봇 등 다양하게(공평하게?) 분포된 구성원들이 같은 언어로 농담을 주고받고 사랑과 우정을 나누는 「스타트렉」의 우주선은, 매끄러운 소통에 기반하여 마침내 평화와 조화를 획득한 지구공동체, 더 나아가 우주공동체라는, 낭만적인 유토피아를 구현하는 것처럼 보일 수도 있다. 그러나 이 다양한 구성원들이 보편적인 동의에 이르기 위해 거쳐야 하는 대화, 협상, 합의 등이 명백히 언어적인 행위라는 점을 고려했을 때, 이 과정 전체가 영어전용 원칙에 의해서 수행된다는 사실은, 미국이라는 보편적 가치가 민주적 타협과 협상이라기보다는 일방적이고 강제적인, 강요된 동의에 의해 도출된 것임을 보여 준다. 이 언어적 유토피아에는 명백히 단언어적이고 쇼비니즘적인 국가주의, 문화본질주의적 어젠다가 숨어 있는 것이다.

역사적인 측면에서도, 영어가 미국의 공식 언어가 된 과정에는 강제와 폭력이 깊숙이 자리 잡고 있다. 마크 셸은 1776년 당시 미국에 거주하는 인구의 40퍼센트만이 영어 사용자였음을 지적한다. 당시 미국 거주자들의 상당수가 다양한 종류의 아프리카어, 아메리카 원주민 부족어, 유럽어 등을 사용하고 있었으며 그 이후 아시아와 유럽 등지에서 이민이 활성화되면서 명실공히 다언어사회로서의 면모를 충분히 갖추고 있었다는 것이다. 그러나 영어 사용을 거부하는 흑인 노예의 혀를 뽑는다든지, 뉴올리언스 같은 지역에서 프랑스어를 쓰는 사람을 사형에 처한다든지, 멕시코 국경 지역에서 엄격한 영어전용 교육을 통해 스페인어와 영어의 바이링구얼리즘(bi-lingualism)을 철저히 규제하는 등의 폭력적인 언어정책과 규율로 인해 이 다언어들은 곧 멸종되어 버렸다고 한다.[108] 이는 영어가 미국을 통합하는 공식 언어가 된 과정이 결코 자연스러운 합의와 동의에 의한 것이 아니며 오히려 폭력과 정복의 논리에 의해 진행된 것임을 보여 준다. 용광로나 샐러드 볼 안에서 잘 어우러지는 다문화 미국이란 다른 언어, 다른 의미체계, 다른 악센트와 발음에 대한 정복, 억압, 차별의 역사적 결과인 것이다.

영어전용의 정복논리는 미국 다문화주의가 지향하는 '보편'이라는 개념이 미국, 더 나아가 세계를 정의하는 방식에서도 잘 드러난다. 미국 다문화주의의 단언어적 영어전용 정책은 앵글로색슨적 문화와 가치를 미국적인 가치, 미국인이라면 누구나 내면화해야 하는 보편적인 가치로 자연화한다. 미국 청소년들은 교육 과정에서 영어로 쓰인 셰익스피어, 조지 엘리엇 등 영국 고전들을 미국의 정신적 유산으로 아주 당연하게 읽으면서, 그들이 아시아계건, 남미계건, 아프리카계건 간에 17세기 영국, 혹은 빅토리아 시대 영국 등 지극히 지엽적인 공간과 한정된 시대에 근거한 문화적 전통과 가치들을 보편적인 미국적 정체성의 뿌리로 내면화한다. 이는 미국 시민이되 자발적으로 그 시민권을 선택한 것은 아닌 구성원들에게 있어 더욱 문제적인 보편화이다. 이를테면 아프리카에서 강제로 끌려온 흑인, 멕시코 전쟁으로 미국에 편입된 텍사스 변경 지역 거주자들, 혹은 1.5세, 2세, 혹은 3세 이민자들에게 미국이란 그들 자신의 의지와는 상관없이 주어지

108 Shell, "Language Wars," 6.

는 국가적 정체성으로, 혈연이나 영토, 인종 등에 의해 강제적으로 부과되는 기존의 인종적 국가와 별다를 바가 없다.[109] 영어전용 정책은 앵글로색슨이라는 지엽적인 가치들을 미국적 정체성으로 보편화하여 전 세계로부터 몰려든 다양한 구성원들에게 덧씌우고 있는 것이다. 단언어적 환경에서 앵글로색슨적 가치는 미국뿐 아니라 지구상의 전 인류를 포괄하는 보편적 가치로까지 승격한다.

미국 다문화주의의 단언어성은 이렇듯 획일적인 국가정체성 안에서 타자성과 다양성을 개념적·언어적·국가적 차원에서 통제하고 있지만, 이를 비판하고 저항하는 것도 쉽지가 않다. 다문화주의 뒤에 숨은 팽창적 국가주의를 비판하고 그 획일적 폭력성에 저항하는 이론과 개념마저도 대부분 영어전용의 단언어체제 속에서 생산되고 소비되는 것이 현실이기 때문이다. '내가 거부한다'는 사실조차 내가 부정하는 바로 그 언어에 의해서만 선언할 수 있다는 현실은 그야말로 논리적 역설의 고전적인 예이자 "저항해 봐야" 아무 소용 없다는 보그의 말을 아프게 상기시켜 줄 뿐이다. 미국 다문화주의에 대한 비평이 여러 관점의 비판들을 생산하고 있지만 새로운 시각을 창출한다기보다는 계속 같은 자리에서 맴도는 듯한 느낌을 주는 것도 바로 단언어성에 갇힌 비평적 시야의 한계를 보여 준다. 스탠리 피시는 다문화주의가 지향하는 '보편'이라는 가치에는 실제로 베네통 광고나

109 토머스(Brook Thomas)는 이런 의미에서 미국 다문화주의를 선택과 동의에 의한 시민권이라고 보기 힘들다고 말한다. 이런 개념은 미국 건국 초기에 이민 온 사람들에게나 적용될 뿐 그 이후로 지금까지 미국 시민이냐 아니냐를 결정하는 것은 대부분 부모의 국적이나 미국 영토에서 태어났는지의 여부이기 때문이다. 따라서 미국이 기존의 '인종적' 시민권에 대해 차별되는 점이 있다면 장소에 기반을 둔 시민권이라고 할 수는 있을지언정 동의에 의한 시민권이라고 말하기는 힘들다는 것이다. 그는 따라서 다문화주의에 기반을 둔 미국이라는 국가가 부족적·혈연적·인종적 국가보다 한층 우위에 있다는 우월감에는 근거가 없다고 말한다.

백화점 푸드코트처럼 그저 인종적 다양함을 전시하는 것 이상의 어떤 의미도 없다고 비판한다.[110] 쇼하와 스탬 역시 다문화주의라는 개념 자체가 다양한 종류의 해석과 정치성에 열려 있는 개념이므로 개별 집단들이 이익을 추구하기 위해 마구잡이로 전용하면서 "아무것도 의미하지 않는 단어"가 되어 버렸다고 말한다.[111] 그와는 반대로 지젝, 구바 등의 비평가들은 다문화주의가 지나치게 다양성을 추구하는 와중에 보편적 가치에 대한 관심을 기울이지 못하고 있다고 비판한다.[112] 개별 인종, 개별 문화 등의 다양성을 최대한 살리려고 하는 과정에서 더 큰 가치, 이를테면 계급 혹은 여성 등 보다 보편적인 가치가 훼손되고 있다는 것이다. 요약하자면 한쪽은 다문화주의가 너무 보편적이라고 비난하고, 다른 한쪽은 충분히 보편적이지 않다고 비난하고 있는 셈이다.

그러나 양쪽 비평 모두 기본적으로 보편과 특수라는 이분법을 벗어나지 못하고 있으며 단언어적으로 이미 규정된 보편, 특수의 제한적 의미 안에 갇혀 다문화사회의 폭넓은 경험과 문화를 볼 수 있는 다른 시각을 열어 주지 못한다는 공통점이 있다. 게다가 보편과 특수에 대한 각각의 강조가 개념적으로 완전히 반대 지점에 놓여 있는 것도 아니다. 보편과 다양한 특수라는 지점 자체가 상반된 듯 보이지만 단언어적 환경 속에서는 보편과 특수가 개념적으로 동일한 차원에서 논의된다. 이런 개념적 조정을 통해 이들이 개념적 대립을 이루었을 때 생길 수 있는 저항, 불복종, 반권위적 에

110 스탠리 피시(Stanley Fish)는 이러한 다문화주의를 '부티크 다문화주의(Boutique multiculturalism)'라고 부르고 있다. 피시는 어느 누구도 진지하고 일관된 방식으로 다문화주의자가 될 수는 없다면서 다문화주의에 대한 논의 자체를 의미 없는 것으로 치부한다.

111 Shohat and Stam, *Unthinking Eurocentrism*, 27.

112 Zizek, "A Leftist Plea for 'Eurocentrism,'" 997; Gubar, "What Ails Feminist Criticism?," 901.

너지는 효과적으로 단속되고 있다.

사실 단일한 언어체계 안에서 개념화되는 같음과 다름의 관계는 문제적일 수밖에 없다. 여기서 같음과 다름은 개념적 차원에서 대척관계라기보다는 공생관계에 있기 때문이다. 완전히 다른 언어로 다른 차원에서 그려진다면 모를까 영어라는 단언어적 의미체계 안에서 같음과 다름은 각각 독자적으로 설 수 없으며 결국 서로 기대고 공존함으로써만 존재할 수 있다. 이는 「스타트렉」의 보그와 피카드의 대립에서도 잘 드러난다. 보그가 강요하는 획일적인 같음과 피카드가 그에 맞서 지키고자 하는 개별 개체의 고유한 다름 간의 관계는 각각 보편과 다양이라는 개념과 짝을 이룬다. 그러나 이 대칭적·대비적 개념들은 TV 스크린 속의 영어전용 공간에서 모호하고 문제적인 관계를 맺는다. 보그가 말하는 획일적인 동화나 피카드가 말하는 고유한 개별성은 실제로는 서로 의존하고 공모하는 관계이다. 정복을 말하는 보그와 저항을 말하는 연합군은 사실 적이라기보다는 동지이며, 정반대의 대립 개념이라기보다는 동일 개념의 두 얼굴인 것이다.

미국의 단언어적 다문화주의에서 보편과 다양성, '단(單)'과 '다(多)'는 마치 다람쥐가 쳇바퀴를 돌듯 순환하는 구조 안에 있으며 결국 동일한 개념으로 환원된다. '다'라는 개념으로 다름, 개별성, 차이를 말하는 듯하지만 그것은 자아의 지평을 넘어서는 낯설고 불가해한 타자성이라기보다는 친밀한 언어(영어)와 개념 속에서 안전하게 논의할 수 있는 순화된, 보편화된 타자성이며, 또한 '단'이라는 개념으로 인간이라면 누구나 추구하는 인류 공통의 가치를 말하는 듯하지만 또 그것은 지극히 개별적이고 특수한 앵글로색슨적 가치로 환원되기 때문이다. 영어전용 다문화사회에서 문화적·언어적·인종적 다양성을 예찬하는 것은, 마크 셸의 표현에 따르면 "호랑이가 모두 멸종한 지역에서 생태계의 유전적 다양성을 찬양하는 것과 마찬가지 방식으로" 이루어진다. 즉 위험을 논하되 그 논의는 실질적인 위험의 가능성이 모두 제거된 공간에서 아주 안전한 방식으로 이루어진다는 것이다.[113] 따라서 우리는 단언어적 논리에 흡수되지 않으면서 저항, 부정, 차이, 타자성을 논할 수 있는 대안적 언어 기반을 논의해야 한다. 「스타트렉」의 피카드 선장의 말처럼 인간을 진정 인간답게 하는 가치가 개인의 개별성이라고 한다면, 그 개별성은 모든 것을 흡수해 더 크고 더 넓은 영역으로 팽창하고 있는 획일적인 단언어성을 벗어나는 방식의 언어로만 지켜질 수 있기 때문이다.

단(單)과 다(多)의 공모

미국 다문화주의의 단언어성, 특히 영어전용 정책은 최근 많은 비판과 도전을 받고 있으며 다문화사회에서 보다 민주적인 언어정책은, 의사소통에 다소 문제가 있을지라도, 다언어체제가 적절하다는 주장들이 서서히 힘을 받고 있다. 실제로 스페인어, 중국어 등 미국에서 영어 다음으로 많이 사용되는 언어들을 공식 문서나 시험, TV 등 미디어에서 제2, 제3의 언어로 법제화하려는 움직임이 소기의 성과를 거두고 있다. 그루에즈 같은 비평가는 미국 내 라틴 문화에 바이링구얼리즘이 깊이 배어 있음을 지적하면서 향후 스페인어가 미국의 단언어성에 대해 제기하는 도전과 저항의

113 Shell, "Language Wars," 8.

에너지가 만만치 않을 것이라고 본다. 또한 안잘두아의 유명한 에세이 「거친 언어 길들이기」 등에서도 나타나듯 많은 소수인종 작가들은 문화 간 갈등과 정복 양상을 언어와 언어의 알력 양상에서 찾으려 하면서 영어와 다른 언어들이 부딪치고 공존하는 양상을 포착하기 위한 다양한 언어실험을 하고 있다.[114] 이런 작가들은 그들의 다언어적 배경을 이용하여 스페인어, 한국어, 프랑스어 등 영어가 아닌 언어를 번역 없이 그대로 작품 안에서 영어와 혼용하여 쓰고 있고, 이러한 다언어적 글쓰기는 단언어체제에 길들여진 독자에게 미국이라는 국가공동체 내부에 존재하는 다양성을 언어적 차원에서 약간이나마 상기시켜 준다.

이러한 시도들 중 가장 독보적이고 눈에 띄는 성취는 2003년 셸과 솔러스가 편집한 『다언어 미국문학 앤솔러지』이다. 그들은 이 앤솔러지에서 중국어, 독일어, 스페인어 등 영어가 아닌 다른 언어로 쓰인 작품들을 과감하게 미국문학으로, 그것도 미국문학의 주류로 인정하고 있다. 셸과 솔러스는 이러한 시도로써 영어로 쓰인 것만이 미국문학이라는 전제, 즉 학문과 교육 등 사회 전반에 뿌리 깊게 자리 잡고 있는 영어전용 원칙의 억압적·차별적 단언어성에 도전하고 있다. 셸에 따르면, 오늘날 거의 모든 미국대학의 영문과에서 수행되는 소수인종문학 연구는 실제로 영어로 쓰인 작품만을 대상으로 하고 있으며 이런 식의 연구는 미국문학사에 엄연히 존재하는 중국어, 아라비아어, 프랑스어, 나바호어 등으로 쓰인 텍스트들을 지워 버리는 역할을 한다고 주장한다. 영어의 단언어성에 도전하지 않는 이와 같은 기존의 소수인종문학 연구는 단지 "승자를 위한 영리한 치어리더"

114 Gruesz 참조.

즉 주류를 따르는 연구에 불과하다는 것이다.[115]

다언어체제에 대한 점차 증가하는 관심은 다문화사회의 경험, 언어와 정체성의 문제를 분명 민주적이고 다원적인 방식으로 접근하고자 하는 노력에서 비롯된 것이다. 또한 다언어적 소통과 표현에 대한 법제적이고 사회·문화적인 실험 등은 분명 미국이라는 국가정체성과 영어라는 유럽어가 맺고 있는 당연하고 자연스러운 관계를 문제화한다. 그러나 여기서 반드시 짚고 넘어가야 할 것은, 다언어체제가 단언어체제에 대해 반드시 도전하고 저항하는 개념인 것만은 아니라는 점이다.

다언어체제가 자동적으로 다문화사회 구성원들의 다양한 개별성을 담보하는 포용적이고 유연한 언어적 기반이 된다는 생각은 잘못된 것일 뿐 아니라 위험하기까지 하다. 다문화사회의 언어와 소통을 논의할 때 우리가 가장 경계해야 할 것은 '다언어 대 단언어'라는 단순하고 기계적인 이분법이기 때문이다. 영어 혹은 한국어 등 하나의 언어 단위는 그 자체로 단일하고 고정된 형태로 존재하고 미국, 한국 등 개별 국가, 문화정체성과 독점적이고 안정적인 관계를 맺고 있다는 생각 자체가 단언어체제 밑에 깔린 중심 전제인데, 이러한 전제에 도전하지 않은 채 수행되는 다언어 프로젝트는 그 성격과 종류에 관계없이 단언어체제의 분화된 형태일 뿐이다.

실제로 오늘날 많은 다언어 프로젝트들이 단언어적 전제와 이념 위에서 수행되고 있다. 미국 사회 내부에서 다언어체제를 지원하고 장려하는 주체는 대부분의 경우 한국, 중국, 멕시코 등의 개별 국가이며 이들은 자국의 국가적 이익이라는 뚜렷한 목적을 가지고 있다. 이를테면 미국에 거주하

115 Shell, "Language Wars," 7.

는 한인 2세들의 한국어 교육이라든지, 한국어를 미국 내 공식 언어로 만들고자 하는 시도 등의 여러 가지 다언어 프로젝트는 한국 정부가 국가적 차원에서 지원하는 사업들이다. 이는 한국계 미국인들에게 한국이라는 국가적·문화적·언어적 정체성을 간직하고 국가적 연대감과 충성심을 갖도록 하기 위한 철저히 국가주의적인 기획이다.

다언어체제를 전폭적으로 지지하는 또 하나의 주요 주체는 글로벌 자본인데, 이 역시 단언어적 전제를 공유하고 강화한다. 대니얼 도어 같은 학자는 자본 주도의 글로벌라이제이션은 급속히 빠른 속도로 단언어체제로부터 다언어체제로 이동하고 있음을 지적한다. 그에 따르면 글로벌 기업이 주도하는 다언어체제는 일종의 세일즈 전략으로, 개별 국가와 개별 지역의 언어를 사용하여 광고와 판매를 할 경우 그 지역에서 더 많은 상품을 팔 수 있다는 판단 위에 수행된다. 그는 또한 국가의 공식 언어를 관리하는 작업이 전통적으로 개별 국가의 책임이었으나 이제는 올바른 문법, 맞춤법, 발음 등에 대한 기준을 정하고 관리하는 주체가 미디어나 워드 소프트웨어 회사라는 점을 지적한다. 결국 글로벌 자본이 지원하는 다언어주의는 언어를 상품화, 물화하는 자본 주도 지구화의 언어 전략이며 이런 의미에서 자발적·자생적이라기보다는 '강제적으로 부과된' 다언어주의라는 것이다.[116]

영어전용으로 대표되는 미국의 단언어정책, 그리고 국가와 글로벌 자본에 의해 장려되는 다언어 프로젝트 양쪽 모두 근본적으로 특정한 언어 범주 내부를 고정된 것, 동질적인 것으로 보면서 추상화, 물화, 상품화한다는

116 Dor, "From Englishization to Imposed Multilingualism," 98.

점에서 단언어적 언어관을 공유한다. 단언어적 관점에서 보았을 때 언어는 조상으로부터 물려받는, 혹은 스스로의 노력으로 획득하여 소유해야 하는 유산 혹은 자산으로서의 가치를 갖는다. 오늘날 다언어는 단언어보다 좋고 훌륭한 가치라는 생각들이 서서히 나타나고 있지만, 이는 대부분 더 많은 언어를 소유할수록 더 많은 물질적 자산과 경제적 성공의 기회를 가질 수 있다는 계산과 밀접히 연관되어 있다. 언어가 국가 안에, 문화 안에 단단하게 고정되어 포장된 물건으로 인식되는 한, 또 언어를 우리 마음대로 독점할 수도, 빼앗을 수도, 살 수도, 폐기할 수도 있다는 전제가 지속되는 한 다언어에 대한 논의는 근본적으로 단언어의 그것과 다르지 않다.

우리가 관심을 가지고 추구해야 하는 문제는 더 이상, TV 뉴스가 영어로 나오느냐 스페인어로 나오느냐, 혹은 국적취득시험이 영어로 출제되느냐 중국어로 출제되느냐, 글로벌 언어가 영어가 되어야 하느냐 에스페란토가 되어야 하느냐는 차원의 문제가 아니다. 우리는 단언어적 다언어 역시 영어전용만큼이나 억압적이고 차별적인 정복성을 띠고 있음을 알아야 한다. 또한 궁극적으로 단언어적 언어관은 국가(문화)정체성을 고정화할 뿐 아니라 더 나아가 인간성의 물화, 추상화로까지 이어짐을 인식해야 한다.

단·다언어체제에서 횡언어적 인식으로

단언어적 시각은 단언어와 다언어 두 가지 체제 모두를 아우르며 언어, 정체성, 문화에 대한 단선적이고 경직된 시각을 재생산한다. '억압적인 단언어 대 민주적인 다언어'라는 단순한 이분법에 천착해 기계적인 다언어정책을 제안하는 것은 다문화사회에서 결코 유효한 대안이 될 수 없다. **영어 전용으로 대표되는 단언어체제, 그리고 다양한 형태로 우리의 삶을 잠식하기 시작한 국가와 글로벌 자본 주도의 다언어체제 양쪽에 모두 내재한 단언어성, 그 단선적이고 경직된 국가주의적 · 문화본질주의적 논리를 해체하는 것이 그 무엇보다도 선행되어야 할 작업이기 때문이다**.

그렇다면 단과 다를 아우르며 '우리'를 생산해 내는 단언어체제에 대한 해체는 어떤 방식으로 수행되는가? 이 체제를 교란하는 횡언어적 접근은 어떤 인식으로부터 가능한가? 이 지점에서 이시구로가 『남아 있는 나날』에서 제시하는 경계선에 대한 시선은 유용한 인식적 출발점을 제공해 준다. 언어 주위에 경계선을 둘러치면서 선 안의 내부 영역은 모두 동일하고 균질한 '우리'라고 상상하는 것이 근대적 단언어체제의 경계 긋기라면, 『남아 있는 나날』은 내부에 그어져 있는 무수한 선들의 존재를 강력하게 환기한다. 경계 내부는 동질적이지 않으며 이질성, 균열, 단절로 가득하다. 사실상 내 · 외부의 구분이 의미 없는 것이다. '우리'라는 것은 선들이 끊임없이 진동하고 파열되며 붕괴되는 상상 속에 구성된다.

이와 비슷한 논의를 보여 주는 몇몇 문학 이론가들의 사유 역시 유용하다. 자크 데리다는 『타자의 단언어주의』에서, 프랑스령 알제리에 거주한 유태인으로 어린 시절부터 프랑스어를 써야 했던 본인의 자전적 경험을 소개한다. 이 저서에서 데리다는, "나는 오직 하나의 언어만을 가지고 있다. 그리고 그것은 내 것이 아니다"라는 말을 거듭 강조하여 언어와 소유라는 두 개념이 결코 상응하지 않음을 보이고, 언어를 소유할 수 있다는 생각 자체를 문제화한다.[117] 데리다는 또한 권력체계, 이를테면 식민지와 제국의 관계에서 명백히 권력자의 위치에 있는 정복자조차 언어를 마음대로 좌지우지할 수 없음을 자신의 자전적 예를 통해 역설한다. 알제리에 사는 유태인은 정복자인 프랑스인의 언어를 강요받는다. 그러나 이 프랑스어는 프랑스인, 즉 정복자가 점유하여 독점적으로 소유한 언어가 아니다.

우리는 흔히 언어에 대한 장악력, 언어를 자유자재로 구사할 수 있는 통제력을 원어민만이 선험적으로 가질 수 있는 독점적 특권이라고 생각하지만, 데리다에 따르면 언어란 본질적으로 타자로부터 부과되는 것이며 소유나 전유 등의 개념을 애초에 따질 수조차 없는 속성을 지닌다. 언어에는 주인도 정복자도 없으며 따라서 언어는 분명 과거로부터 물려받았으되 소유할 수는 없는, 이미 '상실'되고 '지연'된 유산이라는 것이다. 데리다가 보는 언어는 그 자체로 타자적인 것이며 애초에 밖으로부터, 외부로부터 온 것이다.

데리다의 이론은 기의와 기표, 언어와 문화, 기억과 국가 사이에 존재하는 상응관계, 소유관계를 흔들고 교란한다. 이런 이론 위에서 영어전용의 원칙을 구성하는 폭력과 강제의 역사는 새롭게 조망될 수 있다. 단언어 혹은 다언어에 대한 논의는 단지 영어의 폭력성을 지적하고 그 대안으로 스페인어나 중국어 혹은 에스페란토를 제안하는 데 그쳐서는 안 되며, 우리의 삶과 경험의 아주 세세한 부분까지 스며들어 있는 언어의 타자성을 이해하는 데서 시작해야 한다. 그랬을 때 미국 다문화사회를 유지, 통제하는 표준영어 안에 내재한 무수한 타자성의 존재를 규명할 수 있다. 또한 크리올, 피진 등 국가·문화의 물리적 접촉으로 인해 경계 지역에 필연적으로 생성된 혼종적 언어의 성격과 그것이 다문화사회에서 갖는 의미도 좀 더

117 Derrida, *Monolingualism of the Other*, 1.

세밀하게 밝힐 수 있다. 그리하여 궁극적으로는 영어에 대한 미국의(혹은 영국의) 독점적 통제, 소유권, 장악력을 약화시키는, 다양한 종류의 횡언어적 언어실험의 저항적 의미를 살릴 수 있다.[118]

바흐친의 다중언어(heteroglossia) 개념 역시 횡언어적 접근을 논의하는 데 유효한 이론이다. 바흐친도 데리다와 마찬가지로 언어를 소유한다는 것은 불가능하다고 말하면서, 언어란 언제나 타자로부터 빌려 온 것이고 타자와 공유하는 것이며 따라서 내 것인 동시에 남의 것이기도 하다고 보고 있다. 데리다가 밖으로부터의 타자성을 말하고 있다면 바흐친은 언어 안에 내재한 타자성에 주목한다. 그는 '다음성(polyvocality)'이라는 개념을 이론화하면서 언어 안에는 하나의 목소리만 있는 것이 아니라 복수의 다양한 목소리, 서사, 견해가 존재하고 따라서 언어는 본질적으로 대화성을 갖는다고 주장한다. 한 사람의 독백처럼 보이는 말조차도 궁극적으로는 자아의 밖, 자아의 경계 너머에 존재하는 보이지 않는 타자에 대한 반응으로 볼 수 있으며, 모든 언어는 근본적으로는 대화적 행위라는 것이다.[119]

이는 영어가 갖는 지구적·횡적 관계성을 살펴보기에 좋은 지점이 된다. 영어가 비록 앵글로색슨 문화라는 독자적이고 고유한 가치를 담은 단독적 언어인 듯 보이지만 더 깊은 차원에서는 다른 언어들과의 밀접한 대화관계 위에서 구성되기 때문이다. 아프리카에서 미국으로 끌려오는 과정에서 강제로 잊힌 아프리카 흑인의 언어, 멕시코 변경 지역에서 영어전용 원칙에 의해 사적인 영역으로 뒷걸음쳐 들어간 스페인어, 엘리스섬에서 검문

118 물론 데리다의 언어 이론이 갖는 정치성 혹은 전복성에 대해서는 많은 비평적 이견이 존재한다. 데리다의 이론이 갖는 정치적 성격은 해체주의 혹은 포스트모더니즘 이론의 비정치성이라는 문제와 맞물려 오랫동안 논의의 중심이 되어 왔다.

119 Bakhtin, *Problems of Dostoevsky's Poetics*, 197.

을 기다리던 중국인들이 남긴 낯선 언어 등과의 대화적·상호적 관계는 미국 영어라는 언어정체성을 구성해 온 핵심 요소이다.

바흐친은 또한 '실수'라는 개념을 다음성을 설명하는 주요 개념으로 꼽는다. 개인이 자신의 선택과는 상관없이 이미 결정되어 부과된 단언어라는 의미체제에 맥없이 흡수, 동화되지 않기 위해 실수가 특히 중요하다. 실수를 저지름으로써만, '잘못' 말함으로써만 언어적 의미망의 폐쇄적 체계를 깨뜨릴 수 있기 때문이다.[120] 이런 맥락에서 이민자들의 언어는 새롭게 인식된다. 부적절한 악센트와 문법적 오류로 가득한 '브로큰 잉글리시'는 이민자들이 결코 완전한 미국인이 아님을 나타내 주는 언어적 지표로 여겨지지만, 바흐친의 시선에서 이는 옳지 않다. 문법과 억양의 실수, 오류는 오히려 이민자 개개인들로 하여금 '영어는 곧 미국'이라는 억압적이고 단선적인 언어적·문화적·국가적 정체성에서 벗어나게 하며 어디에도 소속되지 않는 단독적 개인으로 말하고 존재하게 한다.[121]

웨이 치 디목은 언어와 텍스트가 담지하는 타자성의 범위를 공간적으로는 지구 전체로, 시간적으로는 인류의 역사로 확장한다. 그녀는 최근 비평이 강조하는 탈국가, 혼종성 등의 개념을 제대로 논하기 위해서는 미국, 인도 등의 국가 단위나 18-19세기 등 백 년 단위가 지극히 협소하며 부적합하다고 주장한다. 디목은 우리가 상상할 수 있는 가장 큰 시공간인 지구와 역사 위에서 '지구적 번역'이라는 개념을 이론화한다. 언어와 언어 간에

120 Bakhtin, *Problems of Dostoevsky's Poetics*, 81.

121 바흐친은 실수만이 개인의 개별성을 보장한다는, 어떻게 보면 역설적으로 들리는 이 명제를 그의 언어 이론, 소설론에서 더욱 발전시킨다. 『대화적 상상력』에서 그는 단선적 논리가 지배하는(monologic) 언어란 '문화적으로 닫혀 있는 세계'만을 만들어 낼 뿐이라고 말하면서 '부패'와 '멸망'이 소설언어가 자라고 성숙할 수 있는 유일한 방법이라고 역설한다(Bakhtin, *The Dialogic Imagination*, 368, 370).

일어나는 횡단과 이동의 양상은 아주 기나긴 시간 동안 비스듬한 방식으로, 때로는 부적절하게 보일 만큼 지루한 과정을 거쳐서 일어나고 있다고 설명하면서, 기존의 단언어적 번역 개념, 즉 '순식간에 이루어지는 두 언어 간 완벽한 의미의 이동'이라는 시각을 극복하고자 한다. 원전은 직접적인 방식으로 그대로 옮겨지는 것이 아니라 주어진 시대적·사회적 문맥에 따라 생각은 따르되 입장은 달라지는 등의 변형을 거치고 텍스트는 비스듬하고 에둘러 가는 방식으로 이동한다. 미국문학의 대표작으로 여겨지는 헨리 데이비드 소로의 작품만 보더라도 텍스트의 생성, 형성, 진화는 19세기 미국이라는 시공간만 가지고는 그 안에 담긴 진화와 이동의 양상을 제대로 논의할 수 없다는 것이다. 이 텍스트에 켜켜이 쌓인 개념, 사상, 이미지의 층위 형성 과정을 적절히 논의하자면 고대 아시아에서 출발하여 미국, 남아프리카공화국을 거쳐 다시 인도로 돌아가는 지난하고 길며 횡적인 궤적을 역추적해야 하기 때문이다.[122]

웨이 치 디목이 제기한 지구적 번역은 언어의 내부 혹은 범주 경계를 논의하기 위해서는 푸코의 계보학적 시각을 확보해야 한다는 촉구이기도 하다. 사카이 나오키도 비슷한 입장이다. 언어란 혼종적이고 타자적일 뿐 아니라 셀 수도 없고 잴 수도 없으며, 언어의 이동은 마치 물처럼 하나의 언어적 행위가 시공간을 종횡하며 이어진다는 것이다. 이처럼 길고 크며 넓은 시공간의 맥락 속에서 언어들의 이동, 진화, 접촉 양상을 살펴본다면 개별 언어에 대한 개별 국가의 독점적인 통제권을 주장하는 것은 현저히 설득력을 잃게 된다. 단언어체제의 인식적 장악력은 약화되는 것이다.

122 Dimock, "Planetary Time and Global Translation," 493-506.

이시구로, 데리다, 바흐친, 디목, 사카이 등의 논의들은 영어전용이 실제로 불가능한 기획임을 드러낸다. 구획될 수 없는 것을 구획하고자 하고, 통제될 수 없는 것을 통제하려고 하기 때문이다. 근대 언어체제와 담론서사체제의 불가능성을 철저하게 인식하는 것이야말로, 종횡하며 이동하는 언어, 또 그 언어 안에서 끊임없이 단절과 균열을 만들어 내는 경계선들에 대한 새로운 사유를 고안해 볼 수 있는 출발점이기도 하다. 이는 또한 차이를 통제하고 타자성을 제거하며 개별성을 흡수해 버리는, 소위 다문화에 내재한 국가주의적 어젠다를 해체할 수 있는 가능성을 열어 준다.

영어는 미국이라는 국가의 소유도 아니고 앵글로색슨이라는 인종의 유산도 아니며 미국, 영국, 캐나다의 국민임을 만천하로부터 인정받는 언어적 시민권도 아니다. 우리는 언어를 구사하는 데 있어 안팎으로 존재하는 타자성을 통해서, 가짜-임에 대한 인식을 통해서, 착각, 오해, 실수, 어색한 악센트를 통해서, 그리고 문화본질주의와 국가주의의 단언어성을 교란하는 지구적 번역을 통해서, 횡언어적 시각을 사유할 수 있다. '우리' 내부에 마구 그어진 선과 금, 균열들을 대면함으로써 역설적으로 타자와 만나고, 다양성을 대면하며, 개별성을 표현하는, 다문화사회의 언어적 기반을 마련할 수 있는 것이다.

6장

깨진 언어, 부서진 서사, 우리의 죽음

…

창래 리 『원어민』, 테레사 학경 차 『딕테』

브로큰 잉글리시의 불협화음: 창래 리의 『원어민』

영어전용이라는 정책과 브로큰 잉글리시라는 현실은 끊임없이 불화한다. 그렇다면 이런 불화 속에 문학언어와 서사의 운명은 어떻게 되는 것일까? 언어 주위에 범주 경계가 희미해지고 내부의 선들로 인해 깨지고 조각난 언어들이 섞이고, 이들이 가늠할 수 없는 양상으로 흘러가면서 유속에 따라 소용돌이를 만들거나 물보라를 흩뿌린다면… 그런 인식 위에서 과연 문학텍스트와 서사라는 것이 조합되고 구성될 수 있을까? 브로큰 잉글리시가 일상과 현실에 가득함을 인정한다고 해도, 불완전한 문장과 투박한 악센트, 미친 오필리어의 노래와 괴물의 웅얼대는 탄식이 문학으로 인식될 수 있을까? 특정한 국가의 역사, 문화, 언어의 우아함, 과학성 혹은 영향력 등을 표현할 의지가 없는 언어 구성체가 존재한다면, 그것은 문학일 수 있을까? 언어의 파편들이 이루는 거대한 물결 속에서 문학이라는 이름, 양식, 제도는 죽을 수 있을까?

창래 리의 데뷔작 『원어민』은 브로큰 잉글리시에 기반한 서사 구성과 그

의미를 고민하는 작품이다. 이 소설에서 창래 리의 관심사는 언어와 국가 간 단절된 관계이며, 그는 근대 국민국가서사의 배음으로 깔린 불협화음을 전면에 드러낸다. 『원어민』은 1.5세대 한국계 이민자인 화자 헨리 박이 아시안 아메리칸으로서 존재론적이고 언어적인 정체성을 탐구하는 서사의 소설이다. 헨리에게 모국인 한국의 언어와 문화는 단편적인 기억으로만 남아 있을 뿐이지만, 그렇다고 인종적 차별이 암암리에 이루어지는 미국 사회 속에서 주류문화에 속할 수 있는 것도 아니다. 그는 소수인종 이민자로서의 소외감과 격리감을 뼈저리게 느끼며 두 개의 상이한 문화와 언어가 만나는 지점, 그 경계선에 위치하여 미국의 사회, 문화, 언어 속에서 자신이 설 수 있는 자리를 찾는다.

'원어민'이라는 제목이 암시하듯 이 소설은 미국이라는 다문화사회에서 언어의 문제, 더 정확히는 언어의 실패라는 문제를 다룬다.[123] 헨리가 당면한 두 개의 언어, 즉 모국어와 그렇지 않은 언어는 명백히 불평등한 권력관계에 있다. 헨리는 어린 시절 언어전문가에게서 영어를 배우면서 겪었던 자아정체성의 혼란과 고통, 상실감을 생생히 기억한다. 같은 반 학생인 전형적인 백인 미국 중산층 가정 출신 앨리스 엑클의 억양과 어조는 헨리와 같은 이민자 학생들 위에 "군림하는 듣기 좋고 나즈막한 권태와 우월감의 리듬"을 가지고 있는 데 반해, 두 언어 사이에 존재하는 차이를 처음으로 인식하며 영어를 더듬거리는 헨리의 언어는 "두 가지 언어를 뒤바꾸고, 섞고, 마침내 모두 태워 버리며 — 부딪침과 마찰이 너무 많아서 혀 사이에서

123 'Native Speaker'라는 제목은 국내에서 '영원한 이방인' 등으로 번역 출판되어 있다. 그러나 이 책에서는 창래 리의 원제목의 의미가 언어적인 단절과 소외에 보다 무게를 두고 있다고 보아, '원어민'이라는 번역을 사용하고자 한다. 이후 인용문 번역은 모두 필자의 것이다.

당장이라도 폭발할 것만 같은 불, 마찰, 고통"의 언어이다.[124]

이런 경험은 그로 하여금 스파이라는 직업을 선택하게끔 한다. 헨리의 위치는 스파이로서는 더할 나위 없이 좋은 조건이다. 소수인종으로서 미국 사회에서는 눈에 띄지도 않는 미미한 존재이고 "위협적이지 않은 그저 예쁘장한 그림자"에 불과하기 때문에 사람들은 그를 보지 않는다. 어디에도 소속되지 못하고 문화와 언어들 사이에서 끊임없이 떠도는 그와 같은 인간에게 스파이는 "완벽한 천직"이며 "이 문화 안에서 진정한 자리"이다.[125]

이 작품에 깊이 배어 있는 "일종의 비극적 패배주의"는 이 경계적 위치에서 헨리가 느끼는 삶의 경험이다.[126] 그는 아버지로서, 남편으로서, 심지어 스파이로서도 실패했다고 느낀다. 이민 1세인 헨리의 아버지는 헨리에게 실패의 모범적 예로서 중요한 의미를 갖는다. 아버지란 아들의 정체성을 형성하는 데 꼭 필요한 인물이지만, 헨리의 아버지는 "늙어 가는 군인, 웅크리고 앉은, 단단한 상반신의 전사, 신랄하고, 결코 자기 연민에 빠지지 않고, 무섭고, 고집 세고, 너무나도 영웅적인" 이민자로, 헨리는 "복잡한 경외감과 경멸과 경건함"을 느끼며, 또 한편 사업 경영에 동족을 착취하고 이용하는 아버지의 "추악한 이민자의 진실"에 수치심을 느낀다.[127] 무엇보다도 헨리는 아버지와의 소통 실패를 뼈아프게 느낀다.

> 제대로 좀 말해 보세요, 난 소리를 지르고 싶었다. 아버지의 보잘것없는

124 Lee, *Native Speaker*, 234.

125 Lee, *Native Speaker*, 127.

126 Daniel Kim, "Do I, Too, Sing America?," 250.

127 Lee, *Native Speaker*, 48, 202, 333.

인생에서 단 한 번만이라도 제대로 좀 말해 보란 말이에요, 라고. 하지만 지금 난 아버지의 말을 다시 들을 수만 있다면 무엇이든 내놓을 수 있다. 어딘가에 부딪히고 충돌하다가 갑자기 멈추는 듯한 굉음을 내며, 항상 급하게 돌진하던 그 언어를. (Lee, *Native Speaker*, 337) (필자 번역)

헨리는, 미국에서 반생애를 보냈으면서도 여전히 브로큰 잉글리시로 겨우 소통하는 아버지에 대한 경멸과 애정이 뒤섞인 복잡한 감정을 묘사한다. 그는 제대로, 완전히 전달되지는 않으나 소통에 대한 간절함으로 가득한 아버지의 브로큰 잉글리시를 "어딘가에 부딪히고 충돌하다가 갑자기 멈추는 듯한 굉음을 내며, 항상 급하게 돌진하던 그 언어"라고 부른다. 이 언어는 또한 헨리에게 있어서 "가장 기묘한 합창"이며, "가장 끔찍하고 슬픈 오페라"이다. 이처럼 헨리는 이민자 아버지의 알아듣기 힘든 오류투성이 영어를 비유적 메타포를 통해서만, 비스듬한 형태로 에둘러서 표현할 수 있을 뿐이다. 이는 헨리가 미국 사회와 한국 사회 양쪽 모두에 대해 느끼는 상실감과 소외감을 더욱 증폭하며 모든 종류의 국가·문화적 정체성으로부터의 추방의식으로 이어진다.

이 부성의 실패는 실제로 쌍방향으로 일어난다. 아버지가 헨리에게 아버지로서 실망스러운 것과 마찬가지로 헨리 역시 아들로서 실망스럽기는 마찬가지이다. "그가 자기 인생을 가지고 만들어 낸 것은 [그의 아버지가] 상상할 수 있는 것 중 가장 암울한 버전"이기 때문이다.[128] 헨리에게도 밋이라는 혼혈 아들이 있고, 그 아이에게서 짧은 순간이나마 "병들지 않은, 유창

128 Lee, *Native Speaker*, 334.

하고 행복한 혼합"의 비전을 일별하지만 밋의 죽음과 그로 인한 가정의 붕괴는 실패한 부성적 약속의 또 다른 예이다.[129] 쇼샤나 펠만이 말하듯 부성적 약속이란 메타포의 약속, 즉 정체성 형성 원칙의 기본으로서의 약속인 적절한 의미와 적절한 이름 간의 약속인데, 『원어민』에서는 이 약속이 계속 배반당하고 있는 것이다.[130]

이시구로의 『남아 있는 나날』에서 가짜-됨이 핵심어였다면 창래 리의 『원어민』에서 핵심어는 배신이다. 뿌리 없는 주체인 스티븐스의 근본 없고 떠도는 언어, 시공간 안에서 어딘가 어긋난 그의 기계적 양식화는 남에 대한 모방에 근거한다. 물론 그 남의 언어 역시 또 다른 누군가로부터 모방한 것이다. 이런 식으로 모방의 끊임없는 반복 과정을 역추적하여 거슬러 올라가다 보면 애초에 원본이란 어디에도 존재하지 않음을 깨닫게 된다.

『원어민』은 배신이라는 행위를 반복적으로 언어와 정체성 안에 새겨 넣음으로써 이와 비슷한 인식을 만들어 낸다. 이민자는 원어민을 언어적·문화적·시민적 정체성의 롤 모델로 삼아야 하는데, 이 소설에서 롤 모델 혹은 유사-롤 모델들은 배신에 배신을 거듭할 뿐이다. 헨리는 특히 부성적 인물들과의 관계에서 믿고 배신하고 또 배신당한다. 뉴욕시의 유력한 시장 후보인 코리안 아메리칸 정치가 존 광은 헨리에게 죽은 아버지를 대신하는 부성적 인물이다. 광은 백인 중심의 미국 사회에서 성공적으로 등장하여 세간의 이목을 끄는 매력적이고 "야심만만한 소수인종 정치가"이고 "공화주의를 사랑하는 사람이며 약자의 챔피언"이다.[131] 이런 광에 대해 헨리는

129 Palumbo-Liu, *Asian/American*, 168.

130 Felman, "The Perversion of Promising," 39.

131 Lee, *Native Speaker*, 139.

복잡한 애정과 존경심을 느끼게 된다. 그러나 광은 약자를 위한 챔피언이라는 가면을 쓴 채로 자기 아내를 때리고 스태프와 부정한 관계를 가지며, 가장 총애하던 자원봉사자였던 에두아르도가 스파이임을 알고는 감쪽같이 그를 살해 교사하는, 폭력적이고 잔인한 마초이다. 물론 광의 선거사무실에서 일하는 헨리 역시 열렬한 자원봉사자의 가면을 쓴 스파이일 뿐이다.

광은 소수인종 정치가로서도 배신감을 안긴다. 그런데 이는 광의 인간적인 결점 때문이라기보다는 언어의 배신이다. 그는 "크고 맑은 목소리로, 청교도들처럼, 중국인처럼, 또 그 사이에 존재하는, 배를 타고 건너오는 모든 이민자처럼 말하기를 두려워하지 않으며, 연단과 무대를 가로지르는 사람"이고 헨리는 광이 "바로 이런 순간 가장 감동적이고 아름다웠다"라고 떠올린다.[132] 그러나 광의 언어는 정치적 언어로서 현실화되지 못한다. 그는 선거 캠페인을 통해서 더 큰 단위의 가족을 조직하고자 하지만 결국 실패하는데, 이는 정치적 비전을 실현할 언어의 부재 때문이다. 광은 공적인 연설에서나 헨리와의 사적인 대화에서 언제나 "아름다운, 거의 공식적인 영어"를 쓴다.[133] 광의 감동적인 연설은 청교도의 언어, 중국인의 언어, 그리고 그 사이에 존재하는, 배를 타고 건너오는 모든 이민자의 언어라고 묘사되지만 그 언어가 구체적으로 어떤 언어인지 실제 텍스트에서 구현되지 않는다.[134] 광은 그가 처한 언어적 딜레마를 헨리에게 털어놓는다. "진실을 말하면서도, 나쁜 놈이 되지도 않고 배신자가 되지도 않는, 그렇게 말하

132 Lee, *Native Speaker*, 304.

133 Lee, *Native Speaker*, 23.

134 대니얼 킴(Daniel Kim)은, 광이 구사해 주어야 하는 이 언어의 자리가 비어 있다는 사실이 바로 아시안 이민자들에게 그들만의 정체성을 형성할 수 있는 그들만의 언어가 없다는 사실을 시사한다고 주장한다("Do I, Too, Sing America?," 248). 고부응 역시 이 소설에서 코리안 아메리칸인 헨리라는 기표와 그 기표에 해당하는 기의의 공간이 비어 있다고 주장한다.

는 방법이 있는지 자네는 알고 있겠지…." 이에 대한 헨리의 대답은 정체성 정치와 언어에 대한 비관적 전망을 드러낸다. "'아주 조용히 말하는 거지요.' 나는 그에게 내 인생에서 항상 지켜 왔던 답을 말해 주었다. '혼잣말로요.'"[135]

『원어민』에서 생생하게 묘사되는 불통의 양상, 콩글리시, 스팽글리시, 싱글리시 등 이민자들이 구사하는 깨진 채 뒤죽박죽으로 재조합된 영어, 그리고 그것이 야기하는 인간적 고통, 소외, 단절 등은 상실과 오해와 오류가 난무하는 미국 사회의 언어적 혼란을 보여 준다. 영어전용의 단언어성을 통해 조직해 내는 완벽히 소통되는 국가, 보편적 언어로 하나가 되는 미국의 이미지는 결국 허상에 불과하며, 어쩌면 브로큰 잉글리시가 야기하는 불통, 충돌, 배신, 갈등이 미국 다문화주의의 실상에 대한 보다 충실한 묘사인 것이다. 창래 리는 브로큰 잉글리시라는 배신, 불통, 환멸의 담론장을 활짝 열어젖히고 근대 언어라는 범주 경계 —영어전용, 원어민— 에 대한 실패를 선언하는 것을 다문화사회의 작가로서 마땅히 해야 할 일이라고 보는 듯하다.

창래 리는 여기서 그치지 않는다. '이 사회에서 언어는 제대로 작동하지 않는다'라고 선언하는 데서 작업이 마무리된다면 그것은 필연적으로 초월과 고양이라는 후속 과정에 포섭될 것이다. 실패의 선언이 제대로 작동하는 언어에 대한 열망으로 전환되는 것은 시간문제이기 때문이다. 그런데 이 작품에서의 헨리와 광의 실패, "새로 도착한 이민자들의 가슴속에서, 열망과 희망으로 울리는 노래"의 실패는 창래 리 자신의 내러티브의 의미 구

135 Lee, *Native Speaker*, 197.

성에 대한 실패와 배신이기도 하다.

『원어민』은 아마도 가장 아름다운 영어로 쓰인 소설 중 하나이겠지만 그 아름다움은 미국인, 이민자, 코리안 아메리칸 혹은 영어에 관한 것이 아니라, 오히려 이 범주들의 속절없는 부서짐에 관한 것이다. 원어민이 있다는 믿음은 배신당하고 오직 브로큰 잉글리시만이 남아 있는데, 이 브로큰 잉글리시는 또 다른 형태의 부서진 언어로 표현될 수밖에 없다. 따라서 **창래 리의 『원어민』이 문학텍스트로서 환기하는 효과는 불협화음이다**. 즉 창래 리에게 '우리'란, 존재하지 않는 원어민에게 끊임없이 배신당하는 이민자이고, '우리 언어'라는 범주는 말의 깨진 조각들이 내는 음향이다. 그에게 근대 서사란, 아무도 들을 수 없는 스파이의 혼잣말이고 브로큰 잉글리시로 이루어진 "가장 기묘한 합창"이며 "가장 끔찍하고 슬픈 오페라"이다. 창래 리는 소설서사에게 깨지고 조각난 소리들이 만들어 내는 침묵 혹은 불화 이상의 의미를 부여하지 않는다.

문학의 죽음, '우리'의 해체: 테레사 학경 차의 『딕테』

가즈오 이시구로가 근대 국민국가의 시공간·서사 담론을 철저히 해부하고, 창래 리가 언어의 실패를 다문화사회의 유일한 소통방식으로 제시한다면, 테레사 학경 차는 위의 두 작가를 합쳐 놓은 듯한 방식으로 작업한다. 그녀는 이시구로의 철저함을 장착한 채로 근대 언어체제의 단언어성, 즉 원어민에 대한 신화를 파괴하고자 하며 언어정체성과 경계-선의 탐구를 더 깊숙한 차원에서 수행한다. 차의 『딕테』는 그런 의미에서 진정으로 자기파괴적인 텍스트이며, 사카이 나오키의 표현을 빌리자면 죽음충동으로 충만하다.

『딕테』의 핵심어는 죽음이다. 이 작품은 문학언어에 대한 전면적인 파괴를 도모하면서 문학이라는 범주 자체의 죽음을 구현한다. 문장은 부서져 있고 문법은 깨져 있으며 서사는 파편으로만 존재한다. 모국어는 사라졌고 외국어는 서투르며, 자신 없이 더듬대는 받아쓰기의 양상이 전면적으로 등장한다. 이민자의 브로큰 잉글리시는 카톨릭 미션스쿨의 프랑스어 수업으로, 크게 확대된 서예체 한자로 맥락 없이 건너뛰면서 언어적 혼란을 가중시킨다. 중간중간 정체와 용도를 짐작하기 힘든 그림과 지도, 알아보기 힘들 만큼 색 바랜 사진 등이 아무런 사전 정보도 없이 삽입된다. 이 작품을 읽어 내기 위해서는 당혹스럽게도 문학이라는 이름으로 전제되어 온 것들을 대부분 포기해야 한다.

물론 문학에서 죽음은 늘 고전적인 주제였다는 점을 상기하면, 『딕테』가 유독 죽음에 대해 강박적으로 천착하는 양상이 딱히 특별해 보이지 않을 수도 있다. 문학은 문학언어라는 미학적이고 예술적인 수단을 통해 죽음이라는 사건의 표현할 수 없는 처참함과 비극성을 우리가 받아들일 수 있는 형태와 의미로 승화시키는 역할을 오랫동안 해 왔다. 『딕테』가 형식적인 차원에서 감행하는 언어실험과 서사파괴도 그 자체로는 사실 새로울 게 없다. 문학에서의 형식파괴란 19세기 말 모더니즘 문학에서 두드러지고 20세기 후반 포스트모던 문학에서 본격화된 현상이긴 하지만, 실제로 언어와 서사에 대한 파괴와 전복은 문학이라는 범주화가 생겨난 그 순간부터 끊이지 않고 줄기차게 시도되어 왔다고 보는 것이 맞다. 그렇다면 지난 20여 년간 과감하고 급진적인 실험성으로 언어-서사-정체성-국가에 대한 기존 관념을 근본부터 뒤흔드는 포스트모던 텍스트의 대표작이면서도 그와 동시에 소수인종-식민지인-여성-아시아 디아스포라 등 소수자로서의 역사·정치적 관점을 견지하는 것으로 찬사를 받아 온 테레사 학경 차의 작품이, 죽음이라는 진부할 정도의 고전적 주제를 통해 특별히 말하고자 하는 바는 무엇인가? 『딕테』는 기존의 문학서사가 죽음에 대해 취해 온 태도와 자세에 어떤 변용을 시도하며, 그것은 지극히 트랜스내셔널한 이 텍스트의 정치사적·문학사적 의미를 어떻게 구성하는가? 『딕테』는 문학의 죽음, 그 (불-)가능성을 말하는가, 혹은 할 수 있는가?

앞 장들에서 이미 살펴보았듯이, 죽음은 근대 국민국가체제하에서 정체성 구성의 핵심 기제로 작동해 왔다. 죽음-어두움-밤에 대한 헤겔의 사유는 19세기 이후 근대 서구문학이 '나-우리'라는 주체, 푸코의 표현을 빌려 말하자면 '주체라는 테크놀로지'를 구성하는 데 핵심적인 영향을 미쳤다고 할 수 있다. 헤겔식 죽음은 주체의 위치를 '나'에서 '우리'로, 고독한 개인에서 근대 시민으로 자연스럽게 승화시켜 개인의 경험, 욕망, 언어를 국가 안으로 포섭하는 과정을 유도해 왔다. 19세기 이후 서구 근대 소설사는 헤겔식 죽음 개념이 문학을 국민문학으로 수렴한 과정을 잘 보여 준다. 문학은 죽음을 통해 (더 정확히는 죽음이 만드는 승화를 통해) '나'와 '우리'라는 범주를 구성하였고 그런 후 이 범주 내부에 단단히 갇혀 '우리의 이야기'로 굳어져 버렸다.

사실 근대 소설과 죽음은 태생부터 얽혀 있다. 루카치가 『소설의 이론』에서 주장하듯 근대 소설이라는 형식은 문학사적인 맥락에서 보았을 때 절망과 죽음의 산물이다. 근대의 세상에서 개인과 공동체 사이에 봉합할 수 없는 결정적 균열이 생겼음을 징후적으로 보여 주는 장르이기 때문이다. 근대 소설이라는 형식과 그 형식의 주인공으로 새로이 등장한 문제적 개인에는 이미 죽음-부정의 절대성, 필멸성, 그 돌이킬 수 없음이 깊숙이 새겨져 버렸다. 그런데도 근대 체제의 인식론과 정치적 기제는 개인과 세계, 개인과 공동체 사이의 비극적 균열을 봉합해 보고자 하는 욕망을 버리지 않으며 가족, 국가, 변증법 등 다양한 매개를 통해 개인을 국가 안의 일원으로 승화시켜 다시 살게 한다. 역사철학적 발생 논리에 의해 필연적으로 고독할 수밖에 없는 문제적 개인은, 죽음이 형상화, 상징화, 의미화되는 일련의 과정을 통해 초월·승화되어 공동체와의 (불가능한) 합일을 이루어 낸다. 즉 죽음에 대한 문학적 재현은 문제적 개인을 세계와의 합일이라는 의미망 위에 (재)구축하고 개인의 파멸을 집단의 쇄신·부활로, '나'를 '우리'로 도약하게 한다. 이 승화의 결과로 문제적 개인은 운명적으로 고독한 인간임에도 불구하고 근대 소설사에서 더 이상 진정으로 고독할 수 없는 시민·국민이 되어 버린다.

라캉은 헤겔식 죽음의 의미를 프로이트의 죽음충동과 주이상스(jouissance)라는 개념을 이용해 확장, 변용하여 풀어 가면서, 나-이웃-우리의 구성을 흥미롭게 변주한다. 라캉은 프로이트의 죽음충동 개념에는 '나'에서 '우리'로의 승화, 즉 헤겔식 죽음의 흔적이 강하게 남아 있다고 본다. 라캉이 보기에 프로이트의 죽음충동은 초자아(신-법-아버지)와 불가분의 관계이다. 초자아는 자기파괴적 공격성 —죽음충동— 에서 사실상 대부분의 동력을 얻어 내기 때문이다. 라캉은 프로이트의 이론을 이해하기 위해서는, 즉 법-아버지-초자아-계명과 욕망-아들-자아-주이상스가 서로 상호 작용을 하며 무의식·언어의 독특한 구조를 구성하는 과정을 전체적으로 조망하기 위해서는, 프로이트 이론 안에 기독교 중심주의가 깔려 있음을 알아야 한다고 주장한다. 여기서 가장 중요한 사건은 신의 죽음이라는 것이다. 신은 법이고 초자아이며 금지(prohibition)이다. 그런데 신은 이미 죽었고 사실상 한 번도 존재한 적이 없음에도 불구하고 금지는 사라지지 않으며 어떤 의미에서는 더욱 강화된다. 이것이야말로 신의 죽음이라는 사건 중에서 가장 신비롭고 불가해한 부분이라는 것이다.[136]

라캉에 따르면, 기독교 신화는 '네 이웃을 네 몸과 같이 사랑하라'라는 계명을 통해 이 종교적 신비 —즉 죽음과 법 간의 모순적 관계— 를 우리가 자연스럽게 받아들이도록 만든다. 신(법-아버지-초자아)은 분명 죽지만 실제로 파괴되거나 소멸하지는 않은 채 다른 차원으로 고양되며, 그 고양의 결과가 바로 이웃을 사랑하라는 계명인 것이다.

> … 기독교는 죽음과 법을 연결한다. 즉, 여기서, 법을 파괴하지 않으면서 법을 그 자신으로 대체하고 요약해 버리는 일이 일어난다. 법은 파괴되는 바로 그 순간 스스로를 고양시키고 — 그럼으로써 변증법적 고양(Aufhebung)이라는 독일적 개념, 즉 파괴된 어떤 것을 다른 차원에서는 보존한다는 그 개념의 첫 번째 중요한 역사적 예를 보여 주는 것이다. 유일한 계명은 그러므로 "네 이웃을 네 몸과 같이 사랑하라"가 되는 것이다. (Lacan, *The Seminar*, 193) (필자 번역)

신(법-아버지-초자아)은 분명 죽지만, 죽음의 순간 고양을 통해 다른 차원으로 이전된다. 초자아는 이웃에 대한 사랑이라는 (프로이트에 따르면 도저히 지킬

136 Lacan, *The Seminar*, 186.

수 없는) 계명으로 자기 자신을 교체하며, 다른 평면에 존재하게 된다. 즉 이 계명이 곧 신-법-아버지-초자아인 셈이고, 이로써 왜 신이 죽었음에도 금지는 변함없이 더 강해지는지가 설명된다. 이와 같은 일련의 고양·승화·대체 과정을 통해 '나'는 '나'를 무자비하게 공격할 (그리고 '나'도 받은 만큼 그 공격성을 되돌려주어야 할) '이웃'을 억지로 사랑해야 하고 그와 합일을 이루어야 한다. '나'는 (강제로) '우리'가 되어야 하는 것이다. 이런 의미에서 라캉은 이 계명이야말로 가장 가혹하고 잔인하며 비인간적인 율법이라고 본다.

이제 '우리'는 변위된 초자아로서 이미 죽어 사라진 원래 신-초자아의 자리를 차지하고 그 고유의 역할을 수행한다. 즉 '우리'는 '내'가 '이웃'에게, 타인에게, 궁극적으로 물(the Thing)에 다가가는 것을 금지한다. 그러나 라캉에 따르면, '우리'가 명령하는 금지가 강력하기는 하지만, 이를 넘어 이웃-타자-물을 그 자체로서 일별하는 것이 완전히 불가능하지만은 않다. 주체의 구성은 '나'와 '이웃' 간에 일어나는 거울효과를 통한 상호적 인식 —보다 정확하게는 인식의 오류(misrecognition)— 을 통해 수행되지만, 이 과정 속에서 '이웃'을 달리 개념화할 수는 있다는 것이다. '이웃'을 '나'의 반사체로 혹은 '나'의 또 다른 버전으로, 즉 손쉽게 '내' 안으로 포섭하여 '우리'로 승화시킬 수 있는 존재로서가 아니라, '나'와 가장 (위협적일 만큼) 가까이 존재하며 "비록 (에로틱한 의미의) 사랑의 행위 안에서만 가능하다 할지라도 내 품 안에 (감히) 껴안을 수 있는" 대상으로 상상할 때 '이웃'은 진정한 타자로서, 물로서의 존재를 드러낸다.[137]

이 지점에서 라캉은 문학을 소환한다. 문학이란 기본적으로 고양·승

137 Lacan, *The Seminar*, 197.

화·대체의 기제이지만, 문학언어를 통해 '우리'가 아니라 "사랑의 행위"(주이상스)에 가닿기 위해서는 일종의 실험을 감행해야 한다는 것이다. 이 언어 실험은 "주체가 닻을 내리고 머무르는 심리-사회적 정박지에 가서 그 장소에다 주체를 묶어 놓은 밧줄을 잘라 헐겁게" 하는 것이다. 즉 고양·승화·대체가 쉽게 일어나지 않도록 하기 위해서는 주체를, "보다 정확히 말해서 [주체(구성)와] 관련된 승화(sublimation)에 대한 일체의 심리-사회적 이해"로부터 떨어뜨려 놓아야 한다.[138] '나'라는 주체를 사유할 때, '내'가 본래 위치한 사회·심리·역사·문화적 맥락과 의미망에서 벗어나 멀리 뚝 떨어져 있다면 '내'가 —혹은 '나'의 죽음이— 주어진 맥락 속에서 손쉽게 승화되거나 즉각적으로 의미화되지는 않을 수 있기 때문이다. 문학언어가 승화나 대체, 고양, 의미화 자체를 완전히 거부하기는 물론 어렵겠지만 그 과정을 최대한 어렵고 낯설게 만들고, 즉각적이고 필연적인 맥락화를 경계함으로써 '나'와 '이웃'이 '우리'가 되는 과정을 복잡하고 지난한 길로서, 뜨겁고 험난하며 위험한 '사랑의 행위'로 다시 바라볼 때, 비로소 '나'는 죽음을 구경꾼으로서가 아니라 (약간이나마) 당사자로서 경험할 수 있으며 남이 아니라 바로 '나' 개인의 죽음을 대면하고 사유할 수 있는 것이다.[139]

여기서 '나'를 사회·심리·역사·문화적 맥락과 그 의미망에서 떨어뜨려 놓는다는 것은 주체를 비역사적·비사회적으로 읽어야 한다는 말이 결코 아니다. 오히려 라캉은 프로이트의 죽음충동을 동물적 본능이나 원초적 에너지로 환원하여 이해하는 것에 대해 강하게 경계한다. 라캉은 죽음충

138 라캉은 이런 실험적 문학의 예로 사드를 제시한다. Lacan, *The Seminar*, 201.

139 이런 의미에서 라캉의 제안은 2장에서 살펴본 메리 셸리의 작업과 겹친다. 셸리 역시 문제적 개인이 시민으로 초월되기 직전, '나의 죽음'이 '우리로의 재생'으로 바로 의미화되기 직전 그 찰나의 순간을 정지시키고 개인과 죽음 그 자체를 들여다보는 것이다. 이 책의 2장 참조.

동이라는 개념이 기본적으로 역사라는 차원 안에 놓여 있으며 응당히 역사적으로 사유되어야 한다고 주장한다. 승화, 대체 혹은 고양은 기본적으로 대체물을 지칭하는 행위이며 이 지칭은 기억할 수 있는 혹은 기억되는 무엇인가를 향해 수행되기 때문이다. 이런 의미에서 기억 혹은 역사화는 인간 심리 속 충동이 작동하는 범위 안에서 공존하며 함께 수행된다.[140]

그러면 라캉이 말하는 실험적 문학을 지금, 여기의 역사적 상황에서 다시 고민해 봐야 한다. 정치제도로서의 국민국가체제가 당장 붕괴되지는 않겠지만 그 체제를 유지해 왔던 인식론적 기반, 즉 헤겔적 사유가 상당히 약화된 것은 부인할 수 없는 사실이다. 죽음을 통한 '나'에서 '우리'로의 승화는 더 이상 예전과 같은 숭고미를 우리 안에 불러일으키지 못한다. 오히려 신의 죽음이 야기하는 일련의 복잡한 고양을 통한 '나'에서 '우리'로의 (강요된) 승화는 적극적인 거부감을 이끌어 내기도 한다.

그런 가운데에도 '우리'라는 구성체, 즉 국민국가의 정치적 힘이 전혀 약화되지 않고 심지어 그 범주의 배제성이 더욱 강화되는 오늘날의 세계에서 글과 미학, 문화공동체와 정치 등에 대한 여러 가지 중요한 질문들이 제기된다. 서구 국민문학에서 죽음은 언제나 가장 중요한 의미였는데, 점차 죽음의 중요성이 약화되고 그것이 승화 기제로서 갖는 기능성이 떨어진다면 앞으로 문학의 운명은 어떻게 될 것인가? 문학이 더 이상 '우리'를 상상하고 긍정하지 않는다면, 다시 말해 문학 앞에 항상 숨은 형용사로서 강력하게 존재하는 '서구 국민'이 사라진다면, 문학은 계속 우리가 이해하는 바대로의 문학일 수 있을까? 루카치가 개인과 공동체의 합일이 불가능함을

140 Lacan, *The Seminar*, 209.

선언한 후에도 근대 소설이 '우리'라는 합일에의 (헛된) 꿈을 버리지 않고 문제적 개인의 단독성을 지워 갔다면, 서구 국민문학은 문학이 더 이상 불가능하다는 선언을 예감하면서도 (이미 그 선언은 내려졌는지도 모르지만) 여전히 다른 차원으로 고양된 죽음의 재현을 꿈꾸며 서사형식의 후생(afterlife)을 이어가고 있는 것인가?

테레사 학경 차의 『딕테』는 분명 죽음에 대한 강박적인 탐구이고 죽음충동으로 강하게 추동되고 있지만, 이 작품이 실제로 서구 국민문학체제의 종말을 선언하는지는 확실치 않다. 분명한 것은, 이 텍스트가 언어-서사-문학-문화-국민이 연쇄적으로 이루어 내는 '우리'라는 내부결속력을 상당히 강한 힘으로 흔들고 있으며 이를 통해 (국민)문학이라는 범주와 그 기본적인 전제들에 거칠게 도전한다는 것이다. 부서진 언어와 깨진 문법, 사라진 모국어와 서툰 외국어는 일관된 의도나 안정된 의미망, 특정한 문화·국가·성정체성이라는 맥락을 전제하지 않는다. 그렇기에 여기서 테레사 학경 차가 저자로서 추구하는 주제나 의도, 메시지를 찾으려는 시도는 무의미하다. 『딕테』에 어떤 의도라는 것이 존재한다면, 그것은 언어(모국어)에서 출발하여 국민으로 (필연적으로) 이어지는 의미화·맥락화의 긴 연쇄 안에 들어가는 것 그 자체에 대한 거부일 것이다. 다시 말하자면, 이 텍스트는 서구 국민문학이라는 담론과 의미망 체제 안으로 진입하지 않으려 한다.

그러면 『딕테』는 비평적 해석이나 독해의 대상이 될 수 없는가? 기존 의미망 안에 들어가지 않으려는 작품을 그 의미망 안에서 읽어 내려는 작업은 무의미할 것이기 때문이다. 실제로 이 텍스트는 국민문학의 가장 기본적인 전제인 모국어라는 범주를 흔든다. 『딕테』라는 제목이 강렬하게 암시하듯 테레사 학경 차는 모국어의 소실을 이미 기정사실로 하고 있으며 우리에게 남은 언어란 이민자의 고통스러운 '받아쓰기'일 뿐이라는 인식을 생생히 보여 준다. 게다가 받아쓰기라는 언어수행의 특징은, 쓰는/말하는 이와 발화된 내용 사이에 어떤 의도적인 혹은 필연적인 연관성이 없다는 점이다. 이 언어수행에서, 말하는 이는 본인이 정말 의미하는 바를 말하는 것이 아니라 그저 주어진 것을 그대로 모방하면서 글 혹은 말의 조각들의 불완전한 발화를 수행할 뿐이다.[141]

즉 『딕테』의 언어에는 의미가 없다. 텍스트 중간에는 정확한 출처를 알 수 없는 사진, 그림, 지도, 편지, 손글씨 등이 다양하게 삽입되어 있지만 작품 안에서 이들이 의미하는 바를 찾고자 하는 노력 역시 별 소득을 낳지 못한다. 이들은 모두 깨진 언어의 다른 버전으로, 불완전한 잔상, 희미한 흔적, 맥락 없이 던져진 파편들이다. 이 파편과 잔상들, 흔적들은 이미 돌이킬 수 없이 훼손된 상태이며 "때때로, 다시 시작. 소음. 소음의 흉내. 아마 말. 깨진. 하나씩. 한 번에. 깨진 말. 비둘기말. 말의 흉내"로 존재할 뿐이다.[142]

여러 비평가들이 주장하듯 '딕테'라는 제목은 언어·정치적 권력이 강제로 행사되고 있는 상황을 암시한다. 이 텍스트의 망가진 언어들은 제국이 식민지에 대해 행사하는 강압적 점령 상태와 불가분의 관계를 맺고 있

141 Sakai, *Translation and Subjectivity*, 27.

142 원문은 다음과 같다. "At times, starts again. Noise. Semblance of noise. Speech perhaps. Broken. One by one. At a time. Broken tongue. Pidgeon tongue. Semblance of speech"(Cha, *Dictee*, 158). 비둘기(pidgeon)는 피진(pidgin)의 (의도된?) 스펠링 오류인 듯하며 "때때로(At times)"가 "한번에(At a time)"와 함께 쓰이는 것도 이 화자의 문법적 혼란을 보여 준다. 『딕테』의 번역은 대부분의 경우 상당히 까다로울 수밖에 없다. 이런 식으로 서툰 영어, 틀린 영어, 브로큰 잉글리시를 재현해 내기 때문이다. 따라서 이후로의 본문 인용에는 각주로 원문을 병기하도록 하겠다.

으며 "인식론과 정치 권력이 이 작품 속에서 지속적인 대결관계에 놓여 있다."[143] 비평가들은 이 점에 주목하여, 『딕테』가 인식론적으로 언어와 서사, 정치·문화적 정체성 자체에 깊은 균열을 내면서도 그와 동시에 제국주의-남성중심주의에 대한 정치적 저항을 조직해 낸다고 주장해 왔다.[144] 리사 로우는 이 작품이 정체성이라는 픽션에 동화되지 않으면서도 식민지배, 제국주의 등에 저항하는 주체를 쓰고 있다고 한다. 앤 챙은 "『딕테』의 형식이 역사적이고 문화적인 차원에서 (억압된 기억-정체성에 대한) 재구성 작업을 도모하지만 이 작업은 동시에 그 재구성에 대한 비판이기도 하며" 트라우마적 역사에 대한 기록이 "절실한 동시에 불가능하다는 것을 보여 준다"라고 말한다. 사카이는 『딕테』가 주체의 해체를 시도한다는 점에 더 큰 비중을 두기는 하지만, 이 텍스트에서 국민국가란 본질적으로 제국주의에 대한 저항의 산물이라는 인식 자체는 유지된다고 본다.[145]

이와 같은 비평적 견해들은 일차적으로 『딕테』 내부에 심긴 독특한 모호성에 근거를 둔다. 이 작품이 모국어-서사-문학-문화-국민으로 이어지는 국민국가 정체성의 연쇄적 구성 자체에 대해서는 분명 전복을 꾀하지만,

143 Cheng, "Memory and Anti-Documentary Desire," 120. 물론 이 텍스트에서 언어적 점령의 성격은 제국/식민지의 단선적인 지배/복속 관계라기보다는 좀 더 복잡한 방식으로 제시된다. 딕테이션이 강제적인 성격을 지닌 언어수행이고 훈육과 체벌 등 권력관계를 너무도 명백하게 함의하고 있기는 하지만, 이 작품에서 언어적 점령이 반드시 강제적이지만은 않다. 발화의 주체는 때로 언어 점령을 스스로 허용하기도 하며 또한 점령의 양상에는 아이러니가 숨어 있기도 하다. 민은경은 이 텍스트가 딕테이션이라는 양상으로 쓰이지만 동시에 이 양상에 대항하기도 하며 심지어는 이 모드 자체에 대한 패러디도 일어난다고 말한다(Min 참조).

144 1982년 첫 출판 후 10여 년간 무명으로 남아 있던 『딕테』가 탁월한 다문화텍스트로 갑자기 주목받게 된 계기는 1990년대 일레인 킴 등 아시안 아메리칸 페미니스트들의 적극적인 발굴 덕분이었다. 『딕테』가 주로 서구 제국주의와 가부장제, 언어 권력에 대한 저항으로 읽혀 온 이유는 이러한 맥락에서 설명될 수 있을 것이다.

145 Lowe, *Immigrant Acts*, 129; Cheng, "Memory and Anti-Documentary Desire," 120-122; Sakai, *Translation and Subjectivity*, 38.

그 집단정체성이 저항의 구심점이 되어야 하는 상황에서는 정체성의 강화가 필요하다는 정반대의 입장을 취하며, 그 결과 텍스트 내부에 역설적이고 모순적인 동학, 즉 모호함이 생성된다는 것이다. 이 텍스트에 지배 권력에 대한 여성-식민지 국민-소수인종의 저항이 어떤 형태로든 존재한다면, 이 소수집단들이 '우리'라고 인정할 수 있는 대표 목소리가 텍스트 안에 어떻게 없을 수가 있겠냐는 것이다. 즉 『딕테』에서 '우리'라는 정체성은 분명 추인되고 있으며, 테레사 학경 차는 나름의 방식으로 정체성이라는 신화를 한편으로는 파괴하고 또 한편으로 구성하는, 상반된 두 가지 작업을 동시에 해내고 있다는 것이다.

그런데 만약 이 작품에서 정말로 '우리'의 파괴와 '우리'의 구성이 동시에 일어난다고 가정한다면, 우리는 이 두 부분 중 '우리'의 구성이라는 부분만을 읽어 낼 수 있는 셈이다. 사실 『딕테』에는 깨진 언어만 있는 것은 아니다. 짧고 단편적이기는 하지만 무슨 일이 일어나고 있는지 대강 이해할 정도의 글 뭉치도 군데군데 존재한다. 독립투사 유관순의 생애, 일제 시대 만주로 강제 이주한 외가와 일본어 선생으로 부임한 어머니의 젊고 병약한 모습, 대학생 오빠의 반독재시위 참여와 죽음, 미국으로 이민 온 후 카톨릭 미션스쿨에서 받는 프랑스어, 영어, 기독교 수업 등 몇몇 에피소드들은 테레사 학경 차의 자전적 요소와 겹치기도 하면서 분명 그 자체로 어느 정도의 의미를 만들어 낸다.

문제는 적극적으로 해석을 거부하고 아귀가 맞지 않아 텍스트 어디에도 맞출 수 없으며 오직 파편, 조각, 흔적으로만 존재하겠다고 주장하는 듯 보이는 글 뭉치들이다. 프랑스어로 시작했다가 영어로 끝나는 문장도 있고, 혼잣말이나 낙서, 끄적임처럼 느껴지는 문단도 있으며, 짧은 단어들로 이루어져 전혀 의미나 맥락이 통하지 않는 시구도 있다. 훼손되고 조각난 언어들은 마구 뒤섞여, 이게 내가 아는 언어인지 모르는 언어인지 아니면 둘 다인 피진(pidgin)인지 혼란스럽기만 하다. 이처럼 의미가 통하는 부분과 통하지 않는 부분, 다시 말해 언어-서사-문화정체성이 특정 의미망 속에서 파악되는 부분과 그렇지 않은 부분이 섞여 있을 때, 독자 입장에서는 양쪽을 모두 성실히 읽는다고 해도 결국 머릿속에서 의미화되는 부분은 당연히 전자뿐일 것이다. 물론 이런 경우 의미가 부여되는 부분에서는 의미를 읽어 내고, 그렇지 않는 부분은 그대로 남겨 두는 것이 잘못된 독해라는 말은 아니다. 그러나 텍스트의 반쪽만을 의미화하고 나머지 반은 해석 불가능하다고 느낀다면 결국 그것은 의미화되는 전자 쪽에 해석적 비중을 두는 독해인 것이다.

홍미롭게도 『딕테』에 대한 이런 식의 독해에는, '나'를 '우리'로 이끄는 헤겔식 사유의 흔적이 강하게 남아 있다. 앞에서 살펴보았듯, 헤겔의 '고양' 개념은 자기파괴가 일어나는 순간, 그와 동시에 스스로를 들어 올려 다른 차원으로 그 자신을 이전시켜 보존하며, 이를 통해 파괴와 보존의 동시적이고 모순된 동학을 보여 준다. 『딕테』에 대한 해석도 이와 비슷한 방식으로 수행되고 있다. 독자는 이 작품에서 언어-서사-문학-문화-국가의 연쇄체를 분명 단호하고 결연한 해체의 대상으로 인식하지만, 막상 해체가 수행되는 순간 독자는 이 연쇄체를 저항이라는 다른 차원으로 옮기며 거기서 이 연쇄체는 다시 정치적·담론적 생명을 이어 간다. 그렇다면 이 작품이 정체성에 대해 수행하는 해체·죽음·부정은 효과적이라 할 수 없다. 비록 한 순간 해체와 파괴가 실제로 일어났다고 주장할 수는 있을지언정 그 정체성을 완전히 종결시킬 수는 없기 때문이다. 『딕테』를 이런 방식으로 읽는다면, 그것은 이 혼란스러운 텍스트를 이민자와 이민자가 아닌 자, 여성과 남성, 모국어와 외국어라는 고정된 범주로 깔끔하게 나누어 다시 수납·정리하는 셈이다. 결국 기존의 서구 국민문학서사의 의미체계는 또다시 다문화적·혼종적인 텍스트를 포섭해 버리고 '나'는 '우리'가 되어 —물론 여기서는 '우리'가 소수인종, 여성, 모국어라는 입장의 차이는 있지만— 궁극적으로 긍정된다.

그러나 『딕테』는 우리가 생각하는 것 이상으로 해체적이고 파괴적인 에너지가 충만한 글이다. 이 트랜스내셔널한 텍스트는 언어-서사-문학-문화-국가의 연쇄체의 고양이나 '나'에서 '우리'로의 승화가 의미 있는 저항으로 이어질 수 있다고 애초에 믿는 것 같지도 않다. 실제로 텍스트 안에 두 가지 반대되는 동학, 즉 자기파괴와 자기구성이 동시에 일어나고 있다는 주장도 있지만, 텍스트를 구성하는 에피소드들 간의 복잡한 관계를 살펴보면 그 주장에 쉽게 동의하기 힘들다. 그나마 어느 정도 의미를 구성하는 에피소드들도 『딕테』 전반에 힘차게 뿌려진 망가진 말 조각들, 훼손된 문법과 만나면 그 의미를 잃고 비틀댄다.

'클리오-역사' 장의 유관순 에피소드 역시 그러하다. 이 에피소드만 떼어서 보자면 분명 유관순은 독립투사로서 저항하고 순교한 이로 묘사되고 있으며 그녀는 명백히 애도와 추모의 대상인 듯 보인다.[146] 그러나 '순교'라는 단어는 깨진 채로, 혹은 달리 조합된 채로 계속 텍스트 전체에 걸쳐 조각조각 뿌려지고 있고 이 에피소드가 이 중 한 조각과 맞부딪치면 그 의미가 정반대로 바뀌기도 한다. 즉 어린 소녀가 정치적 순교자로서 희생

146 Cha, *Dictee*, 26-33.

되는 것에 대한 아이러니적 시선이 생기는 것이다. 예측할 수 없는 변화는 여기에서 그치지 않는다. 잔 다르크와 성 아그네스, 성 세실리아 등 이름의 호명과 함께 순교에 대한 사디즘적 열광, 종교적 광신을 부르짖는 글 뭉치와 부딪히게 되면 유관순의 순교가 환기한 원래의 감정과 느낌은 어색하게 뒤틀린다. 식민지 독립투사의 순결한 저항조차도 말과 서사 조각들 간의 뜻하지 않은 조우와 그로 인한 필연적 변형 앞에서 전혀 보호되지 않는다.

나름대로 완결성을 갖춘 듯 보이는 에피소드 혹은 문단들도 자세히 들여다보면 이미 심각하게 파괴된 상태이기 일쑤다. 유관순 에피소드 바로 앞에는 댕기머리 소녀의 흐릿한 사진 한 장이 제시되고 그 바로 옆에 '유관순'이라는 이름과 생몰년이 적혀 있다. 생몰년 아래에는 "그녀는 한 엄마와 한 아버지에게서 태어났다"라는, 어떻게도 의미화시키기 힘든 묘비명(?)이 쓰여 있다.[147] 이목구비만을 겨우 알아볼 수 있는 흐릿한 사진, 유관순이라는 이름과 생몰년, 그리고 어찌 보면 난센스 같기도 한 묘비명의 조합은 언뜻 보기에는 뒤에 이어질 유관순 에피소드의 소개인 듯하지만, 실제로 이 사진, 이름과 연대, 묘비명이 반드시 한 특정 인물의 것이라고 믿기는 어렵다. 이들은 이미 무엇인가의 파편이고 흔적이며 이들 사이에는 사실상 (뒤에 따라오는 글과 어떻게든 연관시키고자 하는 우리의 의지를 제외하고는) 어떤 연관성도 없다. 이들이 여기 이렇게 모여 있는 것은 그저 우연일 뿐이다. 즉 글 뭉치들은 텍스트 안에 흩어진 채로 존재하는 수많은 파편들, 불완전한 흔적들과 마구 부딪히고 그들을 따라 함께 조각나고 있으며, 파편들 간의 유기적 결

147 Cha, *Dictee*, 24-25.

합 혹은 필연적 연관성도 이와 함께 깨어지고 소멸된다.

끊임없이 진행되는 텍스트의 균열이라는 맥락에서 보았을 때 이 작품의 저항성은 분명 기존 비평과는 다른 방식으로 사유될 필요가 있다. 『딕테』에서 가장 유명하고 가장 많이 인용되는 구절을 살펴보자.

> 목격하지 않은, 같은 억압에 복속되지 않은 다른 나라들, 그들은 알 수가 없다. 헤아릴 수 없는 단어들, 용어들: 적, 악행, 정복, 배신, 침략, 파괴. 그들은 역사의 기록이라는 더 큰 인식 속에서만 존재한다. 여기서 이들은 당연하게, 그리고 분명히 하나의 적국이 다른 나라의 인간성을 무시했다고 인정해 주었다. 그러나 충분히 느껴지지 않는다. 바로 그 살과 뼈에, 핵심에, 점에, 개입이 필요한 그 지점에, 새롭게 발명한다고 해도, 표현을, 이 경험을 위해, 이 결과를 위해, 멈추지 않고 계속되는.[148] (Cha, *Dictee*, 32) (필자 번역)

이는 그 자체로 제국주의에 대한 강렬한 표현일 수는 있으나 『딕테』의 정치적 입장을 대표한다고는 말할 수 없다. 이 문단 역시 텍스트가 강력하게 추진하는 파편화라는 동학으로부터 예외가 될 수 없기 때문이다. 같은 맥락에서, 이 텍스트의 깨진 언어야말로 '여성시인'이 들려주는 여성의 서

148 "To the other nations who are not witnesses, who are not subject to the same oppression, they cannot know. Unfathomable the words, the terminology: enemy, atrocities, conquest, betrayal, invasion, destruction. They exist only in the larger perception of History's recording, that affirmed, admittedly and unmistakably, one enemy nation has disregarded the humanity of another. Not physical enough. Not to the very flesh and bone, to the core, to the mark, to the point where it is necessary to intervene, even if to invent anew, expressions, for *this* experience, for this *outcome*, that does not cease to continue."

사이고 여성의 역사라는 페미니스트 비평의 환호 역시 무작정 호응할 것은 아니다. 무엇보다도 작품 곳곳에 답이 없는 청원, 주인을 찾지 못한 편지, 외국어 텍스트 등의 형태로 존재하는 소통의 불가능성은 여성에게만 한정하기에는 훨씬 전면적이고 광범위하다.[149] 게다가 이 여성시인에게서 나오는 것은 "죽은 단어들"이고 "죽은 혀-말"이며 이 서사와 역사의 종착역은 결국 맹목적인 파괴일 뿐임은 명백하다.[150] 사카이가 『딕테』의 모호성은 환원될 수 없는 성질을 가지고 있다고 지적한 것도 이런 맥락일 것이다. 즉 이 텍스트의 모호성은 이쪽이냐 저쪽이냐는 입장의 모호성이 아니다. 언어 자체의 환원될 수 없는 모호성은 서사와 주체, 정체성까지 넘쳐흘러서 그 모호성으로 서구 국민문학의 문학성을 삼켜 버린다.

『딕테』의 지배적 동학이 의미와 형식 두 층위 모두에서의 파편화와 균열화라고 본다면, 이 작품에서 주체, 즉 '나'와 '우리'가 어떻게 상상되는지를 짐작하기란 어렵지 않다. 일단 이 텍스트에서 '나'라는 것을 적시해 내는 것은 거의 불가능하다. 텍스트의 구성 자체가 일련의 파편적 에피소드들로 이루어져서 일관된 화자의 관점이나 목소리가 구조적으로 불가능하기도 하지만, 무엇보다도 텍스트와 따로 떨어진 곳에 위치하면서 텍스트를 통제하고 조율하는 그런 종류의 주체는 찾을 수 없다. 주체는 어디까지나 언어 속에만 있으며 흘러넘치는 언어의 모호성 안에서 지극히 수동적으로 불완전하고 불확실하게 구성된다.

그녀는 그들의 구두법을 습득할 것이다. 그녀는 이 서비스를 하기 위해

149 Cha, *Dictee*, 33-34, 68-72, 142.

150 Cha, *Dictee*, 133.

> 대기하고 있다. 그들의 것. 구두법. 그녀는 될 것이다, 그 자신, 한계선이. 흡수해라. 쏟아라. 구두법을 꼭 잡아라. 마지막 숨. 그녀에게 줘라. 그녀. 패스해라. 목소리. 나눠 줘라. 그걸 건네줘라. 그걸 배달해라. 배달해라.[151] (Cha, *Dictee*, 4) (필자 번역)

이 인용문에서 '그녀'는 발화의 주체로 보인다. 그러나 '그녀'는 발화라는 사건에서 주도적인 역할을 하지 못하고 그저 "서비스를 하기 위해 대기하고 있"을 뿐이다. '그녀'는 텍스트에 대해 어떤 권위도 통제력도 행사할 수 없는 불안한 상태인 채로, 몰아치는 언어의 파고 속에 넘어지지 않기 위해 문장부호를 꼭 잡고 간신히 버틴다. 그녀는 누군가에게 건네받은 목소리를 다른 이들에게 패스하고 나눠 주고 건네주며 배달한다. 문법("구두법")에 대해 그녀가 갖는 이질감과 거리, 수동적인 태도로 짐작건대 이 장면은 외국어의 발화라는 사건에 대한 묘사인 듯하다.

그런데 이 힘겹고도 불완전한 주체의 구성은 사실상 발화의 대상이 외국어라는 사실과는 별 관계가 없다. 『딕테』에서 외국어와 모국어를 구별하는 것은 아무 의미가 없기 때문이다. 이 텍스트에서 모국어라는 실체는 이미 사라져 없어졌다. 따라서 존재하는 모든 언어는 외국어일 수밖에 없다. 한 언어를 다른 언어보다 더 친근하게 느끼는 것은 그저 우연이다. 게다가 어떤 언어든 이 텍스트 안으로 일단 들어오면 예외 없이 조각나고 깨지며 서로 섞여 버린다. 우리가 특정 소리를 영어로, 프랑스어로, 혹은 한국어로

151 "She would take on their punctuation. She waits to service this. Theirs. Punctuation. She would become, herself, demarcations. Absorb it. Spill it. Seize upon the punctuation. Last air. Give her. Her. The relay. Voice. Assign. Hand it. Deliver it. Deliver."

인식하는 것은 그 파편들에 남은 흔적을 인식해서이지 그들 간에 본질적인 차이를 인식해서가 아니다. 그렇다면 이 인용문에서 묘사되는 주체는, 푸코의 표현을 빌리자면 일종의 "텅 빈 비-존재(non-existence)이며 이 빈 공간 안으로 언어의 끊임없는 쏟아짐이 아무 방해 없이 계속되"는 것이다.[152]

의미를 잃어버린 파편적 언어와 대면하여 '텅 빈 비존재'로 구성된 주체가 '우리'로 잘 승화될 리가 만무하다. 더구나 『딕테』에서 죽음은 승화의 기제로 물화되지 않는다. 죽음은 완결된 결과가 아니라 현재 끊임없이 진행 중인 사건이기 때문이다. 깨진 언어들의 파편이 서로 만나고 부딪쳐 더 잘게, 더 미세하게 파편화되면서 어느 순간 이 언어들은 완전히 의미를 잃고 소음으로, 웅얼거림으로, 신음소리로 변한다. 그 익명의 소음은 이 작품에서 고독하게 죽어 가는 많은 등장인물 중 누군가가 나지막하게 내지르는 이 세상에서의 마지막 소리이기도 하다. 그리고 이 신음은 식민지 조선, 독재체제, 혹은 출입국 심사대 등의 구체적인 사회·역사적 맥락에서 상당히 떨어진 곳에 뜬금없이 위치해 있다. 바로 그 뜬금없는 위치성 덕분에 이 신음은 애국자, 순교자, 이민자의 죽음 등으로 즉각 의미화·숭고화되지 않는다. 대신 죽음은 죽음이라는 사건 자체로서의 단독성을 획득하고, 죽음 앞에서 개인은 철저히 고독한 개인으로, '나'로 남는다.

죽음에서 맥락을 제거하는 『딕테』의 이러한 전개방식은 죽음에 (지나칠 정도로) 지대한 의미를 부여하는 헤겔식 사유(그리고 그에 기반한 서구 국민문학)와는 분명 차이가 있으며, 오히려 라캉이 제안하는 실험적 문학의 양상에 근접한다. 이는 "주체가 닻을 내리고 머무르는 심리-사회적 정박지에 가서 그

152 Foucault, *Essential Works*, 148.

장소에다 주체를 묶어 놓은 밧줄을 잘라 헐겁게" 하여 '나'를 기존 체제의 의미망과 의미화의 맥락 밖으로 불러내고, 죽음을 '이웃'으로, 타인으로, 또 물로서 바라보게 하는 작업이기도 한 것이다.

그렇다면 이처럼 철저하게 문법파괴적인 죽음충동으로 추동되는 『딕테』의 정치적 입장은 무엇인가? 『딕테』가 언어-서사-주체-문학의 연쇄체에 대해 무자비하게 탈의미화, 파편화를 시도하고, 이 구성체가 정치적 억압과 식민의 트라우마 위에서 상상된다고 해도 전혀 봐주지 않는다면, 이 텍스트의 무분별한(?) 듯 보이는 파괴는 권력장에서 어떤 의미를 갖는가?

권력과 인간의 충돌에 대한 아감벤의 함축적 묘사는 이 어려운 문제에 대해 (충분치는 않지만) 중요한 힌트와 생각의 단초를 던져 준다. 아감벤은 『언어와 죽음』에서 이미 헤겔식 사유가 전제하는 언어, 죽음, 인간-됨 사이의 상호 구성구조를 하이데거 독해를 통해 제시한 바 있다. 그가 보기에 죽음을 궁극적인 의미로 상정하는 헤겔식 사유 —변증법적 고양— 가 계속 고수된다면 인문학적 사유 안에서 죽음은 결코 사라지지 않는다. 다시 말하자면 죽음은 죽을 수가 없다. 그것은 승화와 포섭, 대체와 고양을 통해 끊임없이 변위할 뿐 계속 사유의 뿌리로 남으며, 인식론은 이 순환적 궤적에서 벗어날 수가 없는 것이다. 그런데 아감벤은 『아우슈비츠의 잔여』에서 푸코의 고고학 개념을 설명하는 도중, 사유구조가 권력과 만나면서 가질 수 있는 새로운 가능성을 짚어 본다.

> … 치욕의 바로 그 순간, 권력과의 대면은 인간 존재를 드러낸다. 아마도 그 대면이 아니었다면 이 존재는 아무 흔적도 남기지 못한 채 사라졌을 것이다. 발화라는 간결한 사건을 순간적으로 관통하여 빛을 뿌리

> 는 것은 페이소스로 가득한 몇몇 구술사가 강조하듯 개인적 삶의 자전적 기억들이 아니다. 그것은 다른 역사가 남긴 긴 흔적에서 나오는 빛이다. 이로 인해 갑자기 드러나는 것은 억압된 존재들의 기억이 아니라, 우리가 더 이상 기억하지 않는 '에토스'로부터의 조용한 불꽃이다. **다시 말해, 드러나는 것은 주체의 얼굴이 아니라 주체 안이 텅 비어 있음을 표시해 주는, 살아만 있는 존재와 말하는 존재 사이의 균열이다.**
>
> (Agamben, *Remnants of Auschwitz*, 143) (필자 번역·강조)

인간은 살아만 있는 존재와의 차별화를 통해 말하는 존재로 개념화되었으나, 실제로 말하는 존재라기보다는 말을 '당하는' 존재이다. 발화라는 사건은 텅 빈 비-존재를 통과하여 거침없이 일어나고, 인간-주체는 수동적이고 불완전한 의미와 역할로 인해 무대에서 밀려나며 조명으로부터 가려진다. 그러나 주체는 권력과 맞닥뜨릴 때 그 흐릿함을 떨치고 다시 찬란히 빛나며 존재감을 한껏 발휘한다.

이 묘사에서 흥미로운 점은, 이 대결에서 빛을 받아 온전히 드러나는 것은 주체의 얼굴이 아니라 주체의 개념화 안에 새겨진 죽음-부정의 균열들, 경계-선이라는 것이다. 주체 안에 새겨진 부정, 죽음, 파괴, 내부에 존재하는 무수한 균열-선들은 정치적인 투쟁에서 숨겨야 할 것이 아니다. 다른 무엇인가로 (예를 들면 '우리'로) 승화·대체되어서도 안 된다. 오히려 이 경계-선 자국의 조각내는 힘, 파괴하는 충동은 주체를 밝히는 빛 속에서 그 자체로 두드러지게 드러날 수밖에 없는 것이고 또 응당 드러나야 한다.

이는 주체가 소수자의 입장인 경우 더욱 그러하다. 주체는 이미 파괴되었고 더 철저한 자기파괴를 향해 돌진하고 있다는 사실이 환하게 밝혀진다는 것은, 정치적 투쟁의 성격과 방향을 완전히 바꾼다. 주체 스스로 불완전하고 자기파괴적인 존재성을 갖고 있음에 대한 정직한 사유는 '다른 역사'의 자취, 즉 기존의 권력/서사 체제와는 다른 정치적 실천의 가능성을 잠깐이나마 일별하게 해 준다. 이를 통해 우리는 기억의 강박 즉 '억압된 존재들의 기억'에서 벗어나고 라캉식으로 말하자면 "사회·역사적 정박지"로부터 헐거워진다. '나'는 익숙한 맥락과 기억 속에서 다른 무엇인가로 승화·대체되지 않고 '나'의 파괴를, 그리고 다른 역사를 바라본다.

조각나고 부서진 파편으로서 존재를 드러낸 '내'가 다른 역사의 흔적이 남긴 아련한 빛을 바라보는 이 짧고 강렬한 순간은 라캉이 말하는 주이상스의 순간일 수도 있다. 트랜스내셔널 텍스트로서 『딕테』의 미덕은 이 궁극의 파국, 궁극의 쾌락을 향한 욕망에 솔직하다는 것이며 그렇기에 그 욕망, 즉 죽음충동을 거침없이 추구하면서도 의미 있는 정치·역사적 지평을 가리킨다는 것이다. 미국으로 대표되는 다문화는 "네 이웃을 네 몸과 같이 사랑하라"는 기독교 계명과의 밀접한 연관 위에서 수행되어 왔다. 그러나 나-이웃-우리의 복잡한 구성에 대한 헤겔, 프로이트, 라캉의 논의를 환기한다면, 이웃과 평화롭게 공존해야 한다는 다문화의 기치가 그 자체로 실현 불가능할 뿐만 아니라 실제로 매우 잔인하고 억압적이며 폭력적인, 금지하는 법 위에 세워져 있음을 인식할 수 있다.

죽음충동을 대면하는 것은 분명 쉽지 않은 일이다. 그러나 **'이웃과의 평화로운 공존'이라는 무해한 구호조차도 무자비한 죽음충동에 의해 추동되고 있는 것이 사실이다. 이를 인정할 수 있는 사유의 정직성이 있다면, 우리는 이웃과의 공존에 관한 더 근본적인 접근에 다가갈 수 있을 것이다. 『딕테』는 이를 위한 언어적 토대를 놓는 셈이다. 언어가, 개인이, '우리'가 온전**

히 파편으로만 사유된다면, 어쩌면 권력에게 그것보다 더 위협적인 것은 없을 것이다. 그 파편들의 끊임없는 파편화와 함께 모국어, 국민, 문학의 조합이 순전히 우연임을 별 감정의 동요 없이 바라볼 수 있을 때, 서구 국민문학체제는 지지부진한 후생을 끝내고 비로소 죽을 수 있을 것이다.

7장

여성이라는 괴물: 나와 내 이름의 경계

…

플로베르 『보바리 부인』, 창래 리 『제스처 라이프』

여성-괴물-인간

많은 비평가는 메리 셸리의 『프랑켄슈타인』을 여성주의적 시각에서 읽어 왔다. 셸리의 어머니가 19세기 초 『여성의 권리 옹호』를 쓴 선구적 페미니스트 메리 울스턴크래프트라는 점, 셸리가 자신을 출산하다가 사망한 어머니 울스턴크래프트의 죽음에 대해 비통한 마음을 간직하고 있었다는 점, 또 메리 셸리 자신이 당대 최고의 낭만주의 지성 중 한 명이라는 점 등을 상기한다면 이는 합당한 해석이라 할 수 있다. 이런 맥락에서 『프랑켄슈타인』에서의 괴물의 탄생 과정은 필연적으로 여성의 탄생과 겹쳐진다. 근대사와 서구 담론의 궤적 속에서 여성은 언제나 괴물이었다는 점을 고려한다면 더더욱 그러하다.

모어스는 이 소설을 출산에 관한 신화로 읽으면서 괴물이라는 존재를 메리 셸리의 전기적 요소에 기대어 설명한다. 셸리 자신의 출산이라는 배경에서 본다면 그녀가 이 괴물 —갓 태어난 신생아— 을 끔찍한 살인자인 동시에 부모에게 버림받은 가여운 희생양이라는 이중적인 시선으로 바라보는 것이 어쩌면 당연하다는 것이다. 길버트와 구바는 여기서 셸리가 밀튼의 『실낙원』을 여성적 시각으로 다시 쓰고 있다고 본다. 『실낙원』은 기본적으로 예술과 문학, 글이라는 파라다이스로부터 여성을 추방하는 이야기이고 이 추방으로 인해 여성은 침묵과 추악한 물질의 세계로 추락하는데, 『프랑켄슈타인』은 이에 대한 끔찍한 복수라는 것이다. 메리 푸비와 바바라 존슨은 『프랑켄슈타인』의 괴물을 여성작가의 상상력과 동일시한다. 푸비가 여성적 상상력을 되살아난 시체로, 즉 동정을 얻을 수는 있으나 만지는 것마다 파괴해 버리는 괴물로 보는 반면, 존슨은 이를 여성작가가 자기 삶을 글로써 복제·재생산하려는 욕망으로 본다.[153]

그런데 앞 장들에서 살펴보았듯 『프랑켄슈타인』의 괴물이 근대 개인의 구성에 얽힌 모순과 비극적 전망에 대한 생생한 구현이라고 한다면, 이는 여성이라는 괴물-인간의 구성과 작동에도 동일하게 적용되는가? 너무 인간적이기에 인간이 될 수 없는 괴물의 모순적 운명을 여성이라는 범주가 처한, 혹은 범주 그 자체의 모순과 등치시킬 수 있을까?

이 장에서는 트랜스내셔널/문학이라는 맥락에서 여성, 그리고 여성의 괴물성을 논의해 보고자 한다. 여성은 인간-괴물의 아슬아슬하고 불분명한 경계선으로서 존재하지만 그와 동시에 여성이라는 범주 안의 균질하고 안정된 내부이기도 하다. (인간이라는) 범주 경계선이면서 또한 (여성이라는) 범주 내부라는 이 양가적인 역할이야말로 근대 체제에서 경계선이 존재하는 방식을 밝혀 준다. 경계선은 늘 선이기만 한 것이 아니며 내부 역시 항상 안정되고 동질적인 면으로만 남아 있지는 않는다. 여성의 괴물성은 어쩌

153 Mores, "Female Gothic," 91-99; Gilbert and Gubar, "Horror's Twin," 213-247; Poovey, "My Hideous Progeny," 332-347; Johnson, "My Monster/My Self," 2-10 참조.

면 선에서 면으로, 또 면에서 선으로의 불규칙적이고 섬뜩하며 찰나적인 전환의 양상에 놓여 있는 것일 수도 있다.

여성운동: 여성이라는 역설

여성과 인간의 문제적 관계는 여성운동에서 늘 핵심적인 논제였다. 게다가 인간이 점점 더 불안정하고 불투명한 범주로 재개념화되고 있는 포스트-휴먼 시대에, 여성과 인간의 관계가 야기하는 문제성과 긴장은 더욱 커져 가고 있다.

먼저 여성이라는 범주로부터 논의를 시작해 보자. 여성은 분명 범주로서의 선명한 정체성을 확보하고 있다. 생물학적·신체적·사회적으로 범주 경계가 명확하다고 여겨지기 때문이다. 소속감이 확실하고 내·외부가 뚜렷이 구별되기에 여성은 사회운동이나 정치적 세력으로서도 응집력 있는 모습을 보인다. 특히 여성운동은 트랜스내셔널 혹은 글로벌이라 할 만한 성격을 성취하는 데 가장 성공한 사회운동이라 할 수 있다. 정치조직화의 방식이나 연대를 맺는 범위에 있어 국가, 인종, 대륙 등 물리적·문화적 경계를 넘어 가히 지구적이라 할 만한 네트워크들을 활발하게, 또 다양하게 조직해 내고 있기 때문이다.

이는 1980년대 이후 UN의 주도하에 개최된 네 차례의 세계여성대회와 여성인권을 옹호하는 각종 선언 등에 힘입은 바가 크다. 아시아, 아프리카, 남미의 각국에서 모인 여성활동가들은 각각의 경험과 시각을 공유하고 함께 토론하면서 '여성'을 전 세계인이 공통으로 당면한 문제로 부각하는 데 기여하였다. 1995년에 베이징에서 열린 세계여성대회는 무려 180여 개국의 대표를 포함하여 1만 5000여 명이 참여한 행사로, 이후 여성운동이 글로벌한 형태로 진화하는 데 큰 역할을 하였다. 무엇보다 중요한 것은 이러한 과정을 통해 여성의 권리를 인권으로 정의하면서, 여성에 대한 차별과 억압은 무엇보다 인권에 대한 침해라는 글로벌 페미니즘의 대표적 어젠다를 확립하게 된 것이다.

그러나 이런 글로벌화를 마냥 긍정적으로만 볼 수는 없다. 물론 다양한 맥락에서 여러 형태로 일어나는 성적 불평등과 차별의 실태를 함께 의논할 수 있는 공통의 장이 마련되었다는 점이나 페미니즘이 사회운동으로서의 의미를 지구적 차원에서 인정받게 되었다는 점은 높이 평가받아야 할 부분이다. 그러나 다른 한편으로는 글로벌 페미니즘이 여성이라는 범주를 지구적인 차원에서 보편화, 동질화한다는 우려가 되는 것도 사실이다. 여성이라는 정체성, 여성적 경험이라 여겨지는 것이 사실상 서구의 역사적 경험에 기반하여 구성된 것이고 페미니즘이란 바로 이런 특수한 서구적 맥락 속에서 형성된 사회운동임을 주지한다면, 여성운동의 글로벌화와 그에 동반된 여성 범주의 전 지구적 보편화, 본질화는 사실상 여타의 제국주의적 프로젝트와 별반 다를 바가 없다.[154] 타니 발로 같은 비평가는 '국제적 페미니즘'이라 불리는 것은 사실상 글로벌 자본의 펀드로 유지되는 미국의 이데올로기라고 본다. 이런 종류의 페미니즘은 "페미니즘 밖에 있는 것들을 바라보려 하지 않고 세상에 다른 종류의 사회 형태가 존재함을 인정하지 않으면서 보편화에 주력하는 이론들"이고 "지극히 미국적인 페미니즘

154 모한티(C. T. Mohanty), 스피박 등 많은 탈식민주의적 페미니즘 계열 비평가가 이와 같은 문제를 제기한 바 있다.

의 승리"를 보여 주는 것일 뿐이라는 주장이다.

비슷한 맥락에서 인권으로서의 여성의 권리라는 글로벌 페미니즘의 어젠다 역시 문제적이라 할 수 있다. 물론 여성과 인간 사이에는 위계적 간극이 있어 왔고 서구 페미니즘은 바로 이 간극을 최대한 줄이고자 했던 투쟁의 역사임을 상기했을 때, 여성과 인간의 평등을 주장하는 이 어젠다의 의미를 결코 폄하할 수는 없다. 그러나 여성 혹은 인간이라는 범주(화)에 대한 근본적인 고민 없이 이 둘의 등치를 전제하는 순간, 여성은 인간이라는 범주가 함의하는 (문제적) 보편성 안에 손쉽게 포섭되어 버린다.

즉 인간이 서구 근대의 계몽주의적 이상, 즉 '유럽-남성-부르주아-시민'이라는 특정 범주를 모델로 하여 구성된 지엽적이고 특수한 개념임을 적시하면서 이 지엽적인 개념의 보편화 과정을 역사화하려는 과정을 생략한 채 여성이 인간의 경계선 안으로 들어가야 하는 당위만을 강조한다면, 여성운동은 오히려 인간이라는 범주가 갖는 보편성과 당위성을 강화, 유포하고 그것을 스스로 내면화하게 될 뿐이다. 그리고 이러한 과정 속에서 여성운동이 사회운동으로서 담보해야 하는 저항적 지향점과 에너지는 사라지게 된다.

이런 의미에서 여성운동과 글로벌을 함께 논의하기란 결코 쉽지 않은 일이다. 글로벌이라는 용어가 워낙에 광대한 규모를 의미하기도 하지만, 무엇보다도 여성이 철조망과 입국 심사대 등을 거침없이 가로지르며 전 세계를 돌아다니는 양상이 어딘가 의심스럽고 찜찜하기 때문이다. 여성의 권리는 어디까지나 인권으로 보호해야 한다는 선언이 지구 곳곳으로 더 깊고 넓게 침투하면 할수록 여성에 대한 담론은 점점 더 천편일률적인 지루한 서사가 되어 간다. 인간이라는 개념이 특정 지역, 특정 시대의 세계관을 인류보편적인 텔로스로 본질화, 비역사화하고 있다면, 이러한 인간 범주의 '보충 개념'으로 기능하는 여성 역시 비역사적이고 추상적인 개념에 머무를 수밖에 없다.[155]

그렇다면 여성, 여성운동, 혹은 페미니즘의 글로벌한 역사를 서술하는 방식은 어떠해야 하는가? 여성이 글로벌한 이동성과 응집력을 확보하고 있으면서도 또한 서구 인식론과 정치체제 안에 포섭된 무기력한 개념이라면, 여성에 대한 역사서술이 국민국가의 탄생과 발전에 천착하는 근대 국민국가의 역사서술과 근본적으로 다를 수 있을까? 근대성을 서구에서 기원하여 비서구로 퍼져 나가는 행로로 인식해 온 서구중심적 담론과 과연 차별될 수 있을까? 여성들의 실천과 변화로 짜여진 다양하고 풍요롭고 복잡한 삶의 양상들은 근대 국민국가의 시공간과 성장소설의 서사 밖에서 쓰일 수 있을까? 여성이라는 범주를 고착화하지 않고 오히려 문제화하면서, 그와 동시에 여성이라는 기표를 중심으로 일어나는 많은 경험과 변화들을 의미 있게 서사화할 수 있을까?

여성이라는 범주는 언제나 불안정하고 유동적이며 관계적이었다. 그러나 근대 권력체제는 이 범주를 안정화하고자 하였다. 젠더정체성을 구성하고 이를 안정화하는 작업에 가장 적극적이었던 권력체제는 물론 국민국가이다. 많은 연구자가 지적하듯, 국민국가는 이성애라는 체계를 확립하고 두 개의 성으로 확실하게 구분되는 국민의 생산을 핵심 과제로 삼았다. 남녀라는 위계관계로 구성된 가부장제 가족이야말로 근대 국민국가의 정치적 정체성의 단위를 구성하는 주요 원천이었기 때문이다.[156] 그러므로

155 Chow, "When Whiteness Feminizes" 참조.

156 국민국가와 이성애의 관계에 대해서는 Menon, Grewal and Kaplan 등을 참조.

국민국가는 단순히 여성을 인간의 하위 범주로 규정하는 데 그치지 않고, 이성애라는 틀을 벗어나는 온갖 다양한 종류의 성적 욕망과 행위들을 규범에서 벗어나는 것으로 정의하였다. 남성과 여성이 가족이라는 틀 안에서 나누는 것이야말로 '무균의 사랑(sanitized love)'으로 규범화되었으며 여기에서 벗어난 성은 소위 비뚤어지고 왜곡된 비정상적인 것, 변태적인 것으로 각종 법적·사회적 제재가 가해졌다. 여성운동 역시 국민국가가 주도하는 근대적 기획의 일부로, 동성애를 비롯한 다양한 종류의 성애를 체계적이고도 규율적으로 부정하는 규범화 과정 위에서 이루어져 왔다.[157] 니베디타 메논이 말하듯 성 혹은 성애란 "근대라는 기호 아래 동질화되어 온 행위들의 복잡한 행로를 이해하지 않고는 논의하기가 불가능"한 것이다.[158]

여성운동은 시작부터 국민국가의 권력 기제와 단단히 얽혀 있으며 이러한 한계를 가지고 있는 한 여성운동이 사회운동으로서 갖는 의미는 제한적이다. 심지어 어떤 경우에는 매우 보수적이기까지 하다. 이러한 보수성은 여성운동이 가족제도를 다루는 경우 더욱 확연히 드러난다. 실제로 대부분의 여성단체가 가족 문제를 다룰 때 관심의 초점은 주로 가정폭력에 맞추고, 모든 가능한 수단을 통해 문제의 가정을 다시 정상적인 보통의 가정으로 원상복귀시키는 것을 목표로 한다. 이런 과정에서 '이성애에 기반한 가부장제 가족'이라는 형태는 정상적 규범으로서의 적법성을 더욱 강화할 뿐이다. 다시 말해, 소위 정상적 형태의 가족이라는 것이 사람들의 실제

157 나즈마바디(Afsaneh Najmabadi)는 이란에서 '이성애적 사랑과 미의 여성화'는 바로 유럽과의 문화적 충돌로 인해 만들어진 개념이라고 주장한다. 그녀는 또한 이란에서 여성운동은 남성의 동성애를 부인함으로써 생겨난 것이라고 말하고 있다(*Women with Moustaches and Men without Beards*, 2-8).

158 Menon, *Sexualities*, 11.

생활이라는 맥락에서 얼마나 (부)적절한가의 문제는 전혀 다루어지지 못하는 것이다.[159] 여성운동이 퀴어운동에 대해 보여 온 애매한 반응 역시 국민국가가 주도하는 정체성 정치에 깊이 뿌리내린 여성운동의 한계를 분명히 보여 준다. 여성운동은 동성애, 성전환 등의 이슈에 대해 주로 소수자의 인권을 보호해야 한다는 정도의 입장을 취해 왔으며 사실상 이성애에 기반한 일부일처제 결혼의 규범성 자체에 대해 근본적으로 도전하지는 않았다. 전통적인 가족이라는 규범은 엄연히 규범으로 인정하면서, 그에 맞지 않는 사람들과 관계들, 생활방식 등에 대해서는 규범 경계 밖에 얌전히 존재해도 된다고 '관대하게' 허락해 주는 격인 것이다.[160] 여성운동이 성노동자에 대해 보여 온 지지와 지원이 전반적으로 미약하고 일관성이 없는 것도 이와 같은 이유라 할 수 있다.

최근 여성운동이 글로벌한 지평을 적극적으로 개척하고자 하는 경향은 여성운동과 국민국가체제가 맺고 있는 근본적인 친연관계를 고려했을 때 어쩌면 당연한 행보라 볼 수도 있다. 여성운동이 민주적이고 진보적인 사회운동으로서의 면모를 갖추기 위해서는 우선 국가 권력과의 결탁에서 벗어나야 할 것이고 "국민국가를 만들고 전제한 담론적 폭력의 근본적인 순간으로부터" 해방되어야 하기 때문이다.[161] 그런데 여성운동의 활동과 실천의 장이 국가로부터 글로벌이라는 차원으로 바뀐다고 해서 여성운동이 자동적으로 반권력 혹은 대항 권력의 성격을 띠는 것은 아니다. 글로벌화

159 바타차르지(Bhattacharjee)는 '가족'이라는 서구적 개념이 비서구인들의 일상에 얼마나 들어맞지 않는 것인지를 미국에서의 이민가정의 예를 들어 보여 준다. 브라(Brah) 역시 '가족(사적 영역) 대 일(공적 영역)'이라는 이분법이 영국에 거주하는 동남아시아 이주가정, 특히 집이 곧 노동현장인 무슬림 여성의 경우 전혀 적용되지 않음을 보인다.

160 Menon, *Sexualities*, 36.

161 Menon, *Sexualities*, 39.

를 도모하는 등 적극적인 노력에도 불구하고 여성운동은 여전히 권력체제와의 깊은 연루관계에 놓여 있다. 연루된 권력의 성격이 국민국가체제에서 글로벌체제로 바뀌었을 뿐이다.

사실 글로벌체제가 국민국가체제에 대한 반권력인지도 분명치는 않다. 전(全) 지구화체제의 등극과 함께 국민국가가 몰락의 길을 걷고 있다는 예측이 한때 무성했던 것도 사실이지만, 과연 새로운 형태의 지구적 위계나 권력이 나타나 국민국가를 실제로 대체하고 있는가는 의문이다. 국민국가체제의 성격 자체가 글로벌하게 변화하는 부분도 분명 있기 때문이다. 어쨌든 한 가지 분명한 것은 오늘날 젠더정체성의 생산에는 국민국가뿐 아니라 그 이상의 것들이 함께 참여하고 있다는 것이다. 국민국가, 다양한 형태의 글로벌 경제협력체, 소비문화 등은 서로 얽히고 합쳐져 새로운 형태의 권력체제를 만들어 내고 있으며 이 체제는 또한 새로운 양상의 주체와 공동체를 만들어 내고 있다. 국민국가의 중앙집권적 권력이 감소함에 따라 산재된 형태의 권력이 느슨한 네트워크를 통해 다양한 사회적 세력과 연합하고 있으며 이처럼 탈중심화된 권력의 형태는 정체성 형성에 새로운 규율과 새로운 가치를 불어넣기 시작하였다. 여성운동을 비롯한 여러 정치, 사회운동과 조직화의 양상은 이 새 권력체제, 즉 국민국가, 시장의 작동, 그리고 문화적 규범들 간의 느슨한 합으로 이루어진 글로벌한 체제와 무관하지 않다.

이런 체제 속에서 모든 사회운동이 그렇듯 여성운동 역시 어떤 경우에는 체제에 효과적으로 저항하지만 또 다른 경우에는 권력에 영합하기도 한다. 이를테면 글로벌 페미니즘의 대표 주자라 할 수 있는 NGO 등 국제단체들은 폭력, 강제, 기아 등의 문제를 해결하기 위해 활발히 활동하고 있지만, 또 한편 교육기관 혹은 대중매체 등과 손을 잡고 신자유주의체제를 떠받드는 윤리를 널리 유포하고 있기도 하다.[162] 이들은 자유롭고 독립적이며 스스로의 삶을 책임지는 주체적 인간상, 여성상을 불안정한 지구화 시대에 적합한 이상적인 자아상으로, 인간으로서 권리를 누리며 제대로 살기 위해서 당연히 가져야 하는 자아 개념으로 설파하고 있다. 또한 이 자아상에 각자의 모습을 잘 맞출 수 있는 생각, 삶의 방식, 기술 등을 일종의 자명한 윤리체제로서 정립, 유포하고 있다.

신자유주의체제와 글로벌 페미니즘 간의 이처럼 얽힌 관계 속에서 여성운동이 주목해 온 여성은 주로 '몸', 특히 온갖 종류의 폭력에 노출된 '약한 몸'으로 대표된다.[163] 따라서 글로벌 페미니즘은 연약함, 상처, 희생자 등의 이미지를 전 세계 여성이 공유할 수 있는 보편문법으로 삼아 운동의 응집력을 높이고 있으며 여성 개개인이 온전하고 건강한 몸, 자율적 독립성, 자기결정권 등을 획득하는 것을 주요 목표로 내세운다. 웬디 브라운의 표현대로 소위 '피해자 정체성(injury identity)'은 희생자 이미지를 여성의 보편적 경험으로 간주되도록 하였으며 지구 곳곳의 여성은 상처라는 끈으로 이어지고 연결되었다.[164] 여성은 상처와 희생 안에 갇혀 버린 것이다. 심지어 식민의 역사와 그 영향은 지역과 문화마다 다르다는 것을 세심하게 인식하고 있는 탈식민주의 비평조차도 희생자라는 여성의 보편적 정체성에 대해서는 별달리 이의를 제기하지 못해 온 것이 사실이다. 여성이 겪어 온 희생의 경험에 있어 그 양상과 정도가 다르다는 것을 지적하는 데 그치는 것이 대

162 Ong, "Experiments with Freedom," 236.

163 Bunch, "Transforming Human Rights from a Feminist Perspective," 11-17.

164 Brown 참조.

부분이고, 희생자라는 여성의 정체성 자체에는 도전하지 않았던 것이다.

여성의 정체성과 그들의 지구적 연대를 상처투성이 몸 위에 쓰고자 하는 글로벌 페미니즘의 노력은 사실상 푸코의 '생체 권력(biopower)'과 깊은 연관이 있다. 생체 권력이 몸에 대한 각종 담론적 규율과 통제를 통해 결국 생명 그 자체에 대한 총체적이고 직접적인 권력을 획득해 가는 과정을 보여준다면, 여성을 약하고 상처 입은 몸과 동일시하는 것 역시 담론 차원에서 일어나는 여성적 삶 그 자체에 대한 통제와 규율이라 할 수 있다. 이렇게 보았을 때 글로벌한 여성운동이 몸을 강조하는 것은 두 가지 모순적인 결과를 낳는다. 한편으로는 여성을 보호하고 구원하려는 신자유주의적 복지국가의 제스처를 복제하면서 또 한편으로는 생명 그 자체를 점령하고 완전한 통제를 행사하려는 전체주의적 체제의 논리를 답습하는 것이다.

글로벌체제하의 여성이라는 정체성은 국민국가에 기반을 둔 글로벌 자본의 이익과 또한 밀접히 연관되어 있다. 예를 들어 1970년대와 1980년대에 걸쳐 포드 재단(Ford Foundation)은 '여성의 권리는 인권'이라는 주제에 대해 특히 아랍 지역 여성에 초점을 두어 많은 리서치, 학술대회, 출판 등에 집중적으로 지원하였는데 이는 사실상 당시 국제정세에서 미국의 국가적 이익을 위한 투자였다.[165] 아시아 등 비서구에 기반을 둔 많은 NGO들은 특히 1990년대 이후 해외로부터의 재정지원에 거의 전적으로 의존해 왔는데, 글로벌 자본의 후원이 여러 가지 모순을 일으킨다는 것을 알고 있음에도 불구하고 다른 지역, 문화의 여성단체들과 접촉하여 지구적인 연대를 맺기 위해서는 어쩔 수 없이 이를 받아야 했던 것이 현실이기 때문이다.[166]

165 Grewal, *Transnational America*, 144-145.

166 Friedman 참조.

따라서 어떤 의미에서는 글로벌 연대, 글로벌한 공동체는 사실상 글로벌 자본에 의해 가능해진다고도 말할 수 있을 것이다.

물론 NGO의 활동이 인권 담론과 글로벌 자본에 의해서만 좌지우지되는 것은 아니다. 때때로 NGO 활동은 추상적인 차원에서의 인권 등을 주장하지 않으며 아무런 원칙이 없다고 해도 무방할 만큼 전적으로 생존전략 차원에서 전개되기도 한다. 아이와 옹은 동남아시아의 NGO 활동에 대해 분석하면서 많은 경우 이들 단체는 "누가 살아남을 것인지, 어떻게 살아남을 것인지, 어떤 방식으로 어떤 시점에 이런저런 요구를 할 것인지에 대해서 그저 그 당시의 정치적·윤리적 맥락을 봐 가면서 그때그때 상황에 맞는 결정을 내릴" 뿐이라고 말한다. 이처럼 급박한 생존의 문제를 다루는 활동가들은 인권이나 불평등, 시민권 등의 이슈에 크게 신경 쓰지 않는다. 그럴 만한 여유가 없기 때문이다.

옹에 따르면 인권이나 차별 등의 사회적 개념을 사용하는 것보다 개개인의 윤리와 양심에 호소하는 편이 상황을 개선하는 데 훨씬 효과적인 경우도 있다고 한다. 예를 들어 동남아시아 지역 가사 도우미들의 노동환경과 처우라는 문제에 접근할 때 어떤 NGO단체들은 고용주에게 직접 값싼 노동자를 사용하면서 그들이 건강하고 일을 잘할 수 있게끔 유지해 준다면 고용주 스스로에게 이익이라고 설득하기도 한다는 것이다.[167] 이런 예는 총체적 점령 상태에 놓여 있는 여성의 '헐벗은 생명'이 구체적으로 발현되는 실제 현실에서 지극히 자명한 듯 보이는 인권이라는 이상이 때로는 얼마나 부적절한 개념인가를 명징하게 드러내기도 한다.

167 Ong, "Experiments with Freedom," 241-242.

최근 여성운동 내부에서도 여성이라는 범주의 경직성에 대해 점점 불만이 많아지고 있다. 주체와 대상, 나와 타자 사이의 본질적이고 생물학적인 차이가 설정되면, 권력관계를 설정하고 규범화하는 작업이 보다 수월하게 진행될 수 있기 때문이다. 이런 이유에서 식민주의 담론이 상대-타자-비유럽의 정체를 정확하게 식별하고자 열과 성을 다하고, 그렇게 파악된 정체성을 질서정연하게 분류하여 범주화하고자 했던 것이다.[168]

몇몇 이론가와 활동가들은 여성 범주의 효용성에 대해 문제를 제기해 왔으며 여성운동의 정치성 자체를 재고해야 한다고 주장하기도 한다. 실제로 여성은 결코 자명한 것이 아니다. 본질적이거나 자연적인 것도 아니다. 그것은 중산층, 서벌턴(subaltern), 아시안, 대학생 등의 다양한 정체성들과 마찬가지로 상황에 따라 한동안 걸쳤다가 다시 또 벗을 수 있는 옷과 같은 것이며, 대부분의 경우 다른 정체성과 함께 겹쳐 입는 것이기도 하다. 때때로 여성과 서벌턴은 전혀 겹치지 않기도 한다. 그리고 종종 이 둘의 불일치, 어긋남은 여성운동의 정치성에 균열을 내는 주요 원인이기도 하다.[169] 그러나 아이러니하게도 때로는 여성과 서벌턴 사이의 어긋남이야말로 여성운동 그 자체를 가능하게 하는 요소가 되기도 한다. 많은 활동가가 실제로 엘리트 계층으로, 엘리트로서의 특권, 즉 고급교육과 기술, 언어 능력

168 리디아 류는 '나는 네가 아니기 때문에 나이다'라는 식의 상호 배제적 구별이야말로 식민주의적 맥락에서 보편과 문화차이를 구성하는 담론의 가장 큰 요소였다고 주장한다(Liu, "The Desire for the Sovereignty and the Logic of Reciprocity in the Family of Nations," 171). 캐런 캐플런(Caren Kaplan)은 걸프전을 통해 나타난 미국의 국민국가-글로벌 자본-군사주의 결탁체제는 '정확성의 담론'을 통해 작동되고 있으며 마케팅이나 군사적 사업 모두, 목표를 분명히 식별하여 조준하고 공격적인 액션을 취할 수 있게 하는 것이 가장 중요한 요소라고 말하고 있다.

169 메논이 지적하는 인도 국회에서의 여성의원의 역할은 바로 이런 불일치의 예이다. 메논에 따르면, 의회에서 여성의원을 일정 수 이상이 되도록 할당하는 법안을 제안하였는데 이는 사실상 낮은 카스트 사람들이 정치에 참여하는 것을 제한하기 위한 의회의 전략이었다는 것이다. 여성의원 대부분이 지배 카스트에 속하였기 때문이다(Menon, *Sexualities*, 170-177).

등을 적극 활용함으로써 여성운동을 지구적 차원에서 조직하고 있기 때문이다. 여성운동과 사회적 저항 간의 관계는 조앤 스콧의 저서 제목처럼 "역설이라고밖에" 표현할 수 없는 것이다.[170]

여성운동이 진정으로 저항적이고 민주적인 프로젝트로 거듭나기 위해, 다시 말하자면 특정 집단에 대한 충성 따위에 얽매이지 않고 정말 가난하고 억압받는 서벌턴을 위해 헌신하는 사회운동으로 재정립되기 위해서는 여성이라는 정체성 자체가 균열되어야 하며 그게 아니라면 적어도 여성을 최소한으로 내세워야 한다는 주장이 제기되기도 한다.[171] 정체성 범주의 고착화가 권력체제에 의해서뿐만 아니라 권력에 대한 저항에 의해서도 수행되면서 근대 체제를 강화하고 있다면, 사회운동은 보편적인 주체나 정체성 범주에 기대지 않는 방식으로 다시 상상되어야 하기 때문이다.

"내가 그 이름인가?"

데니즈 라일리는 이런 주장을 펼치는 비평가 중 한 명이다. 라일리는 철저하게 구성주의적인 입장에서 "여성이란 없다"라고 단언한다. 여성은 어디까지나 역사적 구성체일 뿐이며 고유하고 본질적이며 진정한 여성성이란 어디까지나 '상상된' 개념이라는 것이다. 라일리의 저서 『내가 그 이름

170 '줄 수 있는 건 오직 역설뿐(*Only Paradoxes to Offer*)'이라는 스콧(Joan Scott)의 저서 제목은 여성이라는 범주의 역설과 모순을 잘 드러내 준다.

171 포스트모더니즘 계열 페미니스트인 라일리(Denise Riley), 버틀러(Judith Butler), 코넬(Drucilla Cornell) 등이 이러한 주장을 하는 대표적 학자이며 이들은 '여성'이 정치적으로 효용성을 갖추기 위해서 비본질화되어야 한다고 말하고 있다.

인가?』는 여성이라는 정체성을 문제화하고 역사화하면서 철저히 맥락과 관계를 통해서 이해하고자 한다. 여성은 범주 내부가 아니라 경계선의 끊임없는 움직임에 의해서만 인식할 수 있는 존재라는 것이다.

저서의 제목에서 분명히 드러나듯, '내가 그 이름인가?'라는 수사적 질문은 나와 나에게 주어진 이름이 완전히 일치하지 않는다는 인식에서 시작한다. 게다가 이 물음이 주는 여운에는, 나와 내 이름이 일치하지 않을 뿐 아니라 이 둘이 화해적인 관계가 아니라는 불안감이 담겨 있다. 나는 분명 이름이 있기에 나로 존재할 수 있지만, 그 이름이 항상 나에게 유리하게 작용하는 것만은 아니며 때로는 적대적일 수도 있다. 이렇듯 나와 내 이름 간의 관계가 미묘하고도 불안정한 이유는 이름, 곧 정체성이란 역사적 구성물이고 어떤 의미에서는 역사 그 자체이기 때문이다. 내 이름의 의미가 과연 무엇인지, 나와 내 이름의 불편한 동거를 어떻게 살아 내어야 하는지를 이해하는 것은 역사적인 탐색일 수밖에 없다.

라일리는 여성이라는 범주가 18세기 이후 계몽주의, 사회, 신체 혹은 시민권 등의 주요 개념들과의 복잡한 상호 작용을 통해 구성되어 온 역사적 과정을 논의하면서 여성이 여러 근대적 범주 경계와의 지속적인 —그리고 불평등한— 협상으로 인해 창출된 역사적 현상임을 주장한다. 만약 본질적인 여성성이라는 것이 정말 존재하고 그 특성을 완벽히 체현하면서 사는 사람이 있다고 한다면 라일리에게 그것은 도저히 상상하기 힘든 끔찍한 일이다. 그 범주 안에만 갇혀 산다는 것은 반드시 폐소공포증을 유발할 것이기 때문이라는 것이다.

그녀의 논지에 따르면 심지어 여성성의 핵심이라고 여겨지는 여성의 몸조차 본질적이고 변치 않는 실체라기보다는, 하나의 역사적 개념이고 효과일 뿐이다. 여성의 신체는 그 자체로 자명해 보일지언정 그것만으로는 아무 의미도 획득하지 못하며 항상 주위에 존재하는 다른 개념들과 함께 읽히면서 비로소 사회적으로 의미 있는 무엇인가가 된다. 다시 말하자면, 여성이 자신의 몸에서 여성으로 사는 경우는 극히 드물며 그 몸이 여성의 몸으로 인지되는 것은 특별한 종류의 시선하에서 일어나는 현상이다. 여성성의 성이 위치하는 장소는 역사적으로 늘 변해 왔고, 그런 의미에서 몸이란 역사 그 이상도 그 이하도 아니라는 것이다.

라일리와 비슷한 맥락에서 리디아 류는 여성이 지구적 번역을 통해 창출되는 과정을 펼쳐 보인다. 류는 20세기 초 중국어와 영어의 불평등한 만남을 예로 든다. 중국어에는 여성을 따로 지칭하는 여성형 지시대명사라는 것이 존재하지 않았는데, 20세기 초 영문 텍스트를 중국어로 번역하는 과정에서 영어의 여성형 지시대명사에 대응하는 중국어 단어가 필요하다는 인식이 생겨났다는 것이다. 이런 과정에서 새롭게 만들어진 중국어 여성형 지시대명사가 일상생활에서 사용되기 시작하였고, 그 이전에는 젠더 구분 없이 일반적인 사람을 지칭하던 기존의 지시대명사가 서서히 남성형 지시대명사로 바뀌게 되었다.

류는 중국어에 일어난 이런 변화를 추적함으로써 유럽적 젠더가 중국의 언어와 문화, 인식체계 위에 덧씌워지는 과정을 보이고 '그녀'와 '그'가 문화번역 속에서 만들어지는 양상을 소개한다. 이런 종류의 번역들이 진행됨에 따라 지극히 유럽적인 젠더 범주는 지구 어느 곳에서나 동일하게 찾아볼 수 있는 지극히 보편적인 것이 되어 버린다. 이런 의미에서 지구 곳곳에서 일어나는 불평등한 관계의 번역은 문제적이다. 등가라는 (허구적) 개념은 언어, 문화, 정체성이 동등하게 교환된다는 (허구적) 인식을 낳는다. 실제로 언어와 문화는 동등하지 않고 이들 간의 교류는 평등하지 않으며 등가라는 것은 존재하지 않는다. 유럽에 대한 비유럽의 등가(중국어 여성형 지시대명사)는 창출된다. 즉 중국에서 여성은 원래 존재했기 때문이 아니라, 언어·문화 간의 불균형한 권력관계로부터 가치를 협상하고 만들어 내는 행위가 있었기에 생겨난 범주이다. 류는 이런 의미에서 번역을 "신조어적 상상력(neologistic imagination)"이라 명명한다.[172] 류의 논의가 중요한 이유는, 언어의 의미와 가치 —이 경우에는 젠더 범주— 가 보편화되는 과정을 역사적으로 바라보면서, 중국어 사전에 신조어로 추가된 '그'와 '그녀'는 생물학적이고 본질적인 사실이 아니라 가변적이고 불완전하며 불평등한 협상으로 인해 생겨난 현상임을 밝힌다는 점이다.

'우리'로 서사화되지 않는 여성: 플로베르의 『보바리 부인』

데니즈 라일리의 주장처럼, '내가 그 이름인가?'라는 수사적 질문이 여성이라는 범주정체성 형성에 핵심이라면, 또 리디아 류의 주장처럼 여성이 사실이 아니라 현상이라면, 플로베르의 『보바리 부인』은 여성이 경계선의 발작적 진동으로, 날카로운 불안함으로 (비-)존재함을 말하는 작품이다.

『프랑켄슈타인』의 괴물이 근대 인간의 괴물성(혹은 근대 괴물의 인간성?)을 드러낸다면, 플로베르의 『보바리 부인』은 근대 여성의 괴물성을 보여 준다. 『프랑켄슈타인』이 왕좌 안에 담긴 햄릿의 광기를 이어받아 자족적·독립

172 Liu, "Legislating the Universal," 137.

적인 근대 개인을 형상화했다면, 『보바리 부인』의 주인공 에마 보바리는 강물에 떠내려가는 미친 오필리어의 시체라는 유산을 잇는다. 『보바리 부인』은 19세기 근대 국민국가가 젠더와 계급 범주를 조율하고 통제하는 양상을 적나라하게 재현하며, 여성으로도 국민으로도 승화되지 않는 괴물이자 광기이며 경계-선인 에마 보바리가 야기하는 날카로운 불안과 혐오를 그려 낸다.

『보바리 부인』에서 핵심은 '에마 보바리가 과연 누구인가'라는 문제이다. 작가 플로베르가 스스로 "나는 보바리 부인이다!(Madame Bovary, c'est moi!)"라고 선언한 것 역시 이 논쟁을 더 뜨겁게 만들었다. 이 작품은 장편소설임에도 불구하고 에마 보바리라는 주인공에 대해 그다지 많은 정보를 제공하지 않는다. 남편인 샤를 보바리의 경우 어린 시절과 성장기 등 삶의 과정이 소상히 잘 기록되어 있는 데 반해, 에마의 결혼 전 삶은 기껏해야 그녀가 소녀 시절 읽은 독서목록이 나열된 정도이다.

그녀의 죽음 역시 의문투성이다. 여러 비평가들이 지적하듯 실제로 소설 마지막 부분에서 에마가 왜 그렇게 극단으로 치닫는지, 왜 스스로 비소를 삼키고 상상할 수 없을 정도로 끔찍한 몰골로 죽는지에 대한 충분한 설명은 주어지지 않는다. 그녀의 죽음을 설명하기 위한 하나의 가설을 세운다 해도 소설 안에서 그 가설이 딱 맞아떨어지지 않음을 보여 주는 또 다른 디테일들이 존재하므로 이에 대한 일관된 답을 찾는 것은 불가능하다. 그럼에도 불구하고 에마의 죽음이 무엇 때문인지에 대한 비평가들의 분분한 가설은 계속 세워지고 있는데, 이는 플로베르가 에마의 정체성을 의도적으로 모호하게 만들고 있기 때문이다.[173]

에마는 모호한 인물이지만 그 모호성의 효과는 강렬하게 도발적이고 불편하며 위험하다. 그녀의 모호성을 구성하는 것은 마차 속에서 애인 레옹과 정사를 벌이는 대담함이고, 파산이 거의 확정되자 수중에 있던 마지막 돈을 거지에게 던져 버리는 호기로움이며, 클럽에 남자 옷을 입고 출입하면서 레옹을 리드하는 당돌한 면모이다. 그녀는 전형적인 부르주아 계급의 부인이지만 부르주아 가정이라는 제도에서 가히 스캔들이라 할 수 있는 여성이고, 이 계급에게 터부시되는 사회적 금기에 감히 도전하는 존재이다. 에마는 부인네로서 마땅히 해야 할 생산 활동은 하지 않고 소비만 하는 존재이며 아주 관습적인 동시에 또 완전히 관습을 벗어나는 인물이다. 낭만적 사랑, 독서, 가구와 의복, 세련된 취향 등에 대한 관심은 부르주아 계급의 여인네가 갖추어야 할 필수적인 자질이지만, 에마가 이런 것들을 다루는 방식은 전통적인 부르주아 가정의 경제구조, 윤리, 심지어는 그 계급의 정치적 이상까지도 무너뜨린다.[174]

『보바리 부인』에서 에마 보바리는 괴물적 인간이고 그녀가 일으키는 효과는 공포이다. 그녀는 19세기 프랑스의 부르주아 가정 안에 안락하게 자리 잡고 있지만 『프랑켄슈타인』에서 시민사회로부터 배척당해 폭력과 살인을 남발하며 떠돌아다니는 괴물과 분명 묘하게, 그리고 의미 있게 겹친다. 그런데 플로베르는, 에마라는 여성-괴물-인간의 경계-선을 19세기 유럽에서 경제적·도덕적·정치적으로 가장 안정된 규범적 공간으로 여겨지는 부르주아 가정의 한가운데에 그려 넣는다.[175] 『프랑켄슈타인』에서는 괴물의 타자성이 너무도 명백해 모든 사람이 —심지어는 대여섯 살 꼬마까

173 에마의 죽음에 대한 수많은 가설 가운데 최근 출판된 가장 영향력 있는 비평으로는 Ranciere 참조.

174 도미닉 라카프라(Dominick LaCapra)는 이 소설에 당대 정치적인 현실에 대한 묘사는 부재하지만, 그 배경이나 맥락을 따져 보았을 때 에마의 자살은 곧 1848 혁명에 대한 메타포라고 주장한다. 즉 에마는 국민국가의 정치적 이상의 실패를 보여 주는 존재라는 것이다.

지도— 보는 즉시 도망가 버렸지만 『보바리 부인』에서 에마의 타자성은 아주 모호한 상태로 감추어진다. 그녀의 괴물성은 타락한 부인네의 모습으로, 희생자이지만 단순히 희생자만은 아닌 모습으로, 우리가 완전히 공감할 수는 없는, 심지어 경멸할 수도 있는, 애매하고 불편한 존재로서 우리 바로 옆에 —어쩌면 우리 자신 안에— 존재하는 것이다.[176]

플로베르가 에마의 괴물성을 재현하는 방식은 주목할 만하다. 『프랑켄슈타인』의 괴물이 "내가 누구인가? 무엇인가? 나는 어디에서 왔는가? 나의 갈 길은 어디인가?"라고 자문하고 있다면 『보바리 부인』에서는 작가 자신이 "나는 보바리 부인이다!"라고 선언해 버린다. 플로베르는 이 작품에서 작가 자신과 에마와의 동일시라는 문제, 재현의 주체와 재현의 대상 사이, 궁극적으로는 인간과 괴물의 동일시(identification)라는 이슈를 만족스럽게 다루기 위해 고민에 고민을 거듭했고, 많은 비평가는 바로 이 동일시-타자화의 복잡한 동학에 주목해 왔다.[177] 플로베르는 에마를 재현하는 과정에서 그녀와의 동일시와 그녀로부터의 타자화를 끊임없이 반복하고 있으며 이는 어느 한쪽으로 기울어지거나 수렴되지 않는다. 그는 이 동일시와 타자화의 반복을 통해 "공감과 환멸 사이에서 계속 일어나는 진동"을 만들어

175 앞에서 살펴보았듯 근대 국민국가는 이성애에 기반한 가부장제 가족을 정치적 정체성의 기본 단위로 설정해 왔다. 성애의 성격과 범위는 이 단위 안에서만 허용되고 인정되어 규범화되었다. 이런 의미에서 부르주아 가정이란 국민국가체제의 성애에서 핵심적인 기제이다. 개인은 이 규범적 가정을 통해 온갖 의심스럽고 모호한 성애와 욕망, 관계를 세탁하고 합격 판정을 받아야 하며 그다음에야 국민-시민으로 승화된다. 에마 보바리는 부르주아 가정의 흠잡을 데 없는 규범적 성애에 도전한다. 그녀의 애매하게 낭만적이며 문란한 연애는 부르주아 가정을 —더 나아가서 국민국가체제 자체를— 흔든다. 플로베르가 그녀의 죽음을 그토록 끔찍하게 묘사하는 것은, 19세기 유럽의 국민국가체제에 대한 그녀의 위협이 그만큼 만만치 않다는 것을 의미하기도 한다.

176 많은 비평가가 에마와 오메(Homais)의 더블관계를 지적한 데서도 알 수 있듯, 에마는 부르주아 계급에 대한 타자이면서도 그 계급과 거의 구분할 수 없을 정도로 겹쳐진다.

낸다. 즉 플로베르의 소설을 움직이는 주요 동인은 작가의 의식적인 의사결정이나 선택이 아니라 바로 이 **공감과 환멸 간의 반복되는 진동이다.**[178] **플로베르가 보기에 이는 인간 속의 괴물, 괴물 속의 인간, 혹은 인간-괴물이라는 애매모호한 경계-선을 재현하는 서사가 취할 수 있는 유일한, '우둔하지 않은' 태도인 것이다.**[179]

플로베르는 또한 '몰개성(impersonality)'이라는 수사적 전략으로 이 괴물-인간 사이의 동일화-타자화라는 문제에 대응한다. 이는 유사 다큐멘터리 스타일이라고 할 정도로 자세하고 꼼꼼한 사실묘사에 천착하면서도 그것들이 하나의 관점에 수렴되지 않도록 최대한 배려하는 자세를 지칭한다. 『보바리 부인』은 19세기 리얼리즘 문학의 걸작으로 손꼽히는 작품임에도 어떤 비평가들은 이 작품은 전혀 리얼리즘 소설이라 할 수 없으며 심지어는 리얼리즘이라는 개념 자체를 흔들고 있다고까지 주장한다.[180] 플로베르의 유명한 '자유간접화법(free indirect speech)'은 바로 이런 특이한 리얼리즘을 구현하는 수사전략인데, 그는 이를 통해 개연성 있는 관점이라는 것 자

177 플로베르의 "나는 보바리 부인이다!"라는 선언이 갖는 복잡성은 그것 자체로 많은 비평적인 논란을 불러일으켰다. 보들레르가 보기에 플로베르는 에마에게 자기 자신의 남성성을 덧입힌 것이었고 사르트르가 보기에 에마는 여성화된 플로베르였다. 쇼어(Naomi Schor) 같은 페미니스트 비평가들은 플로베르가 자신을 여성과 동일시하는 듯 보이지만 궁극적으로 여성성을 비하하고 있다고 비판한다.

178 Hill 참조.

179 레슬리 힐, 프렌더개스트(Christopher Prendergast)를 비롯한 많은 비평가가 플로베르 문학의 핵심으로 '우둔함'이라는 개념을 꼽고 있다. 플로베르는 우리의 언어시스템 자체가 관습의 우둔함 안에 갇혀 있기 때문에 기존 관념과 관습적인 언어를 그저 기계적으로 따라할 수밖에 없다고 본다. 그렇기에 그는 끝없이 이어지는 아이러니와 자기부정을 시도하며 이는 그의 작품 안에 깊이 배어 있는 '불확정성'의 원인이 된다. Culler, *Flaubert* 참조.

180 컬러(Jonathan Culler)는 이 작품이 리얼리즘에 대한 플로베르의 혐오로부터 탄생한 리얼리즘이라고 본다. 그것은, 현실을 있는 그대로 재현한다는 리얼리즘의 신념에 대한 혐오이기도 하고 '현실적으로 생각하고 행동해라'라는 식의 프티 부르주아적 태도에 대한 혐오이기도 하다는 것이다. Culler, "The Realism of *Madame Bovary*" 참조.

체를 붕괴시킨다. 세계는 그냥 거기 있는 것이고 어떤 하나의 주제나 서사, 감정으로 모이지 않는다. 따라서 화자의 목소리는 서사적 권위를 잃고 유령과 같이 이 인물 저 인물을 떠돌며, 이러한 화법은 소설 전체에 환상적 효과를 만들어 낸다.

즉 플로베르의 '몰개성'이라는 미학은 괴물-인간-여성을 재현하기 위해 역설적으로, 모든 인물로부터 목소리를 빼앗음으로써 수행되고 있다. 다시 말하자면 **이는 서사적 권위를 가진 '우리'라는 집단정체성 — 여성, 부르주아 계급, 혹은 근대 국민국가로부터 그 권위를 박탈하는 작업이기도 하다**. 실제로 『보바리 부인』의 텍스트를 시작하는 첫 단어가 '우리'라는 것을 생각하면 플로베르가 집단정체성-범주에 얼마나 주목하고 있는지는 명백하다.[181] 그런데 이 '우리'는 소설이 진행됨에 따라 점차 사라진다. 서사적 권위는 샤를에서 에마로, 또 레옹으로 계속 이동하며 어느 한 인물 안에 머무르지 않는다. 이렇듯 '우리'가 사라짐과 함께 소설의 서사 역시 서사성을 잃는다. 목소리의 일관성, 권위와 더불어 서사의 목적이나 의도, 방향성이 함께 약화되기 때문이다. 그 대신 각각의 인물이 느끼는 순간순간의 감각들은 생생히 살아난다. 랑시에르가 말하듯, 어느 하나도 돋보이거나 억눌리지 않고 세세한 디테일과 느낌들 하나하나가 동등하게 재현됨으로써 '감각들의 민주주의'가 구현되는 것이다.[182]

그 결과 소설이 시작되는 지점의 모호하고 추상적인 '우리'는, 에마라는 단독적 근대 개인으로 치환된다. 에마(근대 개인)가 '우리'(국민국가)로 승화되

181 소설의 시작은 다음과 같다. "우리는 학교에 있었다. 교장선생님이 교복을 착용하지 않은 한 소년과 책상을 운반하는 사환을 데리고 들어왔다." Flaubert, *Madame Bovary*, 1.

182 Ranciere 참조.

어야 할 지점에서 예상과는 달리 에마는 '우리'로의 궤도를 우회·이탈하여 다시 에마에 가닿는다. 이 우회 궤적이 최종적으로 도달하는 에마는 승화되지 못한 고독한 개인-괴물이며 (승화되지 못했으므로 어쩌면 당연히) 서구 여성운동이 전제하는 여성, 자발적으로 선택하고 그에 대해 책임을 지며 부르주아적 시민권 —인권— 을 마침내 획득해 내는 인간이 아니다. 우리가 『보바리 부인』의 결말에서 마침내 마주치는 인간-여성-개인-괴물의 복합적인 모습은, 가장 끔찍하며 또한 가장 생생하게 묘사된 시체이다.

> 에마는 오른쪽 어깨에 머리를 늘어뜨리고 있었다. 입의 한쪽은 벌어진 채였고 얼굴 아래쪽에 검은 구멍이 난 것처럼 보였다. 엄지손가락은 손바닥 위로 구부러져 있었다. 하얀 가루 같은 것이 속눈썹 위에 흩어져 있었다. 눈은 부드러운 거미줄 같은 투명막이 씌워져 막 흐려지고 있었으며 마치 거미가 이제 막 작업을 시작한 듯했다. … 사람들은 그녀의 머리 위에 화환을 놓으려고 침대 위로 몸을 굽혔다. 그들은 에마의 머리를 약간 들어 올렸다. 그러자 검은 액체가 마치 토사물처럼 입술 사이에서 쏟아져 나왔다. (Flaubert, *Madame Bovary*, 270–271) (필자 번역)

플로베르가 성취한 괴물-인간-여성에 대한 최대한의 구체적이고 적확한 묘사는 죽은 자, 혹은 죽어 가는 자의 이미지이다. 근대 국민국가체제라는 맥락에서 에마 보바리라는 위험한 괴물은 '시체'의 형태일 때만 비로소 개인으로서의 개인성, 어떤 고정된 이미지로도 단순화할 수 없을 만큼 겹겹이 쌓인 내부를 가진 복잡한 존재로서의 존재성을 획득하는 것이다.

여성-괴물-인간에 대한 애도: 창래 리의 『제스처 라이프』

전 지구적 자본주의가 근대 국민국가체제와 새로운 공생관계를 맺고 있는 21세기라는 맥락에서 창래 리는 죽어 가는 괴물-인간-개인-여성의 생생한 이미지를 환기하기 위해 에마 보바리를 다시 한번 소환한다. 창래 리의 소설 『제스처 라이프』는 아시아-태평양 전쟁 당시 '위안부' 사건을 주요 소재로 하는데, 이 소설은 인도네시아 전장에 '위안부'로 끌려온 K라는 한국 여성과 에마 보바리와의 의미심장한 교차를 시도한다. 주인공 구로하타 지로는 한국계 일본인으로 전쟁에서 군의관 보조 임무를 수행하다가 '위안부'로 끌려온 K를 사랑하게 된다. 이들의 사랑은 군인들의 집단강간과 그녀의 끔찍한 죽음으로 종결되며, 구로하타는 전쟁이 끝난 후 미국으로 이민을 떠난다. 그는 프랭클린 하타로 개명하고 소도시에서 의료기기상을 운영하면서 모범적인 중산층 시민으로 살아가길 원하지만 그의 욕망은 계속 좌절된다. 기억 속에 트라우마로 자리 잡은 '위안부' K와 한국에서 입양한 흑인혼혈아 서니가, 이 욕망의 실패를 강하게 암시하며 (구로)하타 주위를 불길하게 맴돌기 때문이다.

창래 리는 『원어민』에 이어 『제스처 라이프』에서도 국민국가체제의 인식론이 개인의 욕망을 일으키고 통제하며 또 좌절시키는 미묘하고도 끈질긴 방식들을 다양하게 극화한다. 이 소설 역시 기본적으로 프랭클린 하타라는 이민자를 주인공으로 내세우고 있지만, 창래 리는 전형적인 이민서사 혹은 동화서사 소설에 대한 메타적 시선을 확보한다. 작가는 이 시선을 통해, 여성-괴물이 근대 국민국가서사에 균열을 내고 또 그 서사가 여성-괴물을 지워 버리는 복잡한 상호 동학을 드러낸다.[183]

주인공 하타는 미국이라는 제국의 모범시민, 즉 부르주아 시민을 열망하고 모방한다. 이 과정에서 그가 K에 대해 느끼는 사랑, 죄의식, 책망 등의 복잡한 심리적 요소들은 입양딸 서니에게 그대로 전이되고, 결국 서니와의 관계가 폭력적인 파국으로 치달으면서 한국인, 미국 시민, 중산층, 가장 등 그가 그토록 열망해 온 순혈정체성들은 산산이 깨지고 불타 없어진다. 창래 리는 여기서 또한 '위안부'라는 경험을 국제적인 맥락에서 바라보면서 그 현재적 의미를 되짚고 있다. '위안부'라는 사건은 일본의 패전과 함께 종결된 것이 결코 아니며, 그 이후 아시아에서 지속적으로 전개되어 온 미국의 군사적·경제적 패권주의와의 연장선상에서 바라봐야 한다는 것이다. 서니의 존재는 그런 의미에서 '위안부'의 후효과(after-effect)라 볼 수 있다. 한국전쟁 시 파병된 흑인병사와 기지촌 여성 사이에서 태어난 혼혈아 서니는 전쟁과 여성의 성착취라는 이슈가 인종, 식민, 제국 등의 문제와 직결되어 있음을 온몸으로 증명하고 이는 여전히 우리 사회에서 현재 진행형임을 역설하고 있으며, 이로써 '위안부'와 국가정체성을 탄탄하게 묶어내는 민족주의적 시각에 균열을 낸다.[184]

그럼에도 불구하고 창래 리가 이 작품에서 극화하는 '위안부'의 모습은 문제적이다. 『제스처 라이프』에서 묘사되는 K는 끔찍한 전장에 느닷없이 끌려와 성노예의 신세로 몰락했으나 원래는 아름다운 소녀이고 가족을 위해 기꺼이 자기를 희생하는 효녀이며 심지어 양반집 규수에 총명한 여성이기도 하다. 이는 살아 있는 개인에 대한 생생한 묘사라기보다는 순결한

183 많은 비평가가 이 작품은 이민자가 진정한 미국 시민으로 새롭게 태어나는 과정을 의도적으로 비트는 반-성장소설이며, 이민자 소설이 전통적으로 지향해 온 성장서사 대신 조각나고 깨진 트라우마 서사를 제시한다고 본다(Carroll; Kang; Chuh).

184 '위안부'와 기지촌 여성 사이의 연관성을 추적한 논문으로는 이나영 참조.

희생자라는 전형적 이미지일 뿐이다. 물론 K가 이런 이미지를 끝까지 견지하지는 못한다. 구로하타는 K가 죽은 후 상사인 군의관 오노로부터 순결한 처녀인 줄로만 알았던 그녀가 사실은 임신한 몸이었다는 말을 듣게 되기 때문이다. 이는 텍스트 내에서는 사실 여부를 확인할 수 없는 부분이지만, 이런 암시로 인해 K는 더욱 신비롭고 알 수 없는 수수께끼로 대상화된다. 이 소설은 K에 대한 것이라기보다는 하타에 관한 것이며, K는 하타의 실패, 즉 시민으로서, 화자로서, 혹은 과거를 기억하는 자로서의 실패를 보여 주기 위한 도구적인 존재에 머문다.

K가 이렇듯 전형적인 이미지로 물화, 대상화, 기호화되는 것은, '위안부'라는 사건을 우리의 어설픈 언어로는 결코 재현해 낼 수 없다는 창래 리의 예술적 판단 때문인 듯도 하다. 이들에 대한 문학적 재현이 근본적으로 불가능하다면, 차라리 그녀들이 우리의 삶, 기억, 역사에서 오직 ('K'라는) 기표로만 존재하고 있다는 (부당한) 사실을 통렬하게 드러내는 편이 더 진실하고 윤리적일 수 있다는 것이다. 창래 리의 『제스처 라이프』에는 분명 이러한 고민이 녹아 있는 것으로 보인다.

이런 점을 십분 고려한다 해도 이 작품을 K에 대한, 더 나아가 '위안부'에 대한 성공적인 소설이라고 말하기는 어렵다. '위안부' K가 애초에 기표로서 의도되었다면 그들이 기표로서 갖는 생경함, 불가해함이라도 생생하게 구현해야 할 터인데, 이 작품에서의 K는 결국 뻔한 상징 —한국(Korea)이라는 국가의 K, 혹은 구로하타(Kurohata)의 K— 으로 포섭된다. 그 결과, 소설가의 문제의식과 달리 소설 자체는 웬디 브라운이 지적하는 '피해자 정체성에 기반한 정체성 정치' 안에 갇힌다. K라는 인물은 하타가 식민지의 국민으로 (혹은 제국의 시민으로) 마땅히 가져야 하는 (그리고 극복해야 하는) 죄의식,

분노, 책망의 '폐쇄적 구조'를 구성하는 데 기여한다. K의 트라우마는 아시안 아메리칸 남성이 미국 시민으로 새롭게 거듭나는 (혹은 실패하는) 과정에서 감수해야 하는 심리적 위기로 그 의미가 축소된다.

이는 창래 리의 작가적 역량 문제라기보다는 21세기라는 시대와 근대 소설이라는 서사 장르의 한계가 봉착한 딜레마일 수 있다. 가즈오 이시구로의 『남아 있는 나날』에서도 살펴보았듯이 이제 괴물은 포획되었다. 미쳐 날뛰던 셸리의 괴물은 2세기 후 달링턴 홀의 감옥 안에서 처연히 그리고 아주 느리게 죽어 간다. 더욱이 이 괴물이 여성이라면 그 감옥은 틀림없이 더욱 혹독하고 억압적인 형태일 것이다. 그러나 『딕테』처럼 극단적인 형태의 언어실험이 아니라면 이처럼 완전히 제압된 괴물-인간-여성을 드러낼 방법이 없어져 버린 것이다.

아무리 전통적인 성장소설 서사에 균열을 내어 '조각나고 깨진 트라우마 서사'로 변형한다 해도, 기본적으로 21세기 근대 소설서사라는 담론구조에는, 괴물-여성-'위안부'의 산산이 조각나고 분열되고 깨어진 존재성이 하나의 관점으로 전유될 수밖에 없다는 한계가 있다. 창래 리는 이러한 서사의 교착 상태에서, 전혀 다른 시공간의 맥락에 놓여 있는 괴물 에마 보바리와의 교차라는 방식을 짧게나마 시도하면서 플로베르의 진동하는 서사를 향해 문을 열어젖힌다. 그리고 K의 모습 위로 에마가 겹쳐지는 그 기묘한 순간, 남성-국민-시민의 닫힌 트라우마 서사 안에서 도구적 존재에 머무르던 K가 갑자기 모호해지고 불안정해지며 기표로서의 생경함과 구체성을 뿜어내기 시작한다.

『제스처 라이프』에서 K와 에마가 겹쳐지는 인용문의 맥락을 자세히 살펴보자. 구로하타는 상관인 군의관으로부터 특별 지시를 받고 다른 '위안부', 군인들과는 격리된 공간에서 홀로 K를 지키고 있으며 당연하게도 아름다운 그녀에게 강렬하게 끌린다.

> "당신이 말했던 그 소설을 함께 읽고 토론해 보면 얼마나 좋을까요. 다른 나라, 다른 시대에 사는 완전히 다른 사람들의 얘기들을요. … 당신이 줄거리를 내게 들려주고, 우린 그 소설에 나오는 유럽 사람들인 척해 보는 거예요. 아마 그 인물들도 나름대로 굉장히 중요한 문제에 골몰해 있겠지요."
>
> "재미있는 얘기들이지." 나는 대답했다. 그러면서 프랑스의 작은 시골마을에 사는 한 여성의 모습을 떠올렸다. 그 마을은 그녀에게 세계였고, 또 감옥이었다. "때로는 비극적이기도 하고."
>
> "그래야만 하겠지요." K는 대답했다. "그렇지 않으면 소설이 안 될 테니까요. 그렇죠, 중위님?" (Lee, *A Gesture Life*, 248–249) (필자 번역)

그들은 참혹한 현실로부터 도피하기 위해 "마치 두 명의 대학생처럼" 미래에 대한 계획과 꿈에 대해, 그들이 읽은 책들에 대해 진지하게 대화한다. 구로하타가 서양소설 이야기에 열을 올리자 K는 자기도 그 소설들을 읽어보고 싶다고 말한다. 그러자 구로하타는 갑자기 "프랑스의 작은 시골마을에 사는 한 여성의 모습"을 떠올린다. "그 마을은 그녀에게 세계였고, 또 감옥"이었으며, 그 여성의 삶 역시 K만큼이나 비극적이다.

'위안부' K와 에마 보바리를 겹쳐서 바라보는 구로하타의 시선은 분명 문제적이다. 누가 봐도 가련하고 불쌍한 희생양 K와, 분명 비극적인 운명을 맞이하긴 하지만 이기적이고 도발적이며 히스테릭한 간통녀 에마를 등치한다는 것은 불편한 감정을 불러일으킨다. 하지만 에마가 19세기의 인간-괴물-여성이었다면 K는 분명 21세기의 인간-괴물-여성이다. 우리가 에마의 괴물성을 두려움, 공포, 경멸이 마구 섞인 양가적 감정을 가지고 바라보는 반면 '위안부' K의 타자성에 대해서는 한없는 연민과 안쓰러움, 보호본능을 느낀다면, 그 감정적 반응의 차이는 분명 시사하는 바가 있다. 19세기와 20세기의 근대 국민국가체제의 사회적 규율과 통제의 성격이 달라진 것이다.

주디스 버틀러가 말하듯 사회적 규율은 존재론적 실체와 인간의 감정까지 통제하고 있으며 특정 사회가 규정하는 규범적 젠더와 성애체제에 의해 어떤 삶이 애도의 대상이 되는지, 또 어떤 삶은 애도에서 배제할 것인지 등이 결정된다. 에마도 K도 분명 괴물로서 각각의 사회에서 타자화되고 침묵을 강요당하는 서벌턴임에도, 에마의 죽음은 사회적 애도를 받지 못하고 K의 죽음은 모든 사람의 열렬한 애도를 받는다면, 혹은 K가 순결한 처녀일 경우와 (군의관 오노의 주장처럼) 이미 성경험이 있는 여성일 경우에 우리가 느끼는 애도의 정도가 달라진다면, 그것은 근대 국민국가체제가 성애체제를 통해 수행하는 규율화 작업의 성격과 밀접한 관련이 있는 것이다.

『보바리 부인』과 『제스처 라이프』 사이에는, 괴물-타자-여성이 '위험한 자'에서 '불쌍한 자'로 전환하는 지점이 있다. 그리고 이는 19세기 근대 국민국가체제가 20세기 글로벌 복지국가체제로 전환하는 과정과 맞물려 있다. 19세기 근대 국민국가체제가 시민권을 중심으로 구성되었다면 20세기 후반의 핵심은 시민권에서 인권으로 이행되며, 국가가 보호하고 관리해야 할 대상은 국민에서 인간으로 글로벌하게 확장된다. 이러한 확장은 푸코가 말한 생체 권력의 양상을 띤다. 이를 통해 "역사상 처음으로 … 생명을 보호하면서 그와 동시에 홀로코스트를 인준한다는 것이 가능해진 것이다."[185] 실제로 '위안부'라는 성착취체제는 20세기 국민국가체제가 신체와 성애의 문제에 아주 직접적이고 노골적으로, 또 총체적으로 개입하고 있음을 그대로 보여 주는 시스템이다. 게다가 이 체제는 노골적인 폭력과 규율을 '보호'의 제스처로 포장하곤 한다. 『보바리 부인』에서 에마의 남편 샤를은 환자에게 별다른 영향력도 행사하지 못하는 무능력한 의사이지만 무료하고 숨 막히는 결혼생활을 통해 에마의 팔다리를 상징적 차원에서 잘라 내고 있다면, 『제스처 라이프』의 군의관 오노는 압도적인 존재감을 과시하며 K를 수많은 병사들의 성폭력으로부터 안전하게 보호함과 동시에 그녀의 신체를 철저하게 구금하고 통제한다. 즉 『제스처 라이프』에서는 보호와 폭력이 함께 일어나고 있으며 이 절묘한 조합의 권력체제하에서 K는 본인이 순결한 소녀인지 아니면 누군가와의 잠자리를 통해 이미 임신한 여성인지 스스로 답할 수조차 없는 것이다.

'위안부' 담론에도 이러한 규율이 깊이 내재화되어 있다. 실제로 '위안부'에는 계급, 인종, 도덕체제, 디아스포라, 언어 등 많은 논제가 연루되어 있음에도 불구하고 이에 대한 논의는 정치적 입장에 관계없이, 대부분 여성의 성애를 과도하게 강조한다. '위안부'의 고초를 설명하는 데에는 주로 여성의 사회적 타락, 고통, 수치가 에로틱한 형태로 재현되는 포르노그래피 방식이 사용된다. 정숙한 소녀·처녀에서 창녀로 몰락하는 그 과정은 '위안부' 사건의 하이라이트이며, 독자들은 일종의 관음증 환자로서 남성의 시선으로 이 성적 타락의 장면을 엿보고 이에 매료된다.[186] '위안부' 여성들이

185 Agamben, "Homo Sacer," 3에서 재인용.

186 Hein, "Savage Irony," 343.

겪은 고통이 순전히 성적인 것뿐만은 아닐 터인데도, 성적 착취를 당하기 전의 개인적 경험이나 전쟁이 끝난 후 견뎌야 했던 피해와 고통 등은 '위안부' 담론 안으로 거의 들어가지도 않고 의미 있게 맥락화되지도 않는다.

'위안부' 담론이 여성의 정상성을 다루는 경우 역시 문제적이다. 대부분의 경우 '위안부' 담론은 피해자들이 가능한 모든 수단을 동원해 성폭력의 상흔을 극복하고 정상적인 여성으로 복귀하는 것을 이상으로 한다. 이 극복의 과정에서 '이성애에 기반한 가부장제 가정'이라는 형태는 여성을 온전한 존재로 만들어 주는 규범으로서의 적법성을 더욱 강화해 간다. 그러다 보니 더 중요한 문제라 할 수 있는 부분, 즉 소위 정상적 형태의 가정—그리고 그에 수반되는 낭만적 사랑, 도덕적 청결함, 결혼 등의 덕목— 이라는 것이 이 여성들의 실제 삶이라는 맥락에서 얼마나 (부)적절한가의 문제는 다루어지지 못하는 것이다.

『제스처 라이프』에서도 K에 대한 묘사는 포르노그래픽한 상상력을 자극하도록 그려져 있다. 서니가 뭇 남자들과 성행위하는 모습을 문틈 사이로 몰래 엿보며 분노와 쾌락에 몸을 떠는 하타의 모습과 군인들의 윤간 후 처참하게 찢긴 K의 시체는 이 작품에서 가장 강력한 이미지로 기능한다. 이에 반해 『보바리 부인』에서는 성애라는 주제를 다루는 방식에 있어서 에마의 여성성이 비교적 덜 강조되고 있다. 에마는 두 번이나 간통사건을 벌이지만, 사실상 에마에게 성애란 그다지 중요하지도 않다. 그녀에게 더욱 중요한 것은 사랑이라는 낭만적인 환상이며 그 순간의 황홀한 감각이다. 그렇기에 에마는 낭만적 환상을 경멸하는 작가 플로베르로부터 타자화되기도 하고 그녀만큼이나 감각을 중요시하는 플로베르와 동일시되기도 한다. 에마는 남편, 애인들과의 관계에서 남성적이기도 하고 여성적이기도 하며 여성의 복장을 하기도 남성의 복장을 하기도 한다. 그런 이유로 이 작품의 '말할 수 없음'은 『제스처 라이프』에 비해 훨씬 더 전복적이다. K가 불쌍한 여성으로 고착되어 국민국가체제의 시선에 완전히 포섭되어 있다면, 에마는 때로는 여성으로, 때로는 여성이 아닌 어떤 존재로 정체성을 계속 갈아입으면서, 경계선에서 범주 내부 면으로, 다시 면에서 선으로 진동하면서 국민국가체제의 규율적 시선을 교묘히 피해 가기 때문이다.

물론 지금 다시 플로베르의 재현방식으로 돌아가자는 것이 아니다. 그것은 불가능할 뿐만 아니라 시대착오적이다. 그러나 플로베르가 19세기라는 맥락에서 서벌턴의 재현이라는 문제와 씨름했던 결과물은, 21세기 위안부 담론이 여성-괴물-개인의 단독적 트라우마로서 인식될 수 있느냐는 논제에 시사점을 준다. 창래 리가 서사의 한계에 이르러 에마 보바리를 환기하는 것도 바로 이런 이유에서일 것이다. 국민국가체제의 서사적 권위를 갖는 '우리'라는 범주 —그것이 우리 민족이건 우리 여성이건 우리 이민자이건 혹은 우리 서벌턴이건— 에게서 그 권위를 빼앗고, 어떤 형태로건 괴물-타자-인간의 경계-선을 (혹은 그 진동을) 표현할 수 있는 '자유간접화법'에 대한 21세기적 언어와 서사실험을 멈추어서는 안 된다는 것이다.

이것은 애도의 문제와도 연결된다. 우리가 전장 어디에선가 버려지고 죽어 간 '위안부' 여성들을 하나의 복잡한 개인으로서 환기하는 대신 한없이 가련한 여성으로 대상화·타자화·범주화한다면 그들의 이야기는 오메의 유리병 속에 알코올로 염장되어 있는 태아들과 다를 바가 없다. 과거는 기억되지 않고 그저 보존 처리되는 것이다.

오늘날 우리가 글로벌라이제이션이라고 부르는 현실이 실제로 에마의 세계(감옥) —즉, 부르주아-낭만주의-국민국가-자본주의의 합체— 가 글로벌하게 확장한 것에 다름 아니라는 점을 고려하면, 에마 보바리가 괴물-타자-여성으로서 갖는 역사적이고 현재적인 중요성은 더욱더 크다고 할 수 있다. '위안부'와 『제스처 라이프』, 『보바리 부인』의 짧고 기묘한 트랜스내셔널한 교차는 역사와 문학, 정치와 윤리가 조우하는 지점으로부터 이들의 경계로서의 존재성을 재현하고 기억하며 애도할 수 있는 (불-)가능성을 밝혀 준다.

나가는 말

인공언어, 인조인간, 트랜스내셔널/문학의 자리

…

테드 창 「당신 인생의 이야기」

언어와 차이

SF 작가 테드 창은 「당신 인생의 이야기」에서 지구에 찾아온 '헵타포드'라는 외계인의 언어를 소개한다. 그들에게는 말하는 언어(헵타포드A)와 쓰는 언어(헵타포드B)가 완전히 다른 별개의 언어이다. 헵타포드A는 말이라는 것이 발화되는 물리적인 구조상 단어와 단어들이 연속적으로 이어지는 구조를 가지고 있지만, 헵타포드B는 글이므로 그런 한계에 얽매일 필요가 없다. 의미소는 "한 번에 하나씩 펼쳐지지 않으며 대신 의미로 가득한 페이지 하나가 한 번에 주어진다."

> 헵타포드에게 쓰기와 말하기는 문화적 · 인지적으로 완전히 다른 역할을 수행하고 있기 때문에 이를 위해 별개의 두 언어를 사용하는 것이 한 언어를 변형시켜 사용하는 것보다 더 합리적이다. … 아마도 그들은 우리[인간]들이 사용하는 방식의 쓰기가 도대체 왜 필요하냐고 물을 것이다. 소통을 위한 채널을 하나 더 이용할 수 있는데 그걸 낭비하는 셈이라는

것이다. (Chiang, *Stories of Your Life*, 130) (필자 번역)

글과 말이란 어차피 전혀 다른 매체를 통해 구현되므로 그 매체의 성격과 구조에 맞게 아예 각각 다른 언어를 채택하여 소통과 사유의 양과 질을 최대한 확장하는 것이 합리적인 선택이라는 것이다.

이 외계인들의 언어관은 지구의 언어·문학연구자들에게 흥미로운 질문을 던져 준다. 문학연구는 언어 내부에 존재하는 다양하고 이질적인 매체성에 별 관심을 두지 않은 채, 언어정체성의 단일성과 범주 내부의 동질성을 기계적으로 전제해 왔다. 특히 비교문학연구는 언어적 차이와 다름에 주목한다는 나름의 모토에도 불구하고 실제로는 국가·문화적 경계선에만 주목해 왔다. 헵타포드의 시선에서 보았을 때 이는 언어적 차이가 담보하는 많은 가능성을 의미 없이 낭비하는, 이해 못 할 행위이다. 사실 논리적으로 헵타포드의 지적이 맞는 것 같다. 어쩌면 우리 지구인들은 언어적 차이에 대해 적절하게 인식하지 못하고 있으며 따라서 충분히 합리적인 언어적 실천을 못 하고 있는 것이 아닌가? 번역, 비교 등 언어적 차이를 논하기 위해 마련된 방법론에서조차 우리는 차이에 대해 가장 '덜' 말하는 방식을 채택하며 실제로 소통의 다양한 가능성을 스스로 닫고 있는 것은 아닐까?

오늘날 언어는 매체와의 관계 속에서 끊임없이 이질적인 요소들을 생성해 내고 있으며, 이는 언어와 텍스트, 더 나아가 문학성-인간성이라는 범주의 안팎에서 복잡하고 동적이며 기계적인 변화들을 구성한다. 문학연구는 근대 인간-괴물이라는 문제적 범주에 일어나는 빠른 변화와 차이들의 의미를 포착하고 읽어 내어야 한다. 문학이야말로 언어의 차이, 또 그 차이가 만들어 내는 변화들을 가장 민감하게 포착하고 이를 역동적으로 해석해야 하는 학문이기 때문이다. 언어에서 발생하는 다양한 이질성들을 인식하는 방식의 변화는, 읽고 해석하는 방식의 변화를 필연적으로 이끌어낼 것이다. 이 장에서는 트랜스내셔널/문학에 대한 논의를 마무리하면서 읽기라는 행위를 메타적 시선으로 점검하고 포스트휴먼 시대 경계선의 의미와 문학연구의 지평을 상상해 본다.

(비교)문학의 위계성

헵타포드가 지적하는 지구인들의 언어적 비합리성(언어적 차이에 대한 둔감성)은 사실 비교문학이라는 학문의 태생적 한계와 밀접한 연관이 있다. 비교문학은 차이를 논하는 학문이라고 흔히 이해되고 있지만, 사실상 그 학문적 기원은 차이에 대한 통제·위계화와 불가분의 관계를 갖는다. 비교문학의 기원에 대한 논의는 대부분 괴테의 세계문학에서 출발하며 여기에 담긴 보편주의적 이상이 그 기본 정신으로 설정된다. 물론 많은 비평가가 괴테의 보편 개념이 내포하는 서구중심주의와 그가 말하는 세계의 편협성을 신랄히 비판해 왔지만, 이 개념이 촉발한 국가·언어·문화 간 상호 교류와 경쟁, 확장성이라는 측면을 긍정적으로 평가해 온 것도 사실이다.

그런데 최근 연구들은 비교문학의 출발점으로 자리 잡은 보편주의적 이상에 담긴 식민주의적인 성격을 보다 부각해야 할 필요성을 주장한다. 외교관이자 작가였던 괴테의 세계문학보다는 동인도주식회사의 수장이자 비교언어학자였던 윌리엄 존스의 작업이 비교문학의 기원에 더 가깝다는 것이다. 이러한 시각에 따르면 존스가 인도에서 수행했던 동방언어와 텍스트에 대한 체계적이고 계보학적인 분류 작업과 비교연구는 단순히 선구적 비교언어학연구 이상의 의미를 갖는다. 이는 인도에 존재하는 다양한 양상의 혼종적 언어를 아라비아어, 페르시아어 등 몇 가지 범주로 고정시키고 그들 간의 위계관계를 규정한 작업이며, 궁극적으로는 영국의 인도 통치라는 정치적 규율을 언어적 차원에서 실천한 것이라 할 수 있다. 실제로 존스의 비교언어학연구는 당대 유럽 학계에 큰 영향을 주었고, 동양 언어와 문학에 대한 관심과 이해를 촉발하였으며, 비교문학이라는 학문의 인식론과 방법론의 성립에 결정적인 역할을 하였다. 즉 비교문학의 기원에는 식민통치의 그림자가 드리워져 있으며 비교의 인식론과 방법론에는 정복의 논리가 내재하고 있음을 보다 날카롭게 인식해야 한다는 것이다.[187]

비교문학은 차이를 논의하고 비교하는 방식을 통해 언어와 텍스트에 대한 서구적 식민통치를 유지해 왔다. 차이를 논하되 기준이 되는 보편의 존재를 잊어서는 안 된다는 것이다. 아마도 지구의 비교문학 학자들은 헵타포드에게 반론을 제기할 것이다. 글과 말이 물론 매체상 다르지만 그 차이의 정도가 모국어와 외국어를 가르는 차이보다 더 크면 되겠냐고. 일단 모국어가 무엇인지부터 분명히 하고 난 후 그 안에서 이차적으로 매체적 차이를 두면 되는 것 아니냐고 말이다. 지구에서 차이는 철저히 위계화되어 있다. 매체의 차이보다는 국가·문화적 차이가 더 우선시되고, 그보다 더

187 윌리엄 존스의 비교언어학과 비교문학의 성립에 대해서는 Ahmed, Bhattacharya 참조. 근본적으로 문학이라는 근대 지식은 보편이라는 서구적 이상을 바탕으로 국어-민족-문화-문학 사이의 매끄러운 연결을 도모하는 국민국가체제의 통치성의 일부로서 발생하고 유지되었으며 이런 점에서 비교문학을 굳이 문학과 구별할 필요는 없는 듯하다.

근본적인 것은 헵타포드 같은 존재들과의 종으로서의 차이이다. 위계의 최상층에는 존재론적이면서도 정치적인 인간·인간성이라는 모호한 층위가 자리하고 있다. (물론 이 위계표에서 국가·문화 층위와 인간·인간성 층위 사이에 명목상이 아닌 실질적인 차이가 있는가에는 의문의 여지가 있다.)

이러한 차이의 위계화는 실제로 근대 학문의 내부에 구조화되어 있는데, 비교문학의 경우 차이를 전면적으로 다룬다는 사실 때문에 유난히 이 위계가 노골화되고 강화된다. 다른 학제에서는 다양한 방식으로 극복하고자 하는 (혹은 은근히 숨기기도 하는) 인간성-휴머니즘이 여기서는 결코 포기할 수 없는 보편적 기준이기 때문이다. 이는 오늘날 비교문학이 인문학으로서 더 이상 유효한가 하는 회의감을 일으키는 원인이기도 하다. 1980년대 이후 많은 연구가 인간성-휴머니즘의 근대적 통치에 도전하여 포스트휴먼의 가능성을 꾸준히 탐구하고 있으며, 이를 통해 '보편성=인간성=문학성' 사이의 등치관계를 해체하고 인간성이라고 정의된 범주 경계선 위에 아슬아슬하게 놓인 많은 경험, 기억, 정체성, 목소리, 즉 괴물성을 새롭게 사유하고 있다. 비교문학이 기준으로서의 보편-인간성을 폐기하고 위계적으로 정렬된 층위 밖에서 차이와 다름을 논의할 수 있는 방법론을 다시 사유하지 않는다면, 포스트휴먼 시대 학문으로서의 적절성을 잃을 수도 있다. 학문 안에 심겨 있는 휴머니즘의 식민적·위계적 보편성을 내부로부터 극복할 방안을 찾아야 하는 것이다.

이런 맥락에서 매체에 대한 인식은, 언어텍스트 내부의 차이와 변화를 보다 날카롭고 세밀하게 파악해야 할 필요성을 강하게 환기한다. 이는 또한 비교문학 내 기존 인식론과 방법론의 한계에도 불구하고 포스트휴먼을 논의할 수 있는 장을 열어 주기도 한다. 우리는 흔히 언어는 유기적, 자연적, 철학적이고 매체는 인공적, 기계적, 도구적이라는 (지극히 휴머니스트적인) 구분을 하곤 하는데, 그런 기준에서 보았을 때조차 인정하지 않을 수 없을 정도로 오늘날 언어와 매체는 서로의 내부로 깊숙이 침투하고 있다. 이들의 상호 작용은 예측하기 힘든 양상으로 일어나고 있으며 이들은 상호 침투 속에 서로를 변화시킨다. 이미 언어는 상당 부분 매체화되었고 매체는 언어화되었다. 하이데거가 말한 대로 인간이 말하는 존재라면, 이제 그 인간-됨은 매체화된 (혹은 기계화된?) 언어, 언어화된 매체에 의해 많은 부분 구성되고 있다. 언어가 곧 존재라고 생각하는 휴머니스트에게 매체 혹은 매체화된 언어는 자아 내부에 이질적인 인공물이 있다는 불쾌한 이질감을 줄 수도 있다. 어쩌면 그 부분이 의수나 의족처럼 거북하게 느껴질 수도 있을 것이다. 그러면 인공언어(?)의 이물감을 장착하고도 여전히 인간은 말하는 존재인 것일까?

혼종적 서사, 사이보그 공동체에 대한 상상

도나 해러웨이는 '사이보그'라는 용어로 인간의 기계-됨을 선언하였다. 그녀는 더 나아가 인간/기계의 혼종성 위에 인간이라는 범주를 재설정하면서 인문학에서 포스트휴먼이라는 논의의 장을 열어젖혔다. 물적인 층위에서 보았을 때 인간은 이미 기계라는 사실을 받아들여야 한다는 것이다. 리디아 류는 여기서 한 걸음 더 나아가 사이보그, 즉 인간/기계라는 혼종적 존재의 역사적 구성 과정이 단지 물적 층위가 아니라 언어와 무의식의 차원에서 진행되어 왔음을 밝힌다. 인간의 기계성을 언어와 인식, 무의식과 욕망이라는 더 근본적인 차원에서 논의하는 것이다. 류는 근대 이후 인간과 기계는 서로가 서로를 모방(simulate)하면서 진화해 왔다고 보며, 인간과 기계 간에 끊임없이 일어나는 상호 모방의 피드백 루프 안에서 디지털 매체의 탄생과 의미를 조망한다. 그녀는 특히 디지털 매체의 핵심 기술인 정보 이론, 사이버네틱스, 게임 이론 등이 고안한 정보와 통신 개념이 인간의 언어를 최대한 모방하는 과정에서 등장하였고, 이 모방이 낳은 기술적 결과가 다시 언어와 무의식에 대한 재개념화를 촉발하게 되는 쌍방향적 상호 구성 과정에 주목한다. 그녀가 제안하는 '프로이트적 로봇'은 사이버네틱스와 인간 무의식이 복잡하게 얽히는 역사·사회·문화·언어적 과정 중에 등장한 혼종적 존재(인간/기계?)를 지칭하는 용어이다.[188]

리디아 류에 따르면, 1940-1950년대경 노버트 위너, 클로드 섀넌, 폰 노이만 등 미국의 대표적인 사이버네틱스 연구자들은 언어가 발생하는 장소를 인간의 무의식이라고 설정하고, 무의식의 작동 메커니즘을 정밀하게 모방하는 커뮤니케이션 시스템(디지털 매체)을 고안한다. 이들은 무의식을 '내면이라는 기계(psychic machine)'로 파악하였고, 이 기계에서 언어가 발화되는 원리는 기본적으로 무작위이고 맹목적이며 자기분열적이라고 보았다. 무의식이라는 기계는 근본적으로 의미/무의미를 구분하지 않으며 무작위로, 또 자동적으로 작동한다는 것이다. 따라서 사이버네틱스 연구자들에게 정보란 의미 혹은 내용과는 아무 관계가 없다. 정보란 그저 불확실성을 내포한 확률적인 개념일 뿐이며 정보의 이런 무작위성과 분열을 시스템적으로 다루기 위해 필요한 것은 확률론과 통계학적 사유(a statistical thinking)이다. 이

188 Liu, *The Freudian Robot* 참조.

렇게 구상된 정보 이론·사이버네틱스는 당대 언어 이론과 철학에 심오한 영향을 미친다. 소쉬르 등 프랑스 구조주의자들의 언어철학은 분명 사이버네틱스가 파악한 바대로의 커뮤니케이션의 성격 —즉 근본적으로 자동적, 무작위적, 분열적이며 의미나 내용과는 상관없이 일어난다는— 과 아주 가까이 닿아 있다. 즉 프로이트적 로봇은 과학기술과 인문학, 소통기술과 무의식적 발화, 자동화와 충동 등의 상호적 피드백 루프 안에서 생겨난 기계화된 인간, 혹은 인간화된 기계이며 이 혼종적 존재의 언어/정보는 강박적이면서도 자동적인 반복, 무작위적이고 맹목적인 자기분열의 성격을 띤다.[189]

레이 초우 역시 20세기 언어철학과 과학기술, 인문학과 과학, 언어와 시각매체가 복잡하게 얽히면서 상호 개입을 통해 서로를 변형하는 역사적 과정에 주목한다. 초우는 포스트구조주의 언어철학자들의 글 안에 숨어 있는 객관적이고 중립적인 과학적 언어, 상징만으로 성립되는 즉각적 논리에 대한 은밀한 욕망을 포착한다. 소쉬르, 라캉, 레비스트로스, 바르트, 혹은 미국 신비평의 논의에는 도표, 선, 숫자, 도형 등의 그래픽 요소들이 유난히도 빈번하게 등장하는데, 이는 오해와 오역을 수반하기 마련인 언어와는 다른, 즉각적인 전달과 이해, 객관적인 제시, 감각적 쾌감이라는 시각매체적 효과를 의도하기 때문이라는 것이다. 초우는 그러나 우리의 기대와는 달리 많은 경우 이 그래픽 요소들은 빠르고 손쉬운 이해를 도와주기는커녕 "이해를 돕기 위해 쓰인 것이 오히려 그 설명의 대상보다 더 이해

189 '프로이트적 로봇'은 또한 미국의 게임 이론, 정보 이론, 사이버네틱스가 대서양을 건너 프랑스 철학과 언어학으로의 탈학제적 이관을 보여 주는 지구적 번역의 예를 보여 준다고도 할 수 있다. Liu, *The Freudian Robot*, 175-178.

하기 어렵고 혼란을 야기하며 그 자체가 설명을 요구하게" 된다는 점을 지적한다.[190] 즉 시각매체들은 실증성과 보편성을 지향하지만 동시에 암호적이고 신비적이며, 그 시각적 형태는 거꾸로 언어의 도움 없이는 이해할 수 없는 무엇이기도 하다.

초우는 이러한 논의를 통해 포스트모던 시대 매체와 언어의 상호 침투와 공존의 양상을 보여 준다. 언어는 의미화와 소통의 과정에서 복잡성과 예측 불가능성이라는 위험을 항상 껴안고 있으며 끊임없이 설명과 해석을 요구한다. 바로 그런 맥락에서 각종 그래픽 등 시각매체는 언어의 내재적 한계를 뛰어넘는 보편적 소통을 내세우며 야심 차게 등장한다. 그러나 언어를 대체하겠다는 욕망에도 불구하고, 시각매체는 언어와 섞이는 과정 중에 실제로 언어와 비슷한 그 무엇이 되어 버린다. 언어 속에 섞여 있는 시각매체는 "언어 없이 존재하기를 꿈꾸는 언어, 글쓰기 없이 작동할 수 있는 글쓰기" 즉 언어에 대한 일종의 시뮬레이션이 된다.[191]

리디아 류와 레이 초우의 논의는 언어와 매체의 관계를 이해하고 사유하는 데 유용한 틀을 마련해 준다. 전통적으로 언어와 매체는 별개의 것으로 상정되었고 이들의 관계는 흔히 경쟁관계로 파악되었다. 문학은 영화, 드라마, 게임, SNS 등 새로이 등장하는 대중매체와 끊임없이 비교되었고, 그 유효성과 미래는 이러한 매체들의 영향력에 대비하여 (비관적으로?) 논의되어 왔다. 그러나 언어와 매체 간 경쟁이라는 구도는 언어의 매체화, 매체의 언어화라는 상호 구성적인 복잡성을 파악하기에 적합하지 않다. 실제로 최근 소설서사는 게임 등 매체의 개입에 크게 영향받아 변형되고 있다. 넷

190 Chow, "On the Graphic in Postmodern Theoretical Writing," 377.

191 Chow, "On the Graphic in Postmodern Theoretical Writing," 378.

플릭스 등 새로운 플랫폼 위에서 등장하는 드라마는 소설 읽기를 시청 모델로 삼아 제작된다.[192]

또 이 변화와 변형 과정에는 언어와 매체의 상호 작용만 있는 것이 아니다. 담론, 자본, 국가, 욕망 등 다양한 요소들이 각각의 층위에서 개입하고 관여한다. 사실 프로이트적 로봇 역시 이런 다층적인 개입들에 의해 펼쳐지는 개념이다. 언어와 매체, 철학과 기술, 사이버네틱스와 무의식의 만남에는 세계대전과 냉전이라는 맥락이 있으며 정치·군사적 목적이 긴밀하게 개입하고 있다. 여기에는 또한, 인간의 무의식이란 누구나 어디에서나 똑같이 작동한다는 보편주의적 전제가 개입하며, 이 무의식을 조종·통제하기 위해 영어 알파벳을 보편 상징 —상형기호(ideogram)— 으로 사용하는 언어제국주의가 개입한다. 포스트모더니즘 비평이 주장하는 기표(signifier)들의 자유로운 유희에는 다양한 전략으로 손실을 최소화하고 이익을 극대화하는 게임 이론이 개입해 있다.

언어와 매체의 만남과 이 만남에 수반되는 온갖 종류의 개입들이 복합적으로 매개하고 창출하는 인식적 효과는 가히 SF적이다. 소통이라는 인류

192 아즈마 히로키의『게임적 리얼리즘의 탄생』은 라이트노벨 등의 장르문학과 오타쿠문화 분석을 통해 게임이 소설 안으로 침투하는 양상과 그것이 소설서사 자체에 일으키는 본격적인 변화를 논의한다. 게임 등 새로이 등장한 매체가 인물과 플롯을 구성하고 이끌어 가는 방식은 현대 소설에 깊은 영향을 주고 있으며 이렇게 구성된 소설은 더 이상 19세기적 '자연주의적 욕망'을 가진 리얼리즘적 서사로는 포착하거나 이해할 수 없는 그 무엇이 되어 가고 있다는 것이다. 넷플릭스에서 제작, 방영되는 드라마 시리즈「하우스 오브 카드」같은 경우, 소설을 모델로 한 드라마 제작의 예를 보여 준다. 넷플릭스는 정해진 날짜에 드라마의 한 시즌 전체를 한꺼번에 배포하는데, 이는 드라마의 시청 모델을 근본적으로 소설 읽기의 모델에 맞추고(모방하고) 있기 때문이다. 점점 더 많은 시청자가 방송사에서 정한 일정표 등에 얽매이지 않고 원하는 시간과 장소에서 프로그램을 시청(탐독?)할 수 있는 자유를 선호하고 있으며, 이런 시청자들은 흔히 수준 있는 드라마라고 할 수 있는 작품을 선정하여 여러 편을 한꺼번에 몰아서 보기, 즉 '빈지 워칭(binge watching)'을 하는 경향이 있다는 것이다. 12편 정도의 드라마를 한꺼번에 시청하면서 이 연속적인 에피소드를 하나의 작품으로 보고 그 통일성과 작품성에 주목한다는 것은 시청자들이 드라마 시청을 소설 읽기와 같은 것으로 인식하고 있음을 보여 준다.

의 영원한 꿈과 물적이고 기술적인 노력 간의 복잡한 결합관계는 그 자체로 SF의 기본 구조이기도 하다. 기계화된 인간 사이보그나 죽음충동을 탑재한 프로이트적 로봇은 테드 창의 헵타포드와 마찬가지로 판타지라는 공간을 열어 주며 (역설적이게도) 가장 환상적인 상상의 공간 안에서 언어, 소통, 매체, 인간-됨, 휴머니즘 등의 합리성을 논의하고 측정하며 재사유하게 한다. 어쩌면 이 개념들 각각이 이미 내부에 지닌 많은 모순과 복잡성, 혼란들을 고려하면, 이들이 합리적으로 논의될 수 있는 담론 공간은 결국 SF적 공간일 수밖에 없겠다는 생각이 들기도 한다.[194] 언어와 매체가 그 자체의 모순과 복잡성을 가진 채로 모방, 경쟁, 침투 등 다양한 관계를 통해 공존하고 변화하는 역동적인 양상은, 결국 과학기술과 판타지를 한데 아우르는 더 넓은 사유와 상상의 공간에서 관찰되고 탐색되며 논의될 수밖에 없기 때문이다. 인쇄매체, 단일국어, 소설서사가 근대 국민국가라는 '상상의 공동체'를 형성하였다면, 언어적 매체, 매체적 언어라는 혼종적 인공언어

193 리디아 류는 사이버네틱스가 대서양을 건너 프랑스 언어철학으로 넘어가면서 그 번역의 과정에서 '게임(game)'이 '유희(free play)'로 변형되었음에 주목한다. 게임 이론에서의 '게임'이 갖는 지극히 어두운 뉘앙스들 —제로섬 게임, 전략, 위협 등— 이 '자유로운 놀이'라는 번역에서는 모두 제거되었다는 것이다. 그러나 우리가 이 글로벌한 번역 과정을 찬찬히 짚어 본다면, 실제로 가장 급진적이고 진보적인 언어철학조차도 그 근본적인 구성 과정에서 핵무기 개발에 연관된 제국적, 군사적, 정복적인 목적이 개입하고 있음을 알 수 있다는 것이다(Liu, *The Freudian Robot*, 176).

194 언어, 매체, 소통 등 용어들이 갖는 의미망은 역사상 일관되거나 안정적이었던 적이 한 번도 없었다고 할 정도로 모순과 혼란으로 가득하다. 영국의 철학자 로크(Locke)는 언어가 기본적으로 불완전한 매체여서 표현하고자 하는 생각을 가리고 왜곡한다고 보았다. 따라서 로크에게 매체란 소통의 불가능성을 나타내는 일종의 비유이다. 반면 윌킨스(Wilkins)에게 매체란 기본적으로 '글(writing)'이며 '말'을 매개하는 물적 기술이다. 매체란 언어에 대한 매체로(로크) 혹은 말에 대한 매체로(윌킨스), 소통이라는 추상적이고 논리적인 과정에 대한 비유로(로크) 혹은 물적인 기술로(윌킨스) 각각 다르게 이해되었으며 이런 차이가 불러일으키는 철학적 혼란은 오늘날까지 이어지고 있다. 매체의 정의 자체도 모순으로 가득하다. 매체는 정보를 전달하는 물적 기술이기도 하지만 종종 죽은 자와 산 자를 이어 주는 영매(medium)의 의미로도 사용된다. 언어가 소통을 위한 것이냐 소통의 단절을 위한 것이냐의 문제는 서구 언어철학에서 오랫동안 지속되는 논의이다. 매체라는 용어가 역사적으로 진화해 온 계보를 되짚어 정리해 주는 글로 Guillory 참조.

는 아마도 SF적인 담론 공간에서 그다음에 나타날 인간-괴물들의 공동체에 대한 상상을 이어 가지 않을까?

읽기에 대한 읽기

그러면 언어와 매체의 상호 구성적인 모방과 진화, 그 변화무쌍한 혼종성을 어떻게 읽고 분석할 것이냐의 문제가 남는다. 하나의 언어가 내부적으로 동질적이거나 균일하지 않으며 기계적·물적인 요소들 혹은 무의식, 욕망, 사회적 담론 등이 끊임없이 개입하여 무수한 차이와 다름을 생성해낸다면, (비교)문학연구는 이를 어떤 방식으로 다루어야 할 것인가? 포스트휴먼 시대 비교문학이 학문으로서의 위기에 당면해 있다면, 이는 인간성-휴머니즘이라는 낡은 이데올로기의 문제이기도 하지만 더 정확하게는 이 이데올로기의 산물이라 할 수 있는 읽기의 위기이기도 하다. 언어는 매체의 홍수 속에 급격하게 변화하는데, 우리는 그 언어를 어떻게 읽어 내야 하는지를 모르는 것이다. 최근 읽기에 대한 비평적·방법론적 관심이 급증하는 것도 현시대 언어와 세계에 대한 적절한 해석방법론(연구방법론)에 대한 학계의 고민을 반영한다.[195]

이런 맥락에서 테드 창이 상상하는 읽기의 양상은 흥미롭다. 언어학자인 화자는 헵타포드와의 인터뷰와 분석을 통해 헵타포드B라는 낯선 글의

195 여기서 읽기란 전통적인 문자매체를 해독하는 행위만을 지칭하는 것이 아니라 문자매체를 비롯하여 영상, 청각, 촉각 등 오늘날 등장하는 많은 다양한 매체들을 해석하고 서사화하며 의미를 부여하는 학문적 행위 전체를 의미한다.

법칙과 원리를 깨쳐 간다. 그 언어는 한 글자씩, 혹은 한 문장씩 발화되는 순서대로 차근차근 펼쳐지지 않는다. 문장 혹은 문단은 동시에, 한꺼번에 펼쳐진다. 헵타포드들은 써야 할 것의 전체를, 쓰는 행위 이전에 이미 알고 있는 것이다. 화자는 이 언어를 읽고 이해하고 실제로 연습하면서, 자신이 이전까지 생각하고 기억해 온 방식에 상당한 변화가 일어남을 경험한다. 생각과 기억은 더 이상 과거에서 현재라는 순차적인 방식으로 발생하지 않는다. 헵타포드B와 마찬가지로 기억은 한꺼번에 그 전체가 구현된다. 애인이 사랑을 말하는 순간, 그와 함께할 삶, 태어날 아이, 그 아이의 인생, 그 전체가 그와 손을 잡기도 전에 이미 기억 속에 쫙 펼쳐지는 것이다.

읽기의 방식이 달라지면 사유하는 방식이 변한다는 이 SF의 상상을 진지하게 받아들인다고 해도, 그 상상을 학문적으로 적용하기란 물론 불가능하다. '어떻게 읽을 것인가'의 문제가 현실에서 그렇게 단순하게 풀리지는 않을 것이기 때문이다. 다르게 읽기에 대한 시도는 분명 인식적 변화를 일으킬 것이며 우리는 끊임없이 다르게 읽기를 시도해야 할 것이지만, 문학이라는 제도 안에 다름이 이미 포섭되고 구조화된 상황에서 섣불리 다르게 읽기를 제안하기도 조심스러운 실정이다. 설사 상당히 유효한 읽기 방식이 제안된다 하더라도 그것이 이 복잡한 언어적 현실에서 어떤 인식적 변화를 가져올지, 혹은 가져오기는 할지 등을 예측하는 것은 학문적 영역보다는 SF소설의 영역에 더 적합한 작업이다. 그렇다면 아마도 이 시점에서 문학연구자가 할 수 있는 일은, 읽기라는 행위를 잠시 멈추고 읽기의 역사를 계보학적으로 되짚어 보면서 그 행위의 제도적 · 역사적 · 사회적 의미를 자기성찰적으로 재점검해 보는 작업일 것이다.[196]

비교문학뿐 아니라 오늘날 문학연구 일반에서 읽기란 사실상 '자세히 읽기(close reading)'로 수렴된다. 자세히 읽기는 신비평 이후 문학연구의 방법론으로서 지배적이고 독점적인 위치를 점해 왔다. 20세기 전반 신비평 이론가들이 제시했던 자세히 읽기는, 문학작품이 어떤 외부적 맥락에 영향받지 않고 그 자체로 설 수 있는 자족적인 언어구성체임을 전제하며, 꼼꼼하고 자세한 언어적 분석을 통해 그 자족성을 증명하고자 한다. 단어와 플롯, 상징과 캐릭터 등 각각의 구성요소들 간 유기적이고 불가분한 관계를 밝히며 이 요소들이 텍스트 전체로서 의미를 구현하는 데 어떻게 기여하는지를 드러내고자 하는 것이다. 물론 20세기 후반 이후 문학연구가 전문화·세분화되고 다양한 이론들이 등장함에 따라, 자세히 읽기는 구체적인 해석이나 분석의 방법론으로서의 유효성을 상당 부분 잃었다. 그럼에도 불구하고 이 읽기 방법론은 문학이라는 제도 안에 일종의 인식론적이고 윤리적인 입장으로 굳건히 자리 잡고, 문학이 차이보다는 보편을 지향하는 데 막대한 영향력을 행사해 왔다.

자세히 읽기의 문학사적 의미는 무엇보다, 특수에서 보편으로의 이행을 문학연구의 경로로 자동설정하였다는 점이다. 작은 시 한 편에서 우주적 의미를 읽어 내는 신비평의 읽기는 그 놀라운 논리적 비약에도 불구하고

196 실제로 '자세히 읽기'의 이데올로기에 문제의식을 갖고 있는 많은 비평가가 흥미롭고 유효한 읽기 방식을 제안해 왔다. 그중 대표적인 것으로, 앞 장들에서도 이미 언급된 웨이 치 디목의 '지구적 번역'을 들 수 있다. 디목은 작품의 지구적 이동과 궤적, 흔적을 추적하면서 자세히 읽기가 전제하는 유기적 언어공동체를 해체한다(Dimock, *Through Other Continents* 참조). 리디아 류가 제안하는 '횡언어적 실천'도 크게 보아 이런 지구적 번역의 한 예라고 할 수 있다(Liu, *Translingual Practice* 참조). 인류학자 클리퍼드 기어츠의 '켜켜이 쌓인 묘사'는 또 다른 의미에서 중요한 읽기라고 할 수 있다(이 책의 '들어가는 말' 참조). 그러나 이러한 흥미로운 읽기들 중 하나를 도그마로, 혹은 대안으로 내세우는 것은 이 책이 의도하는 바가 아니다. 문학은 근대적 담론과 지식의 체제로서 다양한 읽기들을 분명 효과적으로 관리하고 통제해 왔으며 어떤 의미에서는 적정한 수준에서 다름을 유포하고 장려하기도 한다.

경이로움을 동반하는 지적 만족감을 주었으며 이후 텍스트 분석과 해석이 따라야 할 모범적 예가 되었다. 신비평의 시대가 지난 후에도 언어가 그 내부에 확보하고 있는 유기적 통일성, 텍스트가 그 존재 자체만으로 확보하는 자족성이라는 개념은 문학을 '문학'이라는 독립된 지식, 제도로 유지하는 힘으로서 강력하게 기능하였다. 언어가 그 자체로 담보하는 유기적 통일성은 개인-언어-국가·문화정체성 간의 일체감을 든든히 떠받쳤고, 텍스트에 대해 원어민이 갖는 우월하고 독점적인 위상을 확보하였다. 이는 또 한 포스트모던 비평의 물결과 함께 밀려온 수많은 해체의 요구 속에도 꿋꿋이 살아남아 다문화 시대 정체성 정치의 언어적 기반이 되었다.[197]

신비평은 또한 자세히 읽기에 과학성을 부여하여 문학연구 내부에 근대 학문으로서 권위를 심어 주고자 하였다. 자세히 읽기는 많은 경우 구체적인 읽기의 방법이라기보다는 연구자의 엄정하고 객관적인 태도를 지칭하며, 이를 통해 궁극적으로 문학이 학문으로서 갖는 보편성, 객관성, 과학성을 강조한다. 대표적인 신비평 이론가 중 한 사람인 리처즈(I. A. Richards)의 행보는 특히 이런 점을 잘 보여 준다. 그는 문학연구를 과학성을 갖춘 근대 학문으로 승격시키고자 하였으며 신비평을 통해 당시 유행하던 스키너(B. F. Skinner)의 행동주의 심리학을 문학방법론에 이식하였다. 심리학이 경험적 연구를 접목시켜 엄청난 과학적 권위를 획득했듯, 문학연구에도 형식주의를 접목하여 그와 같은 효과를 내고자 하였던 것이다. 실제로 자세히 읽기는 기술적인 측면에서도 행동주의 심리학의 영향을 깊이 받았고, 해석의 방식에 있어서도 자동반사 등 생리학적 개념을 차용하여 언어텍스트

197 이런 의미에서 라투르(Bruno Latour)는 '자세히 읽기'가 비평정신을 죽이고 있다고 비판한다. 이런 식의 읽기는 정체성 정치를 계속 부추긴다는 것이다(Latour, "Why Has Critique Run Out of Steam?," 225).

를 분석 가능한 행동과 유사한 것으로 개념화한다.[198] 리처즈의 또 다른 업적은 1920년대의 기본영어(Basic English)라는 프로젝트인데, 이는 영어의 단어 수와 문법을 아주 단순화하여 영어를 지구 어디서나 글로벌하게 사용할 수 있는 보편언어로 만드는 작업이었다. 즉 그에게 과학화는 보편화의 또 다른 이름이었고, 그는 영어를 세계공용어로 보편화하였던 원칙과 원리를 그대로 활용하여 문학을 학문으로서 보편화하고자 하였다.

자세히 읽기는 또한 문학연구에서 '징후적 읽기(symptomatic reading)'라는 지극히 서구적인 해석적 전통을, 유일하고 보편적인 문학방법론으로 고착화한다. 텍스트를 자세히 보는 이유는 텍스트 밑에 숨겨진, 혹은 텍스트에는 부재하는 진정한 의미를 찾기 위함이며, 드러난 텍스트는 이 숨겨진 의미의 희미한 징후일 뿐이라는 것이 징후적 읽기의 전제이다. 스티븐 베스트는 징후적 읽기의 양상을 서양의 해석학 전통 안에서 정리해 준다. 서구에는 아우구스티누스부터 내려오는 신학 전통, 중세의 알레고리, 19세기 마르크시즘, 20세기 초반 프로이트의 정신분석학으로 이어지는 길고 오랜 징후적 읽기라는 해석적 전통이 있으며, 자세히 읽기는 이 전통을 20세기 후반 이후로 계속 이어 나가는 후계자라는 것이다. 베스트는 서구 전통에서 이런 종류의 읽기가 비평가에게 엄청난 해석적 권위와 심지어 영웅적인 지위를 부여해 왔음을 지적한다. 각각의 텍스트 저 아래에는 이데올로기, 무의식, 혹은 거대한 메타-담론이 존재한다는 전제에서, 비평가는 텍스트들과 씨름하여 기존에 드리워진 커튼을 힘껏 열어젖히고 그 아래 펼쳐진 더 큰 의미와 더 큰 구조를 찾아내는 특별하고 영웅적인 존재로 제시

198 Gang 참조.

되어 왔다는 것이다.[199]

매튜 개릿은 자세히 읽기를 부르주아라는 계급적 자아 구성의 맥락에서 바라보면서 교양으로서의 독서라는 개념에 함의된 계급적 불평등과 착취의 양상을 포착한다. 17-18세기 유럽 피카레스크 소설에는 많은 '피카로(picaro)'들이 등장하여 작품 안에서 도망치고 부랑하고 모험하는데, 이들은 대부분 계급적으로 프롤레타리아에 속하는 이들이다. 반면 편안한 집안에서 책을 읽는 부르주아 독자는 독서를 통해 이 피카로들을 자신의 내면으로 투사한다. 피카로들이 굶주리고 궁지에 몰리고 위험에 처한 후 우여곡절 끝에 간신히 포식과 안전을 획득하듯, 독자는 피카로들의 모험을 소비할 수 있는 그 무엇으로 환원하여 "먹어 치운다." 피카로들이 느끼는 굶주림 후의 포만감은 독자가 느끼는 독서 후의 만족감과 일치한다는 것이다. 또한, 피카로들 중 소매치기 여성이 절도의 대상을 물색하며 보행자의 지갑을 바라보는 '날카로운 주시'는 독자의 자세히 읽기로 내면화된다.[200] 소매치기 여성이 지갑 절도에 고도로 집중하여 그 행위에 성공한 후 느끼는 안도와 쾌락은 독자가 자세히 읽기를 끝냈을 때 느끼는 지적 쾌락과 동일하다. 즉 역사적으로 바라보았을 때, 부르주아 독자들의 독서법과 그것을 바탕으로 한 교양교육의 형식과 구조 그 자체에는 근본적으로 계급적 불평등이 깊이 새겨져 있다는 것이다.

이처럼 읽기를 계보학적으로 읽어 보면서 자세히 읽기의 의미를 다각도로 점검해 보면, 이 방법론이 지향하는 보편의 의미는 뚜렷해진다. 이는 언어를 순일한 것으로, 텍스트를 유기적 통일체로, 비평가를 영웅으로, 독자

199 보다 자세한 논의로는 Best and Marcus 참조.

200 개릿은 이에 대한 예로 디포(Defoe)의 『몰 플랜더즈(*Moll Flanders*)』를 든다(Garrett 참조).

를 교양인으로 전제하면서, 문학성과 인간성의 보편적인 가치를 설파한다. 그러나 실제로 그 보편성은 논리적 비약이고 과학으로 둔갑한 제국적 욕망이며 서구 서사 전통에 대한 나르시시즘이고 교양으로 가려진 계급적 불평등과 착취이다.

이렇듯 역사적·사회적·담론적 한계가 너무도 명확한 자세히 읽기로는 언어와 매체가 뒤섞인 오늘날의 혼종적이고 기계적인 언어, 인공언어적 구성물(그것을 문학이라고 굳이 불러야 할지?)의 의미를 결코 포착할 수 없다. 게다가 이런 구성물이 현실과 맺는 관계 또한 기존의 문학텍스트와는 분명 다르다. 소설 등의 문학서사가 전통적으로 현실에 대한 미메시스를 기반으로 쓰이고 그렇게 읽혀 왔다면, 오늘날 등장하고 있는 매체들과 언어적 변형들은 현실을 시뮬레이션한다. 이 시뮬레이션에는 분명 미메시스에는 없는 유희적 요소가 존재한다. 새로운 매체들이 계속 등장하는데, 이들의 등장이 당장의 사회적인 요구에 의한 것이 아닌 경우도 많으며, 이런 경우 그 등장의 의미를 매체 각각의 매개 과정이 주는 독특한 즐거움 때문이라고밖에는 달리 설명할 수 없다. 물론 이 즐거움을 부르주아 독자가 책 속의 피카로를 먹어 치우며 느끼는 사디즘과 반드시 구별해야 할 이유는 없겠지만, 그 변태적 쾌감을 반드시 교양으로 치환해야 할 이유도 없는 것이다.

트랜스내셔널/문학의 자리

매체는 대상을 매개한다. 자세히 읽기, 혹은 징후적 읽기가 언어와 대상 사이의 (고착된) 관계에서 일어나는 재현을 읽어 낸다면, 매개는 대상과 재현, 언어 사이에 다양한 차원, 다양한 형태의 물적·해석적 개입들이 일어나고 있음을 보여 주고, 또 그러한 개입들이 의미망의 형체를 계속 변화시키는 양상을 드러낸다.[201] 이 개입들이 만드는 층위들은 분명 두께를 만들지만 이는 대상과 재현 사이에 넘을 수 없는 심연을 구성하지는 않는다. 오히려 대상과 재현은 사라지고 그와 비슷한 것들만이 촘촘히 남겨져 상호작용을 하는 인터페이스에 더 가까운 형태가 나타난다.[202] 이 인터페이스에서 대상(이라고 여겨지는 것)은 재현(이라고 여겨지는 것)을 모방하고 재현(이라고 여겨지는 것)은 대상(이라고 여겨지는 것)을 모방하면서 그 상호 모방의 층위들은 겹치고 이어지고 변형되며, 이 피드백 루프 속에서 유기적 언어와 인공적 매체는 의미의 외부와 내부를 끊임없이 뒤집어 입는다.

트랜스내셔널/문학은 이 메타적 모방과 시뮬레이션이 만들어 내는 복잡하고 헐거우며 발작적인 진동 어딘가에 놓여 있으며 이 찰나적인 경계-선의 이동을 탈-근대적으로 의미화하고자 한다. 이 유희적 진동은 반드시 인간성이나 보편이라는 허위적 가치로 수렴될 필요는 없다. 어디로 수렴할지, 어느 방향으로 도착할지 모르는 채 계속 움직이는 것이야말로 어쩌면

201 아도르노는 문화·사회 현상을 읽고 분석할 때 매개 과정을 고려하지 않는다면 실증주의에 빠지게 되고 현상과 결과 사이에 마술적인 인과관계를 설정하게 될 위험을 경고한다(Guillory, "Genesis of the Media Concept," 358에서 재인용).

202 지틀먼은 이런 매개의 흥미로운 예로 1990년 발사된 허블우주망원경에 대한 기사를 든다. 망원경 렌즈의 일부가 잘못 갈렸음이 밝혀졌는데 이로 인해 우주의 이미지가 제대로 관측되지 않았으며, 신문 기사는 이 실수를 보도하면서 "허블망원경이 안경을 써야 한다"라는 조크를 했다는 것이다. 망원경 자체가 이미 안경이라는 것을 고려하면 안경에 안경이라는 메타포는 우주와 관측자 사이에 얼마나 많은 매개가 개입하고 있는지를 잘 보여 준다(Gitelman 참조). 미리암 한센(Miriam Hansen)은 매체가 수행하는 매개라는 것이 더 이상 예술작품과 기술복제 시대의 대중매체라는 구조로는 설명할 수 없는 복잡한 형태로 일어나고 있음을 말하면서, UN 건물 내벽에 걸려 있는, 직물 위에 짜낸 피카소의 〈게르니카〉 복사본을 예로 든다. 이 매개는 후원자인 록펠러(Rockfeller)라는 요소도 고려해야 하고 직물이라는 중세적 재료도 고려해야 하며 이 많은 개입들로 인해 재현과 매개, 예술작품과 복사본, 전근대와 기술복제 시대를 구분하는 것은 점점 더 어려워지고 있다는 것이다.

가장 인간적인 행위인지도 모른다(물론 피카로처럼 방랑하다가 소비자본에 의해 잡아먹힐 가능성도 매우 크다). 레이 초우가 보여 주듯 글은 그래프의 개입을 요구하고 그래프는 글의 설명을 요구한다. 이들의 상호 모방과 경쟁, 피드백 루프는, 언어가 아니지만 언어가 되고자 하는 그 무엇, 글이 아니지만 글처럼 기능하는 그 무엇, 또 인간은 아니지만 인간처럼 말하고자 하는 그 무엇인가를 남길 것이다.

고부응. 「이창래의 『원어민』」. 『영어영문학』 48.3(2002): 619-638.

구재진. 「최인훈의 『태풍』에 대한 탈식민주의적 연구」. 『현대소설연구』 24(2004): 349-372.

권보드래. 「중립의 꿈, 1945-1968—냉전 너머의 아시아, 혹은 최인훈론을 위한 시론」. 『상허학보』 34(2012): 261-313.

루카치, 게오르크. 『소설의 이론』. 김경식 옮김. 문예출판사, 2007.

박진영. 「되돌아오는 제국, 되돌아가는 주체—최인훈의 『태풍』을 중심으로」. 『현대소설연구』 15(2001): 291-309.

백낙청. 『현대문학을 보는 시각』. 솔, 1994.

아즈마 히로키. 『게임적 리얼리즘의 탄생』. 장이지 옮김. 현실문화, 2012.

이나영. 「글/로컬 젠더질서와 한반도 여성의 몸—일본군 '위안부'와 미군 기지촌 '양공주'」. 『동방학지』 161(2013): 3-38.

이수형. 「『태풍』의 서사구조 연구—이데올로기적 층위와 개인적 층위의 관계를 중심으로」. 『현대문학이론연구』 42(2010): 237-254.

장문석. 「주변부의 세계사—최인훈의 『태풍』과 원리로서의 아시아」. 『민족문학사연구』 65(2017): 9-65.

정과리.「모르기, 모르려 하기, 모른 체하기—『광장』에서 『태풍』으로, 혹은 자발적 무지의 생존술」.『시학과 언어학』1(2001): 111-143.

주민재.「가상의 역사와 현실의 관계—최인훈의 『태풍』을 다시 읽다」.『한국근대문학연구』5.2(2004): 274-305.

최인훈.『태풍』. 문학과지성사, 1978.

_____.『길에 관한 명상』. 청하, 1989.

Adorno, Theodor and Walter Benjamin. *Complete Correspondence, 1928-1940*. ed. Henri Lonitz. Oxford: Polity Press, 1999.

Agamben, Giorgio. *Language and Death: The Place of Negativity*. trans. Karen E. Pinkus with Michael Hardt. Minneapolis and London: Minnesota UP, 1991.

__________. *Homo Sacer: Sovereign Power and Bare Life*. trans. Daniel Heller-Roazen. Stanford, California: Stanford UP, 1995.

__________. *Remnants of Auschwitz: The Witness and the Archive*. New York: Zone Books, 2002.

Ahmed, Siraj. "Notes from Babel: Toward a Colonial History of Comparative Literature." *Critical Inquiry* 39(2013): 296-326.

Aldea, Eva. "The Specific and the Singular: The Double Bind of Magical Realism." *Realism's Other*. eds. Geoffrey Baker and Eva Aldea. UK: Cambridge Scholars Publishing, 2010. 145-166.

Anderson, Benedict. *Imagined Communities*. New York: Verso, 2006.

Appadurai, Arjun. *Modernity at Large*. Minneapolis: Minnesota UP, 1998.

Bakhtin, M. M. *The Dialogic Imagination: Four Essays*. trans. Caryl Emerson and Michael Holquist. ed. Michael Holquist. Austin: University of Texas Press, 1984.

__________. *Problems of Dostoevsky's Poetics*. ed. and trans. Caryl Emerson. Minneapolis: Minnesota UP, 1984.

Barlow, Tani. "International Feminism of the Future." *Signs* 25.4(2000): 1099-1105.

Bataille, Georges. "Hegel, Death and Sacrifice." trans. Jonathan Strauss. *Yale French Studies* 78(1990): 9-28.

Benjamin, Walter. *The Origin of German Tragic Drama*. trans. John Osborne. London and New York: Verso, 1998.

Best, Stephen and Sharon Marcus. "Surface Reading: An Introduction." *Representation* 108.1(2009): 1-21.

Bhabha, Homi K. *The Location of Culture*. London: Routledge, 1994.

Bhattacharjee, Anannya. "Mapping Home and Undomesticating Violence Work." eds. M. J. Alexander and C. T. Mohanty. *Feminist Genealogies, Colonial Legacies, Democratic Futures*. New York and London: Routledge, 1997. 308-329.

Bhattacharya, Baidik. "On Comparatism in the Colony: Archives, Methods, and the Project of Weltliteratur." *Critical Inquiry* 42(2016): 677-711.

Bloom, Harold. *Shakespeare: The Invention of the Human*. New York: Riverhead, 1998.

Brah, Avtar. "Global Mobilities, Local Predicaments: Globalization and the

Critical Imagination." *Feminist Review* 70(2002): 30-45.

Breines, Paul. "Young Lukács, Old Lukács, New Lukács." *The Journal of Modern History* 51.3(1979): 533-546.

Brown, Wendy. *Politics Out of History*. Princeton: Princeton UP, 2001.

Bunch, Charlotte. "Transforming Human Rights from a Feminist Perspective." eds. Julie Peters and Andrea Wolper. *Women's Rights/Human Rights: International Feminist Perspectives*. New York and London: Routledge, 1995. 11-17.

Butler, Judith. *Undoing Gender*. New York: Routledge, 2004.

Carroll, Hamilton. "Traumatic Patriarchy: Reading Gendered Natinalisms in Chang-rae Lee's *A Gesture Life*." *Modern Fiction Studies* 51.3(2005): 592-616.

Cha, Theresa Hak Kyung. *Dictée*. Berkeley, LA, London: University of California Press, 2001.

Cheng, Anne Anlin. "Memory and Anti-Documentary Desire in Theresa Hak Kyung Cha's *Dictée*." *MELUS* 23.4(1998): 119-133.

Chiang, Ted. *Stories of Your Life*. Tor, 2004.

Chow, Rey. "When Whiteness Feminizes...: Some Consequences of a Supplementary Logic." *differences* 11.3(1999): 137-168.

__________. "The Old/New Question of Comparison in Literary Studies: A Post-European Perspective." *ELH* 71.2(2004): 289-311.

__________. "On the Graphic in Postmodern Theoretical Writing." *Twentieth Century Literature* 57.3/4(2011): 372-379.

Chuh, Kandice. "Discomforting Knowledge, or, Korean 'Comfort Women' and Asian American Critical Practice." *Journal of Asian American Studies* 6.1(2003): 5–23.

Cooppan, Vilashini. "Ghosts in the Disciplinary Machine: The Uncanny Life of World Literature." *Comparative Literature Studies* 41.1(2004): 15–43.

Culler, Jonathan. *Flaubert: The Uses of Uncertainty*. Colorado: The Davies Group Publishers, 2007.

__________. "The Realism of *Madame Bovary*." *MLN* 122.4(2007): 683–696.

Damrosch, David. *What Is World Literature?*. Princeton: Princeton University Press, 2003.

Derrida, Jacques. *Monolingualism of the Other; or, The Prosthesis of Origin*. trans. Patrick Mensah. Stanford, CA: Stanford University Press, 1998.

Dimock, Wai Chee. *Through Other Continents: American Literature across Deep Time*. Princeton: Princeton UP, 2006.

__________. "Planetary Time and Global Translation: "Context" in Literary Studies." *Common Knowledge* 9.3(2003): 488–507.

__________. "Weak Theory: Henry James, Colm Toibin, and W. B. Yeats." *Critical Inquiry* 49.4(2013): 732–753.

Dor, Daniel. "From Englishization to Imposed Multilingualism: Globalization, the Internet, and the Political Economy of the Linguistic Code." *Public Culture* 16.1(2004): 97–118.

Farris, Wendy. *Ordinary Enchantment: Magical Realism and the Remystification of Narrative*. London: Eurospan, 2004.

Felman, Shoshana. "The Perversion of Promising: Don Juan and Literary Performance." *The Literary Act*. Ithaca: Cornell UP, 1983. 25–40.

Fish, Stanley. "Boutique Multiculturalism, or Why Liberals Are Incapable of Thinking About Hate Speech." *Critical Inquiry* 23(1997): 378–395.

Flaubert, Gustav. *Madame Bovary*. trans. Geoffrey Wall. London: Penguin Books, 1992.

Foucault, Michel. *History of Madness*. ed. Jean Khalfa. trans. J. Murphy and Jean Khalfa. London and New York: Routledge, 2006.

__________. *Language, Counter-memory, Practice: Selected Essays and Interview by Michel Foucault*. ed. Donald F. Bouchard. Ithaca: Cornell UP, 1977.

__________. *Abnormal: Lectures at the College de France, 1974-1975*. eds. Valerio Marchetti and Antonella Salomoni. trans. Graham Burchell. London and New York: Verso, 2004.

__________. *Essential Works, vol 2: Aesthetics, Method and Epistemology*. ed. James D. Faubion. trans. Robert Hurley and others. New York: The Free Press, 1998.

Freud, Sigmund. *Civilization and Its Discontents*. ed. and trans. James Strachey. New York: Norton, 1962.

Friedman, E. J. "The Effect of 'Transnationalism Reversed' in Venezuela: Assessing the Impact of the UN Global Conferences on the Women's Movement." *International Feminist Journal of Politics* 1.3(1999): 357–381.

Fuchs, Barbara. "Conquering Islands: Contextualizing *The Tempest*." *Shakespeare Quarterly* 48.1(1997): 45–62.

Furst, Lilian ed. *Realism*. London: Eurospan, 2004.

Gang, Joshua. "Behaviorism and the Beginning of Close Reading." *ELH* 78.1(2011): 1-25.

García Márquez, Gabriel. *One Hundred Years of Solitude*. trans. Gregory Rabassa. London: Penguin Books, 1972.

Garrett, Matthew. "Subterranean Gratification: Reading after the Picaro." *Critical Inquiry* 42.1(2015): 97-123.

Geertz, Clifford. *The Interpretation of Culture*. New York: Basic Books, 1973.

Gilbert, Sandra M. and Susan Gubar. "Horror's Twin: Mary Shelley's Monstrous Eve." *The Madwoman in the Attic: The Women Writer and the Nineteenth-Century Literary Imagination*. New Haven: Yale UP, 1979. 213-247.

Gitelman, Lisa. *Always Already New: Media, History, and the Data of Culture*. MA: The MIT Press, 2006.

Gluck, Mary. "Toward a Historical Definition of Modernism: Lukács and the Avant-Garde." *The Journal of Modern History* 58.4(1986): 845-882.

Grazia, Margreta de. "*Hamlet* before Its Time." *MLQ: Modern Language Quarterly* 62.4(2001): 355-375.

__________. "The Tempest: Gratuitous Movement or Action Without Kibes and Pinches." *Shakespeare Studies* 14(1981): 249-265.

Grewal, Inderpal. *Transnational America: Feminisms, Diasporas, Neoliberalisms*. Durham: Duke UP, 2005.

Grewal, Inderpal and Caren Kaplan. "Global Identities: Theorizing Transnational Studies of Sexuality." *GOQ: A Journal of Lesbian and Gay*

Studies 7.4(2001): 663-679.

Gruesz, Kirsten Silva. "Translation: A Key(word) into the Language of America(nists)." *American Literary History* 16.1(2004): 85-92.

Gubar, Susan. "What Ails Feminist Criticism?" *Critical Inquiry* 24(1998): 878-902.

Guillory, John. "Genesis of the Media Concept." *Critical Inquiry* 36(2010): 321-362.

Hansen, Miriam. "Why Media Aesthetics?" *Critical Inquiry* 30(2004): 391-395.

Haraway, Donna. *Simians, Cyborg and Women: The Reinvention of Nature*. New York: Routlege, 1991.

Hegel, G. W. F. *Aesthetics: Lectures on Fine Art*. trans. T. M. Knox. vol 2. Oxford: Clarendon Press, 1975.

__________. *Jenense Philosophie des Geistes in Sämtliche Werke*. Vol. 20. Leipzig, 1931.

Hein, Laura. "Savage Irony: The Imaginative Power of the 'Military Comfort Women' in the 1990s." *Gender & History* 11.2(1999): 336-372.

Hill, Leslie. "Flaubert and the Rhetoric of Stupidity." *Critical Inquiry* 3.2(1976): 333-344.

Hornback, Robert. *The English Clown Tradition: from the Middle Ages to Shakespeare*. Cambridge: D. S. Brewer, 2009.

Ishiguro, Kazuo. *The Remains of the Day*. New York: Vintage Books, 1988.

Jameson, Frederic. "Third World Literature in the Era of Multinational Capitalism." *Social Text* 17(1986): 65-88.

Johnson, Barbara. "My Monster/My Self." *diacritics* 12(1982): 2-10.

Johnson, Vilja. "'It's What You Do that Defines You': Christopher Nolan's Batman as Moral Philosopher." *The Journal of Popular Culture* 47.5(2014): 952-967.

Kang, Laura Hyun Yi. "Conjuring 'Comfort Women': Mediated Affiliations and Disciplined Subjects in Korean/American Transnationality." *Journal of Asian American Studies* 6.1(2003): 25-55.

Kaplan, Caren. "Precision Targets: GPS and the Militarization of U. S. Consumer Identity." *American Quarterly* 58.3(2006): 693-713.

Kim, Daniel Y. "Do I, Too, Sing America?: Vernacular Representations and Chang-rae Lee's *Native Speaker*." *Journal of Asian American Studies* 6.3(2004): 231-260.

Kim, Elaine and Norma Alarcòn eds. *Writing Self, Writing Nation: A Collection of Essays on Dictée by Theresa Hak Kyung Cha*. Berkeley: Third Woman Press, 1994.

Kott, Jan. *Shakespeare Our Contemporary*. trans. Boleslaw Taborski. 2nd ed. London: Methuen, 1967.

Lacan, Jacques. *The Seminar of Jacques Lacan: The Ethics of Psychoanalysis* VII. W. W. Norton & Company, 1997.

LaCapra, Dominick. *Madame Bovary on Trial*. Ithaca: Cornell UP, 1986.

Latour, Bruno. "Why Has Critique Run Out of Steam?" *Critical Inquiry* 30.2(2004): 225-248.

Lee, Chang-rae. *Native Speaker*. New York: Riverhead Books, 1995.

__________. *A Gesture Life*. New York: Riverhead Books, 1999.

Levine, George. "Frankenstein and the Tradition of Realism." *Novel: A Forum of Fiction* 7.1(1973): 14-30.

Liu, Lydia H. *Translingual Practice: Literature, National Culture, and Translated Modernity China 1900-1937*. Stanford: Stanford UP, 1995.

__________. *The Clash of Empires: The Invention of China in Modern World Making*. Cambridge, MA: Harvard UP, 2004.

__________. "Legislating the Universal: The Circulation of International Law in Nineteenth Century." *Tokens of Exchange*. Durham and London: Duke UP, 1999. 127-164.

__________. "The Desire for the Sovereignty and the Logic of Reciprocity in the Family of Nations." *diacritics* 29.4(1999): 150-177.

__________. *The Freudian Robot: Digital Media and the Future of the Unconscious*. Chicago: Chicago UP, 2010.

Lowe, Lisa. *Immigrant Acts: On Asian American Cultural Politics*. Durham: Duke UP, 1996.

McCombe, John P. "The End of (Anthony) Eden: Ishiguro's *The Remains of the Day* and Midcentury Anglo-American Tensions." *Twentieth Century Literature* 48.1(2002): 77-100.

McWhir, Anne. "Teaching the Monster to Read: Mary Shelley, Education, and *Frankenstein*." *The Educational Legacy of Romanticism*. ed. John Willinsky. Waterloo, Ontario: Wilfrid Laurie UP, 1990.

Menon, Nivedita ed. *Sexualities*. New York: Zed Books, 2008.

Min, Eun Kyung. "Reading the Figure of Dictation in Theresa Hak Kyung Cha's *Dictee.*" *Other Sisterhoods: Literary Theory and U. S. Women of Color*. ed. Sandra Stanley. Urbana and Chicago: University of Illinois Press, 1998. 309-324.

Mores, Ellen. "Female Gothic: The Monster's Mother." *Literary Women*. New York: Doubleday & Co., 1976. 91-99.

Nadal-Melsio, Sara. "Georg Lukács: Magus Realismus?" *diacritics* 34.2(2004): 62-84.

Najmabadi, Afsaneh. *Women with Moustaches and Men without Beards: Gender and Sexual Anxieties of Iranian Modernity*. Berkeley: University of California Press, 2005.

O'Brien, Susie. "Serving a New World Order: Postcolonial Politics in Kazuo Ishiguro's *The Remains of the Day*." *Modern Fiction Studies* 42.4(1996): 787-806.

Ong, Aihwa. "Experiments with Freedom: Milieus of the Human." *American Literary History* 18.2(2006): 229-244.

__________. *Flexible Citizenship*. Durham and London: Duke UP, 1999.

Palumbo-Liu, David. *Asian/American: Historical Crossings of a Racial Frontier*. Stanford: Stanford UP, 1999.

Paramount Pictures. *Star Trek, the next Generation* Season 7. United States: Paramount Pictures, 2002.

Poovey, Mary. "My Hideous Progeny: Mary Shelley and the Feminization of Romanticism." *PMLA* 95.3(1980): 332-347.

Posada-Carbo, Eduardo. "Fiction as History: The Bananeras and Gabriel Garcia Marquez's *One Hundred Years of Solitude*." *Journal of Latin American Studies* 30.2(1998): 395-414.

Ranciere, Jacques. "Why Emma Bovary Had to Be Killed." *Critical Inquiry* 34.2(2008): 233-248.

Redfield, Marc. *The Politics of Aesthetics: Nationalism, Gender, Romanticism*. Stanford: Stanford UP, 2003.

Riley, Denise. *Am I that Name? Feminism and the Category of Women in History*. Minneapolis: University of Minnesota, 2003.

Roy, Ayon. "Hegel contra Schlegel: Kierkegaard contra de Man." *PMLA* 124.1(2009): 107-126.

Sakai, Naoki. *Translation and Subjectivity: On "Japan" and Cultural Nationalism*. Minneapolis: Minnesota UP, 1997.

Santner, Eric L. *The Royal Remains: The People's Two Bodies and the Endgames of Sovereignty*. Chicago and London: Chicago UP, 2011.

Schmitt, Carl. *Political Theology: Four Chapters on the Concept of Sovereignty*. trans. George Schwab. Cambridge, MA: MIT Press, 1985.

__________. *Hamlet or Hecuba: The Irruption of Time into Play*. trans. Simona Draghici. Oregon: Plutarch Press, 2006.

__________. *The Concept of the Political*. Chicago: Chicago UP, 1996(2007).

Scott, Joan. *Only Paradoxes to Offer: French Feminists and the Rights of Man*. Cambridge, MA: Harvard UP, 1996.

Shakespeare, William. *Hamlet*. ed. Philip Edwards. Cambridge: Cambridge UP,

1985.

__________. *The Tempest*. ed. Frank Kermode. The Arden Shakespeare. London and New York: Routledge, 1990.

Shell, Marc. "Language Wars." *CR: The New Centennial Review* 1.2(2001): 1-17.

Shell, Marc and Werner Sollors eds. *The Multilingual Anthology of American Literature*. New York: New York UP, 2000.

Shelley, Mary. *Frankenstein, or The Modern Prometheus*. London: Penguin, 1985.

Shohat, Ella and Richard Stam. *Unthinking Eurocentrism*. New York and London: Routledge, 1996.

Takaki, Ronald. "*The Tempest* in the Wilderness: The Racialization of Savagery." *The Journal of American History* 79.3(1992): 892-912.

Thomas, Brook. "Civic Multiculturalism and the Myth of Liberal Consent: A Comparative Analysis." *CR: The New Centennial Review* 1.3(2001): 1-35.

Tuite, Clara. "*Frankenstein*'s Monster and Malthus's 'Jaundiced Eye': Population, Body Politics, and the Monstrous Sublime." *Eighteenth-Century Life* 22(1998): 150-153.

Turi, Zita. "'Border Liners.' The Ship of Fools Tradition in Sixteenth Century England." *Trans-revue de litterature generale et comparee* 10(2010): no pagination.

Vaughan, Alden T. "William Strachey's 'True Reportory' and Shakespeare: A Closer Look at the Evidence." *Shakespeare Quarterly* 59.3(2008): 245-273.

Walkowitz, Rebecca L. "Ishiguro's Floating Worlds." *ELH* 68.4(2000): 1049-1076.

Warner Home Video. *The Dark Knight*. Christopher Nolan, Charles Roven,

Emma Thomas, David S. Goyer, Jonathan Nolan, Christian Bale, Heath Ledger, Aaron Eckhart, Michael Caine, Maggie Gyllenhaal, Gary Oldman, Morgan Freeman, James N. Howard, Hans Zimmer, and Bob Kane. Burbank, CA: Warner Home Video, 2008.

Warnes, Christopher. "Avatars of Amadis: Magical Realism as Postcolonial Romance." *The Journal of Commonwealth Literature* 40.3(2005): 7-20.

Wilson, Richard. "Voyage to Tunis: New History and The Old World of *The Tempest*." *ELH* 64(1997): 333-357.

__________. "Ship of Fools: Foucault and the Shakespeareans." *English Studies* 94.7(2013): 773-787.

Wilson-Okamura, David Scott. "Virgilian Models of Colonization in Shakespeare's *The Tempest*." *ELH* 70.3(2003): 709-737.

Yoneyama, Lisa. "Traveling Memories, Contagious Justice: Americanization of Japanese War Crimes at the End of the Post-Cold War." *Journal of Asian American Studies* 6.1(2003): 57-93.

Zizek, Slavoj. "A Leftist Plea for 'Eurocentrism.'" *Critical Inquiry* 24(1998): 988-1009.